只要從造句開始！

我的第一堂英文寫作課

英文作文啟蒙的最佳範本

過去本人為台灣廣廈出版集團旗下，國際學村出版部門所出版的《我的第一本親子英文》作序。很開心這本書能夠屢創銷售佳績，甚至被中國大陸的出版社看中，購買版權，在對岸出版上市後，也受到相當熱烈的迴響，更被評為「華人世界銷量最大、最受歡迎的英文學習書」。

這次國際學村再次用心出版《我的第一堂英文寫作課》，並再次為此書向本人求序，又見佳書，心中甚喜，願與朋友共享之情，自不待言。本書以引導方式，訓練讀者作文之思考組織能力，並詳述如何以同樣方式應對不同題目的技巧，在夾敘夾議之餘，輔以幽默風趣的插圖，讓讀者，尤其是小朋友，在歡樂的氣氛中，增進自我的英文作文能力，實為英文作文啟蒙之最佳範本。

近年來，新一代國人的語文能力不斷下滑，學測中，就有一萬多人的英文作文掛零。而國文作文零分也不在少數，為加強學習者之英語作文能力，科見美語亦於各分校內開設兒童及成人寫作班，徹底貫徹本校「從小到大，終身學習，全程規劃」之理念。

英文寫作能力並非一蹴可幾，需要平時的練習與長期的培養。除了了解文法及句型組合外，更需要老師的直接指導與提點。而科見美語之各級寫作課程，正符合了長期培養與老師直接指導之作文能力提升要素。今見出版界中，亦有有志之士以提升國人英文作文能力為職志，致力於國人基礎英文作文能力之建立，甚感欣慰，是故大力為之舉薦！

科見美語總裁 **侯登見** 謹筆

本書使用說明

200% 激發你的英文寫作潛力！

先「模仿」後「創造」Step by Step 快速提升寫作能力

1 TOPIC 主題

本書共分為十個主題，三十個單元，不同的題型與內容，讓你一次練習足夠。

3 TIPS 寫作技巧

立刻就來進行寫作吧！教你如何開始、如何承接、如何結束，讓你不必擔心到底該如何下筆，一定要學起來喔！

Chapter 1 自我介紹 Self Introduction

想一想 要怎樣讓別人認識你呢？

1 先讓其他人知道我的基本資料。
名（first name, given name）、姓（last name, surname）、女（girl）、15歲（15 years old）

2 介紹自己來自哪裡。
台灣（Taiwan）、台北（Taipei）、高雄（Kaohsiung）、美國（the US）

3 我的興趣是什麼？
打籃球（playing basketball）、看棒球（watching baseball game）、放風箏（flying a kite）

4 我是什麼樣的人？
誠實的（honest）、有禮貌的（polite）、友善的（friendly）、喜歡待在家裡（like staying at home）

我是超人，來自超人星球，興趣是拯救地球人。
不要幻想了，快去做功課。

16

Topic 1 如何描寫一個人 chapter 01

懂得描寫「自己」就懂得描寫「其他人」

你最熟悉的人是誰？沒錯！就是你自己。要學習描寫其他人物，當然要從描寫自己開始下手。通常只要被老師叫到台上做自我介紹，能夠滔滔不絕地講到不想下來，你就不用擔心描寫其他人的能力了。

寫作技巧Tips

如何開始？ 先介紹自己的名字、年齡等基本資料。
建議開頭句：My name is ______. I am ______ years old.
我的名字叫______。我______歲。

接下來呢？ 談論自己的興趣。
建議開頭句：My hobby is ______. 我的興趣是______。

怎麼結束？ 敘述自己的個性，讓其他人更進一步認識你。
建議開頭句：I'm a/an ______ person. 我是一個______的人。

套用超簡單 任何題目都可以輕鬆寫！

從 My Brother（我的兄弟）、My Best Friend（我的好朋友），甚至到 American President（美國總統）他們都是人，而我們自己也是人，既然如此，當然可以套用囉。

套用實例

The first American president's name is George Washington.
第一任美國總統的名字是喬治．華盛頓。
His hobby is riding horses. 他的興趣是騎馬。
He is an interesting person. 他是個有趣的人。

其他可以套用這種描寫人物的方式還有：My Sister（我的姊妹）、My Father（我的爸爸）、My Mother（我的媽媽）、My Best Classmate（我最要好的同學）等，而且也不侷限描寫人，My Best Friend（我最好的朋友）、My Brother（我的兄弟）、My Pet（我的寵物）也可以喔。

17

4 EXAMPLE 套用實例

依照上面所提到的重點句，只要換掉主詞、動詞、形容詞等等英文表達，就可以用相似的模式寫出另一篇好文章，任何題目都可以輕鬆套用。

2 BRAINSTORMING 想一想

本書先用提問的方式，引導你把所需的單字、片語準備好，做為接下來的寫作關鍵字，提問的問題也可做為每個段落的大綱。

5 VOCABULARY 字彙

列出寫每篇作文時必備的單字片語，搭配幽默逗趣的圖片，輕鬆記憶單字不會忘！

介紹每單元一定要會用的句型，讓你清楚了解文法架構，最實用的參考例句，讓你學習更多可廣泛應用的句子。

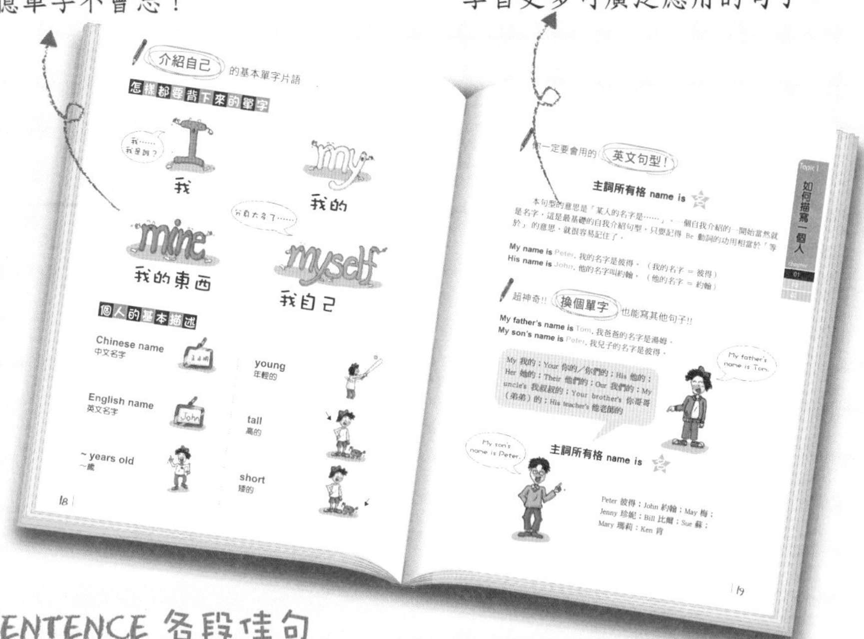

7 SENTENCE 各段佳句

每個段落都有參考例句，挑出幾個適合的句子自由搭配，按照自己的狀況調整內容，就能快速完成一篇佳作。

8 IMAGES 圖像記憶

輕鬆搞笑的漫畫插圖，搭配例句情境，一邊看圖一邊幫助記憶各段佳句。

9 PRACTICE 作文練習

引導式寫作為你提示每段文章的第一句，只要自己再加上幾句，就可以自然而然完成一篇超棒的文章，猶如小抄在手，迅速完成一篇作文。

10 ANALYSIS 常犯錯誤

徹底解析寫作時常犯的錯誤，提醒你寫作時需要反覆檢查確認的地方，幫你嚴密把關不失誤。

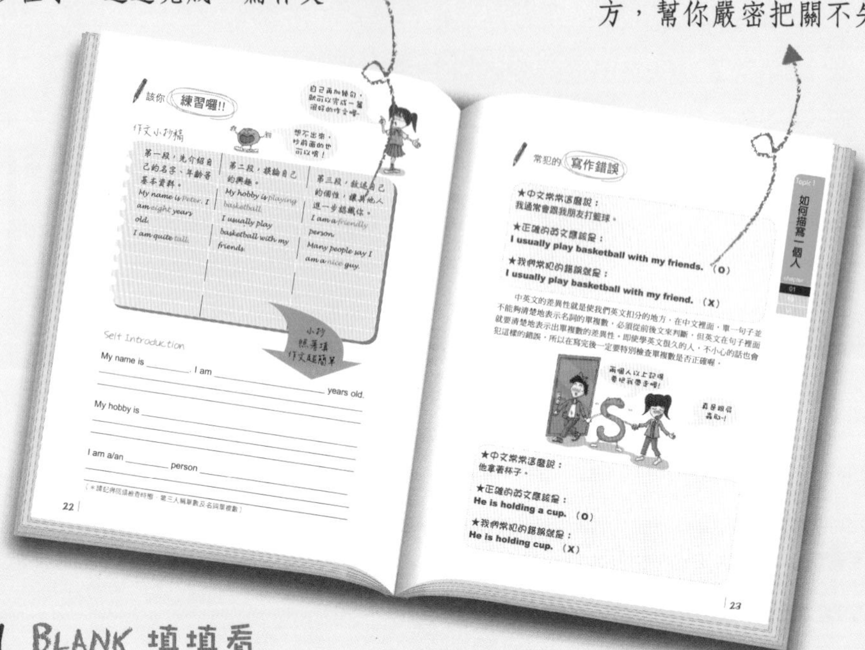

該你 練習囉!!

作文小抄稿

第一段，先介紹自己的名字、年齡等基本資料。	第二段，談論自己的興趣。	第三段，敘述自己的個性，讓其他人進一步認識你。
My name is Peter. I am eight years old. I am quite tall.	My hobby is playing basketball. I usually play basketball with my friends.	I am a friendly person. Many people say I am a nice guy.

Self Introduction

My name is ______. I am ______ years old.

My hobby is ______

I am a/an ______ person ______

（＊請記得回頭檢查時態、第三人稱單數及名詞單複數）

22

常犯的 寫作錯誤

★中文常常這麼說：
我通常會跟我朋友打籃球。

★正確的英文應該是：
I usually play basketball with my friends. （O）

★我們常犯的錯誤就是：
I usually play basketball with my friend. （X）

中英文的差異性就是使我們英文扣分的地方，在中文裡面，單一句子並不能夠清楚地表示名詞的單複數，必須從前後文來判斷，但英文在句子裡面就要清楚地表示出單複數的差異性，即使學英文很久的人，不小心的話也會犯這樣的錯誤，所以在寫完後一定要特別檢查單複數是否正確喔。

★中文常常這麼說：
他拿著杯子。

★正確的英文應該是：
He is holding a cup. （O）

★我們常犯的錯誤就是：
He is holding cup. （X）

Topic 1 如何描寫一個人 chapter 01

23

自己再加幾句，就可以完成一篇很好的作文喔~
想不出來，抄前面的也可以喔！
小抄照著填作文超簡單
兩個人以上記得要把我帶走喔!

11 BLANK 填填看

本書設計如同玩遊戲般的練習題目，不但可以利用填空把單字記下來，還有左右頁中英文對照，讓你一句中文一句英文，方便學習、實用又好記。

一定要背下來的起始句

我的名字是______。我______歲。

我的興趣是______。

我是一個______的人。

自我介紹

我的名字叫彼得，我八歲，我來自台灣，很多人會想知道我的中文名字，因為他們覺得中文名字聽起來和所代表的意義都很有趣，但我希望我的朋友們能記得我的英文名字，而不是我的中文名字，因為我覺得我的中文名字很難唸。

我的興趣是打籃球，我經常在放學後跟我的朋友們一起打籃球，打籃球真的很有趣，而且我覺得打籃球可以讓我長得更高更壯。

我是一個喜歡講話的人，我媽媽總是說我太吵了，但是我真的很喜歡和大家聊天，因為我覺得大家都是我的好朋友，對我來說不要說話真的好難喔！現在我正在學英文，所以我希望大家可以跟我用英文聊天，這樣一定會很有趣的！

24

一定要背下來的起始句

My name is ______. I am ______ years old.

My hobby is ______.

I'm a/an ______ person.

Self Introduction

My name is Peter. I am 8 1. ______. I am from Taiwan. Many people would like to know my 2. ______ because they think the pronunciation and the meaning of it are very interesting. But I hope my 3. ______ can remember my 4. ______ name rather than my Chinese one. Because I think my Chinese name is really hard to pronounce correctly.

My hobby is playing 5. ______. I usually play it with my friends 6. ______ school. Playing basketball is really fun, and I believe playing basketball will make me taller and stronger.

I'm a talkative person. My mom always says that I talk too much, but I really like to chat with everyone, because I think they all are my good friends. It is really difficult for me to stop talking! Now I am studying English so I hope everyone can talk to me in English. That would be very interesting!

ANSWERS

1. years old
2. Chinese name
3. friends
4. English
5. basketball
6. after

Topic 1 如何描寫一個人 chapter 01

25

My name is Mark. Let's chat in English... blah blah blah...
看過譯的範文填單字，順便訓練一下自己的單字能力！

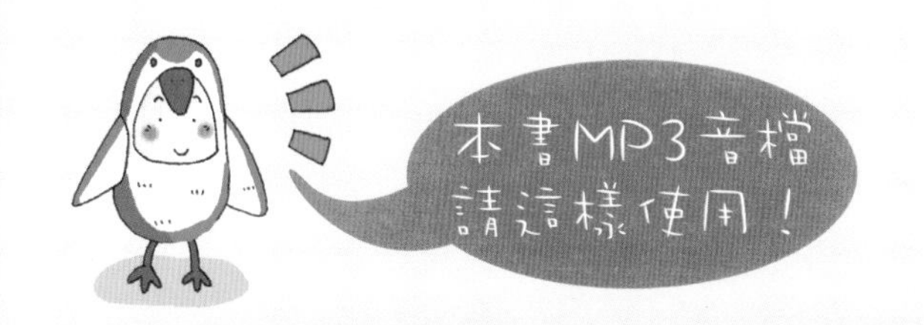

全書音檔一次下載

（iPhone 手機須更新至 iOS13 以上作業系統）

用聽的自然學會英文寫作

你正在苦惱英文怎麼下筆寫，又不想看市面上無聊乏味的英文寫作工具書嗎？播放本書 MP3 搭配書上內容，讓 Jenny 和 Peter 教你輕鬆下筆，用聽的就能牢牢記住各種文章的寫作模式，讓你遇到任何題目都能輕鬆解決。

MP3 音檔三大特點

1. 一聽就能熟記的寫作技巧

將英文作文的文章架構分為三大段落，詳細解析每一段落的寫作大綱和內容，並告訴讀者每一段的建議開頭句，讓你愈聽愈有想法，從不知道如何下筆到看到題目就能舉一反三，在不知不覺中提升寫作實力。

2. 讓記憶更深刻的中英對照

一句中文一句英文的播放方式，讓你能夠更清楚了解中文與英文的文法差異，掌握讓英文句子更加準確的方法，學習更有效！多聽幾次，你會發現寫作能力提升的同時，聽力能力也跟著一併提升。

3. 英文聽說讀寫全面提升！

透過完整聆聽英文範文，讓你的寫作練習就像在聽故事般一樣有趣，道地的美國口音，經過反覆聆聽與練習，讓你會寫作文也能開口說，你也能像文中主角一樣暢談自己的生活喔！

請透過掃描各章 QR 碼或
本書附贈之光碟聆聽本書 MP3 音檔

INTRODUCTION
人物介紹

TOM 爸爸

36 歲，在貿易公司上班，喜歡假日時帶著孩子們一起去戶外運動，十分關心孩子們的學習狀況，喜歡看棒球、看電視、種植花草。

PETER 弟弟

8 歲，國小一年級，喜歡吃甜食、打電動，愛賴床，常常和媽媽撒嬌。跟姊姊 Jenny 平常感情還不錯，但偶爾還是會吵架。心情好的時候會幫忙做些家事。

MARY 媽媽

33 歲，家庭主婦，擅長料理，最拿手的一道菜是咖哩飯；把家裡打掃得很乾淨，看到小朋友把家裡弄得亂七八糟的時候，會大聲罵人喔！

JENNY 姊姊

10 歲，國小三年級，興趣是看書和彈鋼琴，比較黏爸爸。喜歡上學，但不喜歡補習，數學不太好，但英文還不錯。

馬鈴薯

隨時可能會出現的萬能人物，會以各種不同顏色、形狀以及角色出現。

我的第一堂英文寫作課

Contents 目錄

Topic 3 如何描寫心情

其他可應用的寫作範圍

快樂的一天、我的憂鬱、感恩的心、我的喜悅與哀愁等等

Topic 4 如何描寫時間

其他可應用的寫作範圍

端午節、我的一天、台灣的四季、狗狗日記、我的生日等等

Topic 5 如何描寫地點

其他可應用的寫作範圍

植物園、歷史博物館、兒童樂園、我的家、台灣的風景等等

Topic 6 如何描寫物品

其他可應用的寫作範圍

手錶、洋娃娃、眼鏡、電腦、書包、蛋糕等等

Topic 7 如何描寫天氣

其他可應用的寫作範圍

夏夜、秋天、炎熱的下午、梅雨季等等

Topic 8 如何描寫經驗

其他可應用的寫作範圍

年夜飯、逛百貨公司、出國的經驗、夏令營、第一次獨自旅行等等

Topic 9 如何描寫想像

其他可應用的寫作範圍

如果我是億萬富翁、如果我是老師、如果我是太陽、王子與公主、美女與野獸等等

Topic 10 如何寫一封信

其他可應用的寫作範圍

給爸爸的一封信、給奶奶的卡片、給聖誕老公公的信、生日卡片等等

來吧！開始囉！
take
send
give
buy
bring

Chapter 1

自我介紹 Self Introduction

Ch1.mp3

想一想 要怎樣讓別人認識你呢？

1 先讓其他人知道我的基本資料。

名（first name, given name）、姓（last name, surname）、女（girl）、15歲（15 years old）

2 介紹自己來自哪裡。

台灣（Taiwan）、台北（Taipei）、高雄（Kaohsiung）、美國（the US）

3 我的興趣是什麼？

打籃球（playing basketball）、看棒球（watching baseball games）、放風箏（flying a kite）

4 我是什麼樣的人？

誠實的（honest）、有禮貌的（polite）、友善的（friendly）、喜歡待在家裡（like staying at home）

我是超人，來自超人星球，興趣是拯救地球人。

不要幻想了，快去做功課。
對啊！

懂得描寫「自己」就懂得描寫「其他人」

你最熟悉的人是誰？沒錯！就是你自己。要學習描寫其他人物，當然要從描寫自己開始下手。通常只要被老師叫到台上做自我介紹，能夠滔滔不絕地講到不想下來，你就不用擔心描寫其他人的能力了。

寫作技巧Tips

如何開始？　先介紹自己的名字、年齡等基本資料。
建議開頭句：**My name is _______. I am _______ years old.**
我的名字叫_____。我_______歲。

接下來呢？　談論自己的興趣。
建議開頭句：**My hobby is ______.** 我的興趣是_______。

怎麼結束？　敘述自己的個性，讓其他人更進一步認識你。
建議開頭句：**I'm a/an ______ person.** 我是一個______的人。

套用超簡單　任何題目都可以輕鬆寫！

從 My Brother（我的兄弟）、My Best Friend（我的好朋友），甚至到 American President （美國總統）他們都是人，而我們自己也是人，既然如此，當然可以套用囉。

套用實例

The first American president's name is George Washington.
第一任美國總統的名字是喬治・華盛頓。
His hobby is riding horses. 他的興趣是騎馬。
He is an interesting person. 他是個有趣的人。

其他可以套用這種描寫人物的方式還有：
My Father（我的爸爸）、My Mother（我的媽媽）、My Sister（我的姊妹）、My Brother（我的兄弟）、My Best Friend（我最好的朋友）、My Best Classmate（我最要好的同學）等，而且也不侷限描寫人，My Pet（我的寵物）也可以喔。

的基本單字片語

怎樣都要背下來的單字

我

我的

分身太多了……

我的東西

我自己

個人的基本描述

Chinese name
中文名字

English name
英文名字

~ years old
~歲

young
年輕的

tall
高的

short
矮的

你一定要會用的 英文句型！

主詞所有格 name is 

本句型的意思是「某人的名字是……」。一個自我介紹的一開始當然就是名字，這是最基礎的自我介紹句型。只要記得 Be 動詞的功用相當於「等於」的意思，就很容易記住了。

My name is Peter. 我的名字是彼得。（我的名字 ＝ 彼得）
His name is John. 他的名字叫約翰。（他的名字 ＝ 約翰）

超神奇!! 換個單字 也能寫其他句子!!

My father's name is Tom. 我爸爸的名字是湯姆。
My son's name is Peter. 我兒子的名字是彼得。

My father's name is Tom.

My 我的；Your 你的／你們的；His 他的；Her 她的；Their 他們的；Our 我們的；My uncle's 我叔叔的；Your brother's 你哥哥（弟弟）的；His teacher's 他老師的

主詞所有格 name is 

My son's name is Peter.

Peter 彼得；John 約翰；May 梅；Jenny 珍妮；Bill 比爾；Sue 蘇；Mary 瑪莉；Ken 肯

你一定會用到的各段佳句 請套用即可

王小明就是我。

適用第一段 介紹自己的名字、年齡等基本資料

我的名字是王小明。	**My name is Hsiao-ming Wang.**
我有一個英文名字叫 John。	I have an English name called John.
我中文名字的意思是「小小的亮光」。	**The meaning of my Chinese name is "a little light".**
我十歲。	I am ten years old.
我來自台灣。	**I am/come from Taiwan.**
我是男孩／女孩。	I am a boy/girl.
大家都叫我 Jacky。	**Everybody calls me Jacky.**

注意 雖然我們因為比較常用英文名字，反而會忘了名字的中文拼音，但在一些正式場合中，還是會用到中文音譯的名字，所以建議大家還是要背下來。

我是馬鈴薯，可是有人說我長得像番薯。

適用第一段 介紹自己的外觀

我還滿高的。	**I am quite tall.**
跟我同學比起來，我還不算是最矮的。	Comparing with my classmates, I am not the shortest one.
我有圓臉跟深色的眼睛。	**I have a round face with dark eyes.**
我的頭髮是深棕色捲髮。	My hair is dark brown and curly.
我變胖了。	**I am getting fat.**
我不像我妹妹一樣瘦。	I am not as thin as my sister.
我有戴眼鏡。	**I am wearing glasses.**

適用第二段 介紹自己的興趣

我的興趣是打籃球。	**My hobby is playing basketball.**
我最喜歡的活動是打棒球。	My favorite activity is playing baseball.
我在放學後通常會跟朋友玩象棋／紙牌遊戲。	**I usually play Chinese chess/card games with my friends after school.**
我可以整天都在看電視。	I can watch TV all day.
我很會玩電腦遊戲。	**I am good at computer games.**
我很喜歡看書／漫畫。	I am interested in reading books/comics.
我是怪奇比莉的迷。	**I am one of Billie Eilish fans.**

適用第三段 描述自己的性格

我是個很友善的人。	**I am a friendly person.**
很多人都說我是一個好人。	Many people say I am a nice guy.
我試著變成一個酷男。	**I am trying to be a cool man.**
我媽老是說我很可愛，但是很懶。	My mom always says that I am cute but lazy.
可以用「老實」或「有禮貌」來形容我。	**"Honest" or "polite" can describe me.**
我喜歡安靜祥和的場所。	I like a peace and quiet place.
我自己不是很喜歡常常出去玩。	**I personally do not like to go out very often.**

自己再加幾句，
就可以完成一篇
很好的作文喔~

想不出來，
抄前面的也
可以唷！

作文小抄稿

第一段，先介紹自己的名字、年齡等基本資料。	第二段，談論自己的興趣。	第三段，敘述自己的個性，讓其他人進一步認識你。
My name is Peter. I am eight years old. *I am quite tall.*	*My hobby is playing basketball.* *I usually play basketball with my friends.*	*I am a friendly person.* *Many people say I am a nice guy.*

小抄
照著填
作文超簡單

Self Introduction

My name is __________. I am ______________________________ years old.

____

____

My hobby is ____

____

____

I am a/an __________ person ____

____

____

（＊請記得回頭檢查時態、第三人稱單數及名詞單複數）

常犯的寫作錯誤

★中文常常這麼說：
我通常會跟我朋友打籃球。

★正確的英文應該是：
I usually play basketball with my friends. （O）

★我們常犯的錯誤就是：
I usually play basketball with my friend. （X）

中英文的差異性就是使我們英文扣分的地方，在中文裡面，單一句子並不能夠清楚地表示名詞的單複數，必須從前後文來判斷，但英文在句子裡面就要清楚地表示出單複數的差異性。即使學英文很久的人，不小心的話也會犯這樣的錯誤，所以在寫完後一定要特別檢查單複數是否正確喔。

★中文常常這麼說：
他拿著杯子。

★正確的英文應該是：
He is holding a cup. （O）

★我們常犯的錯誤就是：
He is holding cup. （X）

一定要背下來的起始句

我的名字是_______。我_______歲。

我的興趣是_______。

我是一個_______的人。

自我介紹

我的名字叫彼得。我八歲。我來自台灣。很多人會想知道我的中文名字，因為他們覺得中文名字聽起來和所代表的意義都很有趣。但我希望我的朋友們能記得我的英文名字，而不是我的中文名字。因為我覺得我的中文名字很難唸。

我的興趣是打籃球。我經常在放學後跟我的朋友們一起打籃球。打籃球真的很有趣，而且我覺得打籃球可以讓我長得更高更壯。

我是一個喜歡講話的人。我媽媽總是說我太吵了，但是我真的很喜歡和大家聊天，因為我覺得大家都是我的好朋友。對我來說不要說話真的好難喔！現在我正在學英文，所以我希望大家可以跟我用英文聊天。這樣一定會很有趣的！

話真的很多！
My name is Mark.
Let's chat in
English...
blah blah blah...

一定要背下來的起始句

My name is ______. I am ______ years old.

My hobby is ______.

I'm a/an ______ person.

Self Introduction

My name is Peter. I am 8 1.________. I am from Taiwan. Many people would like to know my 2.________ because they think the pronunciation and the meaning of it are very interesting. But I hope my 3.________ can remember my 4.________ name rather than my Chinese one. Because I think my Chinese name is really hard to pronounce correctly.

My hobby is playing 5.________. I usually play it with my friends 6.________ school. Playing basketball is really fun, and I believe playing basketball will make me taller and stronger.

I'm a talkative person. My mom always says that I talk too much, but I really like to chat with everyone, because I think they all are my good friends. It is really difficult for me to stop talking! Now I am studying English so I hope everyone can talk to me in English. That would be very interesting!

看隔壁的範文填單字，順便訓練一下自己的單字能力！

ANSWERS

1. years old
2. Chinese name
3. friends
4. English
5. basketball
6. after

Chapter 2

我的母親 My Mom

Ch2.mp3

想一想 想到媽媽，你的腦海會出現什麼呢？

1 媽媽的長相立刻浮現。

美麗的（beautiful）、慈祥的（kind）、35 歲（35 years old）、大眼睛（big eyes）

2 還有她都在幹嘛？

煮菜（cooking）、做家事（doing housework）、和我一起做功課（doing homework with me）

3 我平常怎麼讓媽媽生氣或者開心？

得到好成績（get a good mark）、幫忙做家事（help her with the housework）、不吃蔬菜（not eat vegetables）

4 我怎麼愛我的媽媽？

一個擁抱（a hug）、母親卡（a mother card）、鮮花（flowers）

聽到回家功課是「我的母親」就變這樣了…
Peter, Jenny 要不要來吃塊蛋糕啊？

!!
你媽怎麼了？

描寫親近的人，從自己的媽媽開始

在寫這篇作文的時候，試著開始回想媽媽曾經在生活中怎麼樣陪伴你，以及她是如何與你相處生活的？藉由描述媽媽和自己在日常生活中的互動，除了可以再次體會自己和媽媽的親密關係，也可以學習到介紹跟自己親近的人的寫作技巧喔！

寫作技巧Tips

如何開始？　先介紹媽媽的年齡和外表。
建議開頭句：**My mom is about _____ years old.**
我媽媽大約是_____歲。

接下來呢？　談論媽媽和自己的互動關係喔！
建議開頭句：**My mom is always _____.** 我的媽媽通常都_____。

怎麼結束？　你怎麼表達對媽媽的愛呢？
建議開頭句：**I love my mom and so _____.** 我愛我的媽媽所以_____。

套用超簡單　任何題目都可以輕鬆寫！

My Dad（我的爸爸）這個題目好難寫喔！要怎麼樣才能寫出以爸爸為主角的文章呢？當然啦，只要小朋友認識更多的形容詞來描述爸爸的樣子、個性，同樣可以寫出一篇好文章喔！

套用實例

My dad is about 45 years old. 我的爸爸大約是 45 歲。
My dad is always humorous. 我的爸爸總是非常幽默。
I love my dad and so I always give him a hug.
我愛我的爸爸所以我總是給他一個擁抱。

其他的親戚朋友也都可以這樣寫喔！例如：
My Best Friend（我最好的朋友）、My Brother（我的兄弟）、My Sister（我的姊妹）、My Uncle（我的叔叔）、My Auntie（我的阿姨）、My Teacher（我的老師）。

介紹媽媽 的基本單字片語

怎樣都要背下來的單字

mother
你也可以簡單地用「Mom」稱呼自己的媽媽喔！

媽媽

[ˋmʌðɚ]

一般媽媽給我們的印象描述

beautiful
漂亮的

affable
慈祥的

talkative
愛說話的

chatter
嘮叨

friendly
親切的

speak softly
輕聲細語

smiling
微笑的

hard working
勤勞

wrinkle
有皺紋的

hoary-headed
白頭髮的

你一定要會用的 英文句型！

主詞＋動詞＋形＋名

通常形容詞會用在名詞之前，例如：

She is a friendly person. 她是個友善的人。
She has long hair **and big** eyes. 她留著長髮而且眼睛很大。
She is a nice person. 她是個很好的人。（可不是 a person nice 喔！）
= She is nice. 她人很好。

超神奇!! 換個單字 也能寫其他句子!!

My mom has a sweet smile. 媽媽有甜美的微笑。
My mom has an expensive bag. 媽媽有很貴的包包。

interesting 有趣的；sweet 甜美的；
serious 認真的；happy 快樂的；
expensive 昂貴的；beautiful 美麗的；
boring 無聊的；nice 好的；old 老舊的

My mom has （a/an）

book 書；smile 微笑；face 臉色（神情）；mood 心情；boots 靴子；flowers 花朵；holidays 假期；day 一日

你一定會用到的 各段佳句 請套用即可

介紹媽媽的年齡和外表

我的媽媽有著長髮和大眼睛。

My mom has long hair and big eyes.

我的媽媽大約 45 歲。

My mom is about 45 years old.

她是個家庭主婦。

She is a housewife.

她的嘴巴小小的，很漂亮。

Her mouth is small and pretty.

她的臉上有一些皺紋。

She has some wrinkles on her face.

我的媽媽對每個人都和藹可親，她總是笑咪咪的。

My mom is affable to everyone. She is always smiling.

我的媽媽矮矮的，有點圓圓胖胖的。

My mom is short and a little chubby.

適用
第一段

介紹媽媽的個性

我的媽媽很親切、友善，且很有智慧。

My mom is kind, friendly and wise.

我的媽媽很喜歡聊天，而且她有很多朋友。

My mom loves to talk and she has a lot of friends.

她很喜歡運動，所以她每天早上都會去公園跑步。

She likes to exercise so she goes jogging every morning in the park.

我的媽媽總是在碎碎唸一些小事。

My mom is always chattering about every little thing.

當我考試考不好時，我媽媽就會變得很嚴厲。

My mom became strict when I got bad results on my test.

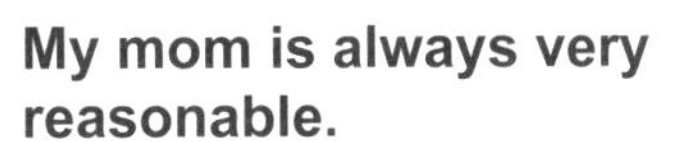

適用第二段 與媽媽互動的方式和關係

我的媽媽總是非常通情達理。	**My mom is always very reasonable.**
如果我考試考得不好，她也不會生氣。	She won't get angry if I don't do well on my test.
媽媽每天都來學校接我。	**My mom picks me up from school every day.**
每個週末我會幫媽媽一起把家裡打掃乾淨。	I help my mom to clean the house every weekend.
我們總是在每個星期五的晚上去超市購買食物和生活用品。	**We always go shopping in the supermarket for food and daily supplies every Friday night.**

適用第三段 表達對媽媽的愛

我給了媽媽一個擁抱。	**I gave my mom a hug.**
她是全世界最棒的媽媽。	She is the best mom in the world.
如果她覺得很累，我就會幫她按摩。	**If she feels tired, I will give her a massage.**
我會讓我媽媽在週末的時候多睡一點，不吵她起床。	I won't wake up my mom but let her sleep more on the weekend.
如果我用功讀書，我媽媽就會很開心。	**My mom is happy if I study hard.**

自己再加幾句，
就可以完成一篇
很好的作文喔~

想不出來，
抄前面的也
可以唷！

作文小抄稿

第一段，先介紹媽媽的外表和樣子。	第二段，談論媽媽和你的互動關係。	第三段，媽媽對你有多重要呢？
My mom has long hair and very big eyes. My mom is about 45 years old.	My mom is always very reasonable. She won't get angry if I don't do well on my test.	I gave my mom a hug. She is the best mom in the world.

小抄
照著填
作文超簡單

My Mom

My mom is about ________ years old ________

____

____

My mom was always very ________________

____

____

I love my mom and so ________________

____

____

（＊請記得回頭檢查時態、第三人稱單數及名詞單複數）

常犯的寫作錯誤

★中文常常這麼說：
她只要求我把學校的功課都完成。

★正確的英文應該是：
All she asks for is for me to complete my school work.（O）

★我們常犯的錯誤就是：
All she ask for is for me to complete my school work.（X）

很多同學都有這樣的疑問，為什麼英文老師總是歇斯底里地重覆「時態、三單、時態、三單」，因為第三人稱單數的變化就是我們在寫英文作文時最容易出錯的地方。中文的動詞並沒有這樣的變化，所以無論如何，每次寫完作文一定要重新再檢查一次喔！

★中文常常這麼說：
我昨天去高雄。

★正確的英文應該是：
I went to Kaohsiung yesterday. （O）

★我們常犯的錯誤就是：
I yesterday go to Kaohsiung. （X）

一定要背下來的起始句

我的媽媽大約______歲。

我的媽媽總是________________。

我愛我的媽媽所以________________。

我的母親

我的母親大約 45 歲，她有著一頭很長的頭髮和一雙大眼睛。她是一個家庭主婦。她總是陪我一起做完功課後，才去打掃房子和幫家人準備晚餐。她真的是一個很好、很慈祥的媽媽。

我的媽媽總是非常通情達理，她只要求我把學校的作業都完成。如果我考試考得特別好，她就會很開心。如果考不好，她不會生氣，而且會鼓勵我繼續加油！

我愛我的媽媽，所以我每次放學回到家都會給我媽媽一個擁抱，告訴她，媽媽妳是世界上最棒的媽媽！

一定要背下來的起始句

My mom is about _____ years old.

My mom is always _________.

I love my mom so _________.

My Mom

My mom is about 45 years old. She has 1._______ hair and very 2.________. She is a housewife. She always 3._____ me with my homework before she cleans the house and prepares dinner for my whole family. She is really a nice and kind mother.

My mom is always very 4._________. All she asks for is for me to complete my school work. If I get a good mark on my test, she will be very happy. If I don't do well, she won't 5._________. She will encourage me to do better next time.

I love my mom so I 6.______ her a hug when I get home and tell her that she is the best mom in the world.

看隔壁的範文填單字，順便訓練一下自己的單字能力！

ANSWERS

1. long
2. big eyes
3. helps
4. reasonable
5. get angry
6. give

Chapter 3

我最崇拜的偶像 My Favorite Hero

Ch3.mp3

想一想 想到最崇拜的人，你會先想到誰呢？

1 講出名字，別人才知道你崇拜誰。

大谷翔平（Ohtani Shohei）、胡安・索托（Juan Soto）、周杰倫（Jay Chou）、高爾宣（OSN Gao）、蔡依林（Jolin Tsai）

2 描述一下你崇拜的人的長相吧！

圓臉（round face）、捲髮（curly hair）、英俊（handsome）、苗條（slender）、強壯（strong）、高大（tall）

3 你崇拜他/她的原因？

帥（handsome）、熱愛創作（enjoy to be creative）、從不放棄（never give up）、很有才華（very talented）、非常努力（very hard-working）

4 他/她的身分/地位？

運動英雄（sports hero）、有名的歌手（famous singer）、厲害的投手（great pitcher）、國際巨星（international star）

要練習如何寫傳記，就從自己最崇拜的偶像開始

「偶像」就是喜歡某人的特質或表現。很多人對偶像的一舉一動比對爸爸媽媽在做什麼還要清楚，想想看，他／她為什麼會吸引你呢？他／她曾經做過什麼事呢？只要你用心體會，下次老師要你寫什麼偉人傳記，就把他當成自己的偶像來寫就對了！

寫作技巧Tips

如何開始？　描述崇拜的偶像的外表。
建議開頭句：__________has _______face.　_________有______________。

接下來呢？　追溯偶像成名前的辛苦奮鬥過程。
建議開頭句：When __________ was a child, he(she) was very _______.
當____________的時候，他／她就對________________。

怎麼結束？　他／她的身分／地位。
建議開頭句：___________ is now a ___________ for ____________.
____________現在是____________的______________。

套用超簡單　任何題目都可以輕鬆寫！

The Father of iPhone（iPhone 之父）這種題目，感覺離我們的生活好遙遠喔，真不知如何下筆！其實只要把身為 iPhone 之父的「史帝夫・賈伯斯（Steve Jobs）」當成自己的偶像，套用同樣的寫作框架，你也可以輕鬆簡單地把這個題目寫出來。

套用實例

The father of iPhone, Steve Jobs, always wore a pair of glasses.
iPhone 之父，史帝夫・賈伯斯，總是戴著眼鏡。
When he was a child, he was very smart. 當他小的時候，他很聰明。
He was also the founder of PIXAR. 他也是皮克斯動畫的創辦人。

其他類似的人物傳記，也可以套用這種寫法喔，例如：
My Favorite baseball player（我最喜歡的棒球選手）、Mother Teresa（德雷莎修女）、Confucius（孔子）、Newton（牛頓）。

介紹偶像的基本單字片語

怎樣都要背下來的單字

鄭重聲明，我是英雄，不是「魚肉」，雖然唸起來有點像！

英雄

[ˋhɪro]

成為偶像的要素

handsome
英俊的

pretty
漂亮的

skillful
有技術的

diligent
努力的

偶像的身分地位

baseball player
棒球選手

basketball player
籃球選手

singer
歌手

movie star
電影明星

你一定要會用的 英文句型！

這個句型的意思是「有……」，表示某人有某物，第三人稱單數（代）名詞（He/She/It/Tom/The secretary/My brother...），動詞用 has，其餘則用 have，過去式一律用 had。

They all have curly hair. 他們全都是捲髮。
Ohtani has a round face. 大谷有張圓臉。

超神奇!! 換個單字 也能寫其他句子!!

I have a wide mouth. 我有一張大嘴巴。
I have bright eyes. 我有明亮的雙眼。

He 他；She 她；It 它；Andy 安迪；Alice 愛麗絲；The cat 貓；The child 小孩；His sister 他姊姊；The teacher 老師

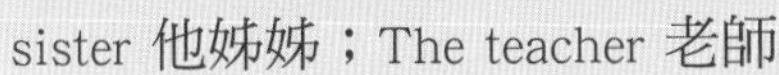

 **have/has/had**  **.**

bright eyes 明亮的雙眼；a wide mouth 大嘴巴；big ears 大耳朵；a small nose 小鼻子

註1：當主詞變複數或是 I/You 時，動詞則改用 have。
註2：eyes, ears, feet... 等身體部位通常以複數形表示。

你一定會用到的各段佳句 請套用即可

我的偶像是棒球選手！

適用第一段 介紹偶像

大谷翔平有張圓臉和深色直髮。	**Ohtani Shohei has a round face with dark, straight hair.**
蔡依林有雙明亮的眼睛及美妙的歌喉。	**Jolin Tsai has bright eyes and a beautiful voice.**
周杰倫有張酷酷的臉跟非常有才華的創造力。	**Jay Chou has a cool face and creativity with talent.**
他在日本非常有名。	**He is very famous in Japan.**
她是超級巨星。	**She is a super star.**

適用第二段 描述偶像成名前的奮鬥過程

當大谷翔平還是小男孩的時候，他非常喜歡棒球。	**When Ohtani was a boy, he was very interested in baseball.**
他想要成為偉大的棒球選手，所以每天都非常認真練習。	**He wanted to be a great baseball player, so he practiced a lot every day.**
當周杰倫還是學生的時候，他就很喜歡唱歌。	**When Jay was a student, he liked singing very much.**
剛開始他的唱歌技巧並沒有特別好。	**At the beginning, his skills in singing were not very good.**
她的舞台經驗並不豐富。	**She didn't have lots of stage experiences.**

適用第二段 說明你崇拜偶像的原因

我喜歡他因為他長得很帥。	**I love him because he is very handsome.**
他非常喜歡棒球，所以他沒有停止訓練或是放棄。	He liked baseball so much that he didn't quit practicing or give it up.
他非常熱愛唱歌，以致於他努力實現了夢想成為了歌手。	**He enjoyed singing so much that he made his dream as a singer come true.**
他一直努力地練習投球，漸漸地越投越好。	He kept practicing his pitching and gradually got better.
她一直矯正自己的發音，現在講得一口流利的英文。	**She kept correcting her pronunciation and speaks very fluent English now.**

適用第三段 闡明偶像的身分地位及表現

大谷是美國職棒大聯盟球隊的先發投手。	**Ohtani is a starting pitcher for a U.S. major league baseball team.**
蔡依林是有名的歌手，而且她每場演唱會的票總是瞬間賣完。	Jolin Tsai is a famous singer, and the tickets of her every concert are always sold out in very short time.
他已經成為了揚名全球的運動明星。	**He has become a sports star that is well-known around the world.**
她已經成為了台灣的代表人物之一。	She has become one of the icons of Taiwan.

自己再加幾句，就可以完成一篇很好的作文喔~

該你 練習囉!!

想不出來，抄前面的也可以唷！

作文小抄稿

第一段，先說出你最崇拜的偶像及其特徵。	第二段，說明你崇拜他／她的原因。	第三段，寫出偶像的身分／地位。
Ohtani Shohei has a round face with dark, straight hair.	When Ohtani was a child, he was very interested in baseball so he joined the school team as a pitcher.	Ohtani is a starting pitcher for a U.S. major league baseball team.

小抄照著填 作文超簡單

My Favorite Hero

__________ has a ______ face with ______ hair. ______

____

____

When ____ was a child, ____ was very ________________

____

____

____ is a ________________ for ________________

____

____

（＊請記得回頭檢查時態、第三人稱單數及名詞單複數）

常犯的寫作錯誤

★中文常常這麼說：
蔡 → 姓　依林 → 名字

★正確的英文應該是：
Jolin → 名字　Tsai → 姓

★我們常犯的錯誤就是：
Tsai → 名字　Jolin → 姓　（蔡依林）……（X）

中文表達姓名的方式與英文恰好完全相反，這對剛學英文不久的你一定會造成不少困惑，不只是姓名，連地名也是這樣的表達方式呢（New York, USA）。中文分為「姓＋名」，所以姓是寫在名的前面，而英文的「姓」是「second name」，名是「first name」所以名當然就寫在姓的前面啦！

抱歉，這裡只
有劉瑪莉，沒
有瑪莉劉。
對方一定是
外國人！

★中文常常這麼說：
陳小明

★正確的英文應該是：
Hsiao-Ming Chen.　（O）

★我們常犯的錯誤就是：
Chen Hsiao-Ming.（X）

一定要背下來的起始句

______有__________。

當__________的時候，他／她對__________。

__________現在是__________的__________。

我最崇拜的偶像

大谷翔平有張圓臉，和一頭深色直髮。他在全世界都非常有名。

當大谷還是個小男孩的時候，他對棒球非常有興趣，所以他加入了校隊擔任投手。雖然每天的練習非常辛苦，但是他非常喜歡棒球，所以他並沒有停止訓練或是放棄。他一直努力地練習投球，漸漸地愈投愈好。

大谷現在是美國職棒大聯盟球隊的先發投手。他投球時總是無所畏懼。他總是保持著冷靜與專注。他現在已經是揚名全世界的運動明星，也是我最崇拜的偶像。

His ball is
hard to hit.

一定要背下來的起始句

________ has ______face.

When ___________ was a child, he(she) was very ______

_________ is now a _________ for __________.

My Favorite Hero

Ohtani Shohei has a 1.__________ face with dark, straight 2.__________. He is very famous around the world.

When Ohtani was a boy, he was very 3._______ in baseball so he joined the school team as a 4._______. The everyday practice was very hard, but he liked 5._______ so much that he didn't quit practicing or give it up. He 6._______ practicing his pitching and 7._______ got better.

Ohtani is now a 8._______ pitcher for a U.S. major league baseball team. He shows no fear 9._______ he pitches. He is always staying 10._______ and focused. He has become a sports star that is well-known around the world, and also my favorite hero.

看隔壁的範文填單字，順便訓練一下自己的單字能力！

ANSWERS

1. round	2. hair	3. interested	
4. pitcher	5. baseball	6. kept	
7. gradually	8. starting	9. whenever	10. calm

Chapter 4

我的家庭 My Family

Ch4.mp3

想一想 你要如何介紹你獨特的家庭？

1 我家的組成人員。

4 個人（four people）、小家庭（small family）、爸爸（father）、媽媽（mother）、兄弟（brother）、姊妹（sister）

2 家裡面有那些狀況？

爸爸很忙（father is busy）、搶遙控器（fight over the TV remote control）、家族旅行（family trip）

3 家裡我最喜歡誰？為什麼？

姊姊（my sister）跟我玩（playing with me）、媽媽（mother）零用錢（pocket money）、爺爺（grandpa）說故事（telling stories）

4 自己對家的感覺？

最棒的家庭（the best family）、非常愛我的家人（love my family very much）、爸爸（father）不要太忙（not too busy）

這是我爸媽。

我知道他長得像誰了！

家庭是描寫所有「人群團體」的基礎

除了一些特殊的例子，不然家庭絕對是一般人最初接觸到的「人群團體」，就算是講英文的「阿兜仔」也不是從石頭裡面蹦出來的啊！所以在學習英文寫作時，知道要怎麼寫這個題目也是很重要的！為了提升將來寫其他團體的能力，對於「我的家庭」這個題目一定要很熟悉喔。

寫作技巧Tips

如何開始？ 先介紹家裡的人數跟成員。
建議開頭句：**There are _______ people in my family.**
我們家有_____個人。

接下來呢？ 談論家人之間的互動關係。
建議開頭句：**In my family, I love my ______ best.**
在我家，我最喜歡_____。

怎麼結束？ 對家人的愛與期望。
建議開頭句：**I love my family very much.** 我非常愛我的家人。

套用超簡單 任何題目都可以輕鬆寫！

My Class（我的班級）這個題目好難寫喔！怎麼辦呢？別怕！其實班級也同樣是「人群團體」，只是這個群體比「我的家庭」更大而已，套用同樣的寫作架構，一樣可以寫出一篇好文章喔！

套用實例

There are 25 people in my class. 我們班上有 25 個人。
In my class, I love my teacher best. 在我們班上，我最喜歡老師。
I love my class very much. 我非常熱愛我的班級。

其他的團體也可以套用這種寫法喔，例如：
My English class（我的英文班）、My Club（我的社團）、My School（我的學校）、My Baseball Team（我的棒球隊）、My Father's Company（我爸爸的公司）。

介紹家庭的基本單字片語

怎樣都要背下來的單字

family 家庭

[ˋfæməlɪ]

家族成員

single-parent family
單親家庭

small/nuclear family
小家庭

large/extended family
大家庭

你一定要會用的 英文句型！

There is/are  ＋地方副詞

這句的意思是「在……有……」。介紹一個團體時，想要說明這個團體有多少人、有什麼設施跟裝備，就可以用這個基本句型，所以我們一定要能掌握 there is/there are 的說法。

There is a book **on the table.** 有一本書在桌上。
There are four people **in my family.** 我家有四個人。

超神奇!! 換個單字 也能寫其他句子!!

two 二；three 三；four 四；five 五；six 六；seven 七；eight 八；nine 九；ten 十；eleven 十一；twelve 十二；thirteen 十三；fourteen 十四；fifteen 十五；sixteen 十六；seventeen 十七；eighteen 十八；nineteen 十九；twenty 二十；thirty 三十；forty 四十；fifty 五十；sixty 六十；seventy 七十；eighty 八十；ninety 九十；a hundred 一百

There are 數字形容詞  地方副詞 .

people 人；babies 小嬰兒；children/kids 小孩；boys 男孩；girls 女孩；students 學生；players 球員

in my family 在我家；in my class 在我班上；on the bus 在公車上；in my father's company 在我爸爸的公司

你一定會用到的 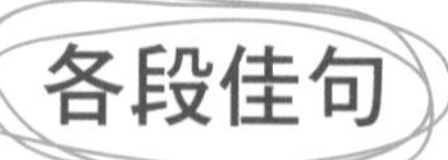

請套用即可

我也是這家的成員！
這是我的家人。

適用第一段 介紹家庭成員

我家有四個人。
There are four people in my family.

我們是五口之家。
We are a family of five.

我家有三個人；爸爸、媽媽跟我。
There are three people in my family; my father, my mother and I.

我家是三代同堂的大家庭。
My family is a large/an extended family of three generations.

我家是由四個人組成的小家庭。
My family is a small family consisting of four people.

你又要幹嘛?
這是我姊姊！

適用第一段 介紹父母親兄弟姊妹

我有四個兄弟姊妹，一個哥哥、一個弟弟、一個姊姊及一個妹妹。
I have four brothers and sisters: an elder brother, a younger brother, an elder sister and a younger sister.

在三個小孩中，我是最年長的。
Among the three children, I am the oldest.

我是獨子。
I am the only child in my family.

我爸是上班族，我媽是家庭主婦。
My father is an office worker and my mother is a housewife.

我父親工作非常忙碌，每天晚上十一點才回到家。
My father is busy with his work and comes home at about 11 p.m. every day.

這是我爸、我媽。

適用第二段 介紹家庭狀況

家裡我最喜歡我媽媽。	**In my family, I love my mother best.**
雖然我們兄弟常常吵架，但我們的關係其實是很好的。	Although my brother and I often fight in words, in fact, our relationship is very good.
我們在週末的時候通常會去家族旅行。	**We usually go for a family trip on weekends.**
我們通常會在晚餐的時候聊彼此今天發生的事情。	We usually talk to each other about what happened today at dinner.
我哥哥總是跟我搶電視遙控器。	**My brother and I always fight over the TV remote control.**

適用第三段 抒發對家庭的感想

我很愛我的家人。	**I love my family very much.**
我希望我們家能過著永遠幸福快樂的日子。	I hope my family can live happily forever.
如果我媽能不要一直對我們說教的話，那就太好了。	**It would be great if my mom would stop giving us so many lectures.**
我希望我爸媽不要那麼忙碌。	I hope my parents will not be so busy.
沒有任何東西是比我的家庭更重要的。	**Nothing is more important than my family.**
我想跟我媽媽說「媽媽我愛妳」。	I want to say to my mom, “I love you, Mom.”

該你 練習囉!!

自己再加幾句，
就可以完成一篇
很好的作文喔~

想不出來，
抄前面的也
可以唷！

作文小抄稿

第一段，先介紹家裡的人數跟成員。	第二段，談論家人之間的互動關係。	第三段，描寫自己對家人的愛與期望。
There are four people in my family. I am the second child in my family.	In my family, I love my mother best. We usually go for a family trip on weekends.	I love my family very much. Nothing is more important than my family.

小抄
照著填
作文超簡單

My Family

There are ______________ people in my family: ______________

____

____

In my family I love ____________ best ______________

____

____

I love my family very much. ______________________

____

____

（＊請記得回頭檢查時態、第三人稱單數及名詞單複數）

常犯的寫作錯誤

★中文常常這麼說：
我家有四個人。

★正確的英文應該是：
There are four people in my family. （O）

★我們常犯的錯誤就是：
My family has four people. （X）

在中文裡會直接用一個「有」字，來處理「存在」（there）、「擁有」（have）這兩個概念。但對於外國人來說，family 是屬於團體的名稱而不是有生命的東西，family 來擁有人是很奇怪的。雖然他們可以理解你想表達的意思，但在正式的場合，還是用 There are four people in my family. 比較不會有爭議。

There are
four people in
my family.
My family has
four people.

★中文常常這麼說：
那裡有三本書。

★正確的英文應該是：
There are three books over there. （O）

★我們常犯的錯誤就是：
There has three books. （X）

一定要背下來的起始句

包括我，我家有______個人。

在家裡面，我最喜歡__________了。

我很喜歡（愛）我的家人。

我的家人

包括我，我家有四個人：爸爸、媽媽還有姊姊。我們家是一個小家庭，而且我們還養了一隻小狗，他的名字是「Baby」。

在家裡面，我最喜歡我的小狗了，因為爸爸跟媽媽都沒有時間跟我玩，我姊姊也必須要去上學，所以當他們不在家的時候，我總是跟 Baby 講話。

我很喜歡我的家人，所以我希望爸爸、媽媽不要那麼忙碌，有更多的時間待在家裡。我覺得 Baby 也希望他們能夠待在家裡久一點。

一定要背下來的起始句

Including me, there are _______ people in my family.

In my family I love __________ best.

I love my family very much.

My Family

Including me, there are 1.________ in my family: my dad, mom and my 2.________. My family is a 3.________ family and we also have a puppy. Its name is "Baby".

In my family, I love my puppy best because Dad and Mom do not have time to 4.________ me and my older sister has to go to school. So I always talk to Baby while they are out.

I 5.________ my family very much so I hope Dad and Mom will not be so busy and they will 6.________ more time to stay at home. I think Baby also wants them to stay at home longer.

看隔壁的範文填單字，順便訓練一下自己的單字能力！

ANSWERS

1. four people
2. older sister
3. small
4. play with
5. love
6. have

Chapter 5

我們這一班
My Classmates

Ch5.mp3

想一想 你在班上通常都怎麼跟同學相處呢？

1 你喜歡上學嗎？

喜歡上學（like going to school）、討厭上學（hate going to school）、功課很多（lots of homework）

2 你可以和班上同學一起做什麼事情？

玩在一起（play together）、露營（go camping）、做功課（do homework）、唱歌（sing）

3 班上同學都怎麼樣？

男生（boys）外向（outgoing）、班長（class leader）嚴厲（strict）、老師（teachers）有趣（interesting）、女生（girls）溫柔（tender）

4 班上同學對你的意義？

好朋友（good friends）、一起聊天（chat with each other）、我的模範（my role model）、在一起很快樂（happy together）

能寫自己的班級，就能寫跟自己有關的所有團體

班級幾乎是所有人繼家庭以外，第二個最常接觸的人群團體了，想想看自從踏進校園開始，跟你互動最多、了解你最多的就是你的同班同學啦。而且學校裡面不是常有人參加「籃球隊」、「啦啦隊」這些團體嗎？如果能夠把自己的班級寫好，要寫這些跟自己有關係的團體也不是什麼難事了。

寫作技巧Tips

如何開始？　先說明自己喜歡去學校或其他跟自己相關的團體。
建議開頭句：**I like to go to ________.** 我喜歡去______。

接下來呢？　描述班上同學的性格。
建議開頭句：**All of the ________ in my ______ are ______.**
我______的______都______________。

怎麼結束？　總結第一段敘述做前後呼應。
建議開頭句：**I like my ________ very much because________.**
我很喜歡我的______，因為______。

套用超簡單　任何題目都可以輕鬆寫！

My English Class（我的英文班）這個題目也可以用相同的模式喔！

套用實例

I like to go to my English class. 我喜歡上英文課。
All of the teachers in my English class are interesting.
我們英文課的老師們全都很有趣。
I like my English class very much because I can learn lots of things.
我非常喜歡我的英文課，因為我可以學到很多東西。

其他的團體也可以套用這種寫法喔，例如：
My Roommates（我的室友）、My Neighbors（我的鄰居）、My Teammates（我的隊友）、My Basketball Team（我的籃球隊）。

介紹班級的基本單字片語

怎樣都要背下來的單字

只要把 class (班級) 跟 mate (夥伴) 兩個字合在一起，就變成 classmate 了。

同班同學

[ˋklæsˏmet]

班級成員＆教室用具

你一定要會用的 英文句型！

I can play＋球類運動／the＋樂器

要表達自己擅長什麼球類運動或樂器演奏時，這是你一定要會的基本句型！請注意，兩者差別在於：❶ play 直接加球類運動。❷ play＋定冠詞 the＋樂器。

I can play basketball. 我會打籃球。
I can play the piano. 我會彈鋼琴。

超神奇!! 換個單字 也能寫其他句子!!

I can play baseball. 我會打棒球。
I can play the violin. 我會拉小提琴。

baseball 棒球；dodge ball 躲避球；badminton 羽球；table tennis 桌球；football 美式足球；soccer 足球；volleyball 排球；golf 高爾夫球；ice hockey 冰上曲棍球

I can play 球類運動／the 樂器 .

drum 鼓；violin 小提琴；flute 笛子；tambourine 鈴鼓；triangle 三角鐵；guitar 吉他

註1：當使用此句型時，一律用單數，不可以用複數形喔，例如應用 drum 而非 drums。

你一定會用到的 各段佳句 請套用即可

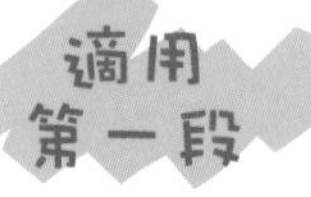

描述團體生活

我喜歡去學校。	**I like to go to school.**
我喜歡去補習班。	I like to go to cram school.
我們會一起運動或玩音樂。	**We can play sports or music.**
我們會一起健行或逛街。	We can go hiking or shopping.
我們會一起演戲。	**We can act in a play. / We can do some acting.**
我們會一起參加社團。	We can join clubs.

喔~羅密歐~
你為什麼是
羅密歐呢?

適用
第一段

描述一同完成的活動

我們必須做團體報告。	**We have to write a team report.**
我們必須學會如何團隊合作。	We have to learn how to work together as a group.
我們必須學會如何在團體中與人交流。	**We have to learn how to socialize in a group setting.**
我們會贏得像是字典或電腦遊戲之類的獎品。	We'll win prizes like dictionaries or computer games.
我們會贏得像是文具或是獎學金之類的獎品。	**We'll win prizes like stationery or scholarships.**

適用第二段 介紹團體成員

我們班的男生個性都很外向。	**All of the boys in my class are outgoing.**
我們班的女生個性都很溫和。	All of the girls in my class are tender.
我和班上同學都喜歡看比賽。	**My classmates and I like to watch sports games.**
我和班上同學都喜歡參加演唱會。	My classmates and I like to go to concerts.
我們喜歡和朋友打籃球及溜冰。	**We like to play basketball and skate with our friends.**
我們喜歡和朋友聽音樂及聊天。	We like to listen to music and chat with our friends.

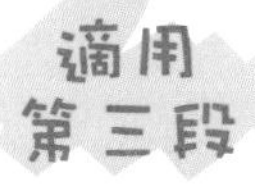

適用第三段 班上同學對你的意義

我也會和他們分享我的日常生活。	**I also share my daily life with them.**
我也會和他們討論偶像明星。	I also discuss idols and stars with them.
他們不只是我的同班同學，也是我最好的朋友。	**They're not only my classmates but also my best friends.**
他們不只是我的老師，也是我的模範。	They're not only my teachers but also my role models.

自己再加幾句，就可以完成一篇很好的作文喔~

想不出來，抄前面的也可以唷！

作文小抄稿

第一段，先說明自己喜歡上學。	第二段，介紹班上同學。	第三段，形容班上同學對你的意義。
I like to go to school. There are many activities I can do at school with my classmates.	*All of the boys in my class are outgoing. My classmates and I like to watch sports games and enjoy outdoor activities.*	*I like my school life very much because I can do lots of things with my classmates.*

小抄照著填作文超簡單

My Classmates

I like to go to ______________________________

____

____

All of the __________ in my _______ are ____________________.

____

____

I like my ________ life very much because ____________________

____

____

（＊請記得回頭檢查時態、第三人稱單數及名詞單複數）

常犯的寫作錯誤

★中文常常這麼說：
我喜歡去上學。

★正確的英文應該是：
I like to go to school. （O）

★我們常犯的錯誤就是：
I like go school. （X）

從中文字義上來看，「喜歡」、「去」是兩個動詞，但在英文句子中，絕大部分不會把兩個動詞放在一起（使役動詞、感官動詞、help 等字例外）。所以兩個動詞間必須加 to 隔開，而 to 後面的動詞則接原形動詞（即 to＋V，也就是不定詞）。此句型中 like 後面可接「to＋V 或 V-ing」。其他像 love、hate 也是相同用法喔！

★中文常常這麼說：
她喜歡逛街。

★正確的英文應該是：
She likes going shopping. （O）

★我們常犯的錯誤就是：
She likes go shopping. （X）

一定要背下來的起始句

我喜歡去＿＿＿＿＿。

我＿＿＿＿的＿＿＿＿都＿＿＿＿＿＿＿＿＿＿。

我真的很喜歡我的＿＿＿＿＿，因為＿＿＿＿＿＿＿＿＿＿。

我們這一班

我喜歡去上學。在學校，我可以和我的同學們一起做很多活動，我們可以一起運動、玩音樂或聊天。有時候我們必須一起努力合作為地理或自然課寫小組報告。如果我們的報告得到學校比賽的第一名，那我們就會拿到像是字典或是電腦遊戲之類的獎品。

我們班的男生全都很外向。我的同學和我都喜歡看體育比賽，也很喜歡戶外活動。我們喜歡和朋友打籃球或者溜冰。真的非常好玩！

我真的很喜歡我的學校生活，因為我可以和班上同學一起做好多事情。我很喜歡和他們待在一起互相分享有趣的事。他們不只是我的同班同學，更是我的超級好朋友！

一定要背下來的起始句

I like to go to ____________.

All of the ______ in my ______ are ______________.

I like my _______ very much because ______________.

My Classmates

I 1.______ to go to school. There are many activities I can do at school with 2.______. We can play 3.______ and music, or talk to each other. Sometimes, we have to work together for writing team reports for geography or science class. If our reports win the first prize of the school 4.______, we can get presents like dictionaries or computer games.

All of the boys in my class are 5.______. My classmates and I like to 6.______ and enjoy outdoor activities. We like 7.______ basketball and skate with our friends. It's nice to play with them!

I like my 8.______ very much because I can do lots of things with 9.______. I like to spend time with them sharing interesting things. They're not only my classmates but also my 10.______!

ANSWERS

1. like
2. my classmates
3. sports
4. competition
5. outgoing
6. watch sports games
7. to play
8. school life
9. my classmates
10. best friends

Chapter 6 偉大的人們 Great People

Ch6.mp3

想一想 世界上有許多偉大的人們，你要怎麼介紹他們呢？

1 他們是什麼樣的一群人？

平凡（ordinary）、忙碌（busy）、願意幫助社會（willingly help society）

2 其他人對他們的想法是什麼？

專注於社群服務（focus on community service）、以生產電腦聞名（be famous for producing computers）、重要的（important）

3 他們做了一些什麼樣的事情？

蓋醫院和學校（build hospitals and schools）、幫助其他國家（give helps to other countries）

4 為什麼他們會是偉大的人們？

給予幫助（give helps）、和他人分享他們的愛與關心（share their love and care with others）

你一進去就被烤焦了吧！
Fire fighters are great people. 我也要加入他們。

以第三者的角度介紹其他團體

除了跟自己有關的團體以外，有時也會寫到跟自己完全沒有關係的團體，例如「農夫」、「清道夫」和「消防隊員」等，對於那些我們覺得的「偉大的人們」，我們平常一定會注意到他們的消息，如果我們可以練習這個題目，以後碰到要描寫跟自己完全沒有關係的團體時也可以輕鬆面對。

寫作技巧Tips

如何開始？　先介紹他們是怎麼樣的一個團體。

建議開頭句：______ is ______ under ______________________.

______是______的團體。

接下來呢？　利用其他人對他們的印象和想法來支持自己的觀點。

建議開頭句：The cause of the society was originally ______.

這個協會原本的志業是__________。

怎麼結束？　他們的偉大之處。

建議開頭句：__________ also give(s) _________ to _________.

_____________也會___________提供___________.

套用超簡單　任何題目都可以輕鬆寫！

看見 Father's Company（爸爸的公司）這樣的題目，你可能會想：不會吧！老爸的公司我不熟耶！放輕鬆～其實公司跟基金會都一樣是組織，也就是一群人、一個團體，用同樣的寫作模式來發揮，也可以寫出一篇佳作喔。

套用實例

The workers in my father's company are busy.
我爸爸公司的員工都很忙碌。
Many people know that my father's company is famous for making computers. 很多人都知道我爸的公司以生產電腦聞名。
My father's company also gives extra money to good sales people.
我爸的公司也會給優秀的銷售員額外的津貼。

其他可以套用這種描寫人物方式的還有：
Neighborhood Watches（社區巡守）、Volunteers（志工）、Social Workers（社工）。

介紹偉大的人們的基本單字片語

怎樣都要背下來的單字

中國的萬里長城就是 Great Wall 喔！

偉大的

[gret]

偉大的人們：職業

police
警察

judge
法官

teacher
教師

babysitter
保姆

nurse
護理師

bus driver
公車司機

social worker
社工

fire fighter
消防員

doctor
醫師

soldier
軍人

你一定要會用的 英文句型！

主詞＋give＋物受 ＋to＋人受

本句型即為表達「A 把東西給 B」的基本用法。

I give food to the poor and needy every week.
每個禮拜我都會將食物給窮困及需要的人。
I gave the ticket to the collector. 我把票給收票員了。

超神奇!! 換個單字 也能寫其他句子!!

I give an apple to you. 我給妳一顆蘋果。

food 食物；money 錢；
clothes 衣物；furniture 家具；
book 書本

I give 物受 to 人受

you 你； him 他；her 她；it 它／牠；us 我們；
them 他們；the girl 那個女孩；the man 那個男
子；the nurse 那位護理師；the poor 窮困的人

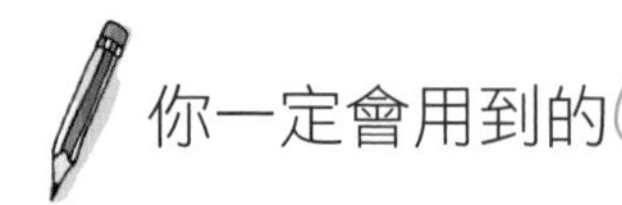
你一定會用到的

各段佳句

請套用即可

一元也太少了吧！好小氣喔！

適用第一段 先介紹他們是怎樣的一群人

紅十字會是在紅十字運動下成立於幾乎所有國家之中的團體。

A Red Cross Society is a group founded under Red Cross and Red Crescent Movement in almost every nation.

它的目的在於幫助需要幫助的人。

Its aim is to help people in need.

志工是由一群願意幫助社會的人所組成的。

The volunteers are made up of people who willingly help the society.

協會成員通常都是一般人，但他們願意提供社會所需的協助。

Members of the society tend to be ordinary people, but they are willing to offer the help that the communities need.

適用第二段 以一般的觀點來看該團體

這個協會原本的志業是幫助在戰場上的人們。

The cause of the society was originally to help people on the battleground.

不過，它現在也專注於人道事業，例如幫助地震或水災的受難者。

However, nowadays it also focuses on humanitarian work, such as helping victims of earthquakes or floods.

我們總是能看到那些志工們在現場幫助需要幫助的人。

We can always see their volunteers helping people in need on the site.

我也想加入一
起做善事。

適用第三段 寫出他們的貢獻

每個紅十字會也會為設立在其他國家的分會提供協助。

Each Red Cross Society also gives help to other branches founded in different countries.

他們藉由在台灣的志工來達成他們的目標。

Their goals are achieved through their volunteers in Taiwan.

它經常透過協會間的國際網絡執行任務。

It often conducts their missions via an international network of societies.

紅十字會在全世界有很多分會。

The Red Cross has lots of branches all over the world.

全世界超過 180 個國家設有紅十字會。

There are more than 180 National Red Cross Societies set up around the world.

我們也有捐
錢給馬鈴薯
共和國喔！

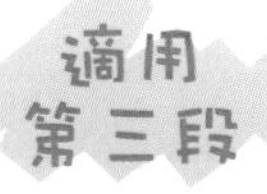
適用
第三段

闡述他們偉大之處

他們讓許多人免於受苦。

They prevent many people from suffering.

他們是一群願意給予需要協助與幫忙的人們愛與關懷的好人。

They are great people who give their love and care to the people in need of help and assistance.

他們是真正偉大的人們，因為他們與那些需要的人分享資源。

They are really great people because they share resources with those who are in need.

自己再加幾句，
就可以完成一篇
很好的作文喔~

想不出來，
抄前面的也
可以唷！

作文小抄稿

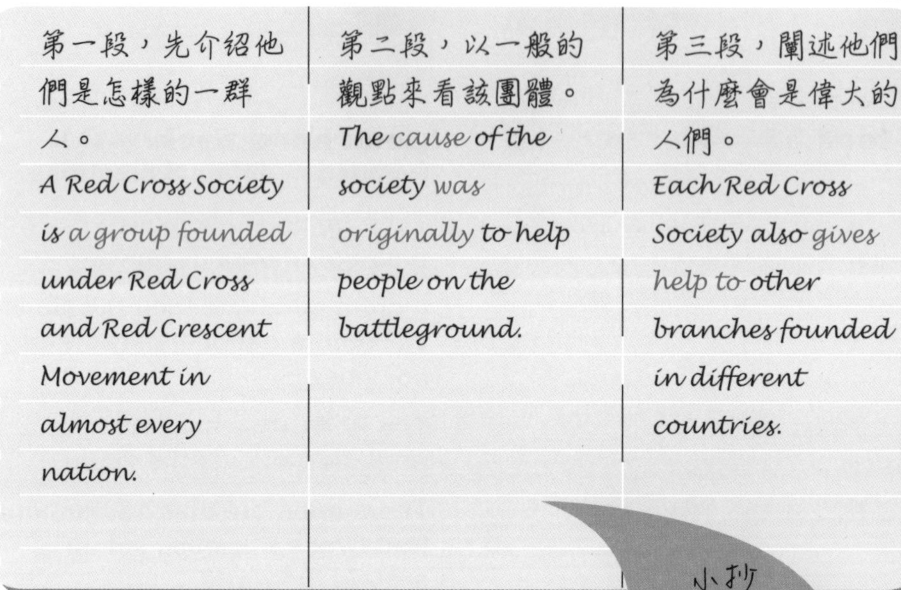

第一段，先介紹他們是怎樣的一群人。	第二段，以一般的觀點來看該團體。	第三段，闡述他們為什麼會是偉大的人們。
A Red Cross Society is a group founded under Red Cross and Red Crescent Movement in almost every nation.	The cause of the society was originally to help people on the battleground.	Each Red Cross Society also gives help to other branches founded in different countries.

小抄
照著填
作文超簡單

Great People

__________ is _____________ under ____________________________

____

____

The cause of the society ______________________________________

____

____

______ also give(s) ______ to _________________________________

____

____

（＊請記得回頭檢查時態、第三人稱單數及名詞單複數）

常犯的寫作錯誤

★中文常常這麼說：
我拿了一本書給她。

★正確的英文應該是：
I took a book to her.（O）　I took her a book.（O）

★我們常犯的錯誤就是：
I took a book give her.（X）　I took a book to she.（X）

「我拿了一本書給她。」這句中文裡有兩個動詞「拿」、「給」，但在英文句子中，這類句子屬於授予動詞的句型，也就是動詞後面會有兩個受詞，一個是給的「事物」，另一個則是接受此「事物」的「人」，此類動詞有 bring、take、buy、give、send 等等。

★中文常常這麼說：
他們把關心給需要的人。

★正確的英文應該是：
They give their care to the people in need.（O）

★我們常犯的錯誤就是：
They give their care the people in need.（X）

一定要背下來的起始句

__________是__________的團體。

這個協會原本的志業_______________。

________也會_______________提供________。

偉大的人們

紅十字會是在紅十字運動下成立於幾乎所有國家之中的團體。它的目標在於幫助需要幫助的人。協會成員通常都是一般人，但他們願意提供社會所需的協助。

這個協會原本的志業是幫助在戰場上的人們。不過，它現在也專注於人道事業，例如幫助地震或水災的受難者。我們總是能看到那些志工們在現場幫助需要幫助的人。

每個紅十字會也會為設立在其他國家的分會提供協助。它經常透過協會間的國際網絡執行任務。全世界有超過 180 個紅十字會。他們讓許多人免於受苦。我希望我有一天也可以成為他們中的一員。

小朋友！這世界上有很多偉大的人喔！

一定要背下來的起始句

_______ is _________ under _________________________.

The cause of the society was originally ______.

_______ also give(s) _______ to ___________.

Great People

A Red Cross Society is a group 1.______ under Red Cross and Red Crescent Movement in almost every nation. Its 2.______ is to help people in need. Members of the society tend to be 3.______ people, but they are willing to offer the help that the communities need.

The 4.______ of the society was 5.______ to help people on the battleground. However, nowadays it also focuses on 6.______ work, such as helping victims of 7.______ or floods. We can always see the 8.______ helping people in need on the site.

Each Red Cross Society also gives help 9.______ other branches founded in different countries. It often conducts their missions via the international network of societies. There are more than 180 National Red Cross Societies set up around the world. They 10.______ many people from suffering. I hope someday I can join the society, too.

ANSWERS

1. founded	2. aim	3. ordinary	
4. cause	5. originally	6. humanitarian	
7. earthquakes	8. volunteers	9. to	10. prevent

Chapter 7

糟糕的一天
A Bad Day

Ch7.mp3

想一想 你有沒有過不愉快的經驗？

1 記得你上一次糟糕的一天嗎？

覺得很不開心（felt very bad）、出差錯（went wrong）、覺得自己很失敗（felt like a loser）

2 發生了什麼事情？

鬧鐘壞掉（alarm clock didn't work）、撞到了頭（bumped my head）、上學遲到（late for school）、頭痛（headache）

3 你是如何發洩情緒的？

告訴我的好朋友（told my best friend）、我哥哥跟我聊了很多（My brother talked a lot with me）、洗舒服的熱水澡（had a nice hot bath）

4 後來的感覺如何？

覺得還挺不賴的（felt great）、最倒楣的人（the unluckiest person）、覺得好像快死掉了（felt like dying）、祈求明天能一切順利（hope everything could be fine tomorrow）

由「糟糕的一天」來練習描述自己的心情和感覺

在寫這個題目的時候，我們可以回想自己曾經發生過的不愉快，藉由描述事情發生的經過、自己如何處理、最後的心情感覺如何及起伏變化等內容，來練習如何描述自己的心情和感覺。如果可以清楚描述出不好的經驗，那麼以後要描寫喜怒哀樂等個人情緒或心情，都不再困難了！

寫作技巧Tips

如何開始？　那一天你覺得如何？
建議開頭句：**I felt ______________ because ______________.**
我覺得______________，因為______________。

接下來呢？　接下來還發生了什麼事？
建議開頭句：**Then, ________________.** 接下來________________。

怎麼結束？　最後事情的發展。
建議開頭句：**Finally, ________________.** 最後______________。

套用超簡單　任何題目都可以輕鬆寫！

My Blue（我的鬱悶）這個題目，從讓你覺得鬱悶的事件開始、發生的經過到結束，再加上一些情緒上的表達來修飾，使讀者能夠感受到你的心情，就是這類文章的精神所在。

套用實例

I felt in a blue mood this week because my wallet was missing.
我這禮拜覺得很鬱悶，因為我的錢包不見了。
What's worse is that my lucky card is in there.
更糟的是我的幸運卡片也在裡面。
On top of it all, I still couldn't find it anyway.
最後，我還是怎麼找都找不到。

其他題目也都可以這樣寫喔！例如：
A Crazy Holiday（瘋狂的假日）、My First Jigsaw（第一次玩拼圖）、Thank You（感恩的心）、Make a Model Plane（做模型飛機）。

的基本單字片語

怎樣都要背下來的片語

字面上是走錯的意思，不過我也可以用來表達事情出了差錯。

出差錯

負面情緒的形容詞

angry
生氣的

bored
無聊的

unhappy
不開心的

sad
悲傷的

lonely
孤獨的

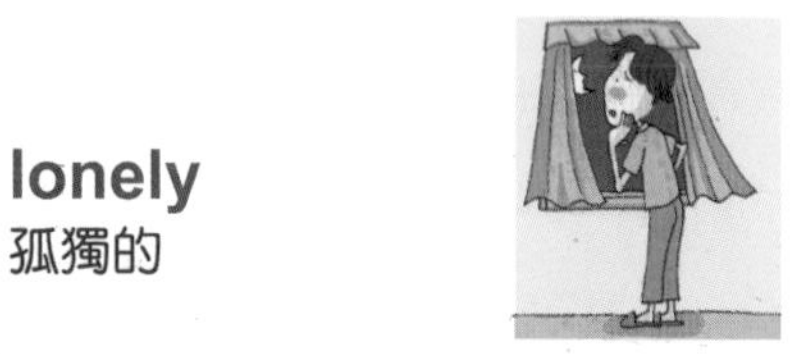

衰事一籮筐

bump (my head)
撞到（頭）

cut (my finger)
割到（手指）

miss (the bus)
錯過（公車）

trip
絆倒

bleed
流血

你一定要會用的 英文句型！

What＋a/an/X 形 ＋ 名 ＋(it is/they are)（可不加）

在形容一個東西的時候，我們通常會用直述句，例如 It is a nice car.（這是一部好車），若是想要再更強調一點，或許會再加上個副詞，例如 It is a really nice car.（這真的是部很不錯的車）。但如果想要再加強語氣的話，就可以用到上面的感嘆句句型啦！

It is a nice car. → What a nice car (it is)! 這真是部好車！
They are bad boys → What bad boys (they are)! 他們真是壞男孩！

What a tender girl! 多麼溫柔的女孩！
What a big change! 多麼大的改變！

beautiful 美麗的；magical 神奇的；bad 不好的；honest 誠實的；strange 奇怪的；great 棒極的；sweet 甜美的；boring 令人覺得無聊的

What a/an/X＋ 形 ＋ 名 ！

day 一天；story 故事；book 書；luck 運氣；person 人；place 地方；game 比賽；dream 夢；weather 天氣；building 建築物；scenery 景色

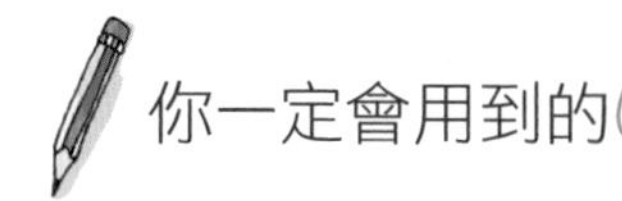

請套用即可

適用第一段　描述你那天的感覺，並且說明原因

今天稍早的時候我覺得非常不開心，因為所有事情都在跟我作對。

I felt very bad early today because everything went wrong.

我覺得我真是失敗，因為我什麼事情都做不好。

I felt like a loser because I couldn't do anything well.

早上我的鬧鐘壞掉了。

In the morning, my alarm clock didn't work.

我睡過頭了。

I didn't wake up on time.

我起床的時候撞到了頭。

I bumped my head when I woke up.

在廚房被媽媽生氣地吼了一頓。

In the kitchen, my mom was angry and yelling at me.

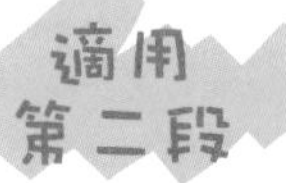

描述發生了什麼事情

我上學遲到了大概一個小時。

I was late for school about an hour.

我在關鐵門的時候割到了手指。

I cut my finger while I was closing the iron door.

我在全班面前跌倒。

I fell down in front of the whole class.

在教室裡的時候，我發現我帶錯了課本，而且沒有帶半支筆。

In the classroom, I found that I brought the wrong textbook and no pen.

有一隻蟲在我的蘋果裡面。

There was a worm in my apple.

我覺得非常噁心而一直吐。

I felt really sick and I threw up a lot.

適用第二段 最後的發展

不過，等我終於回到家的時候，一切都變得順利許多。

However, when I finally got home, everything became much better.

我回家之後，事情只是變得更糟了。

After I got home, things only became worse.

肚子不痛了，媽媽也為我準備了一頓美味的晚餐。

My stomach was fine and my mother prepared a delicious dinner for me.

我哥哥跟我聊了很多，希望我能好過一些。

My brother talked a lot with me and wanted me to feel better.

我還是什麼都找不到。

I still couldn't find anything.

我把這整件事都告訴了我最好的朋友。

I told my best friend the whole story.

適用第三段 個人的期待與心得

現在我覺得很棒。

Right now I feel great.

我覺得我是世界上最倒楣的人。

I feel like I am the unluckiest person in the world.

希望明天一切順利。

I hope everything can be fine tomorrow.

這是我人生中最糟糕的一天。

This is the worst day in my life.

我一定是做錯了什麼事情，所以我今天才會這麼倒楣。

I must have done something wrong so that I had such an unlucky day.

我把所有的事情都寫到日記裡。

I wrote everything in the diary.

該你 練習囉!!

自己再加幾句，
就可以完成一篇
很好的作文喔~

想不出來，
抄前面的也
可以唷！

作文小抄稿

第一段，先敘述那一天你覺得如何。	第二段，接下來還發生了什麼事。	第三段，最後事情的發展。
I felt very bad early today because everything went wrong.	Then, in the classroom, I found that I brought the wrong textbook and no pen.	Finally, when I got home, everything became much better.

小抄
照著填
作文超簡單

A Bad Day

I felt __________ because ________. ______________________

____

____

Then, ____

____

____

Finally, ____

____

____

（＊請記得回頭檢查時態、第三人稱單數及名詞單複數）

常犯的寫作錯誤

★中文常常這麼說：
我覺得很無聊。

★正確的英文應該是：
I am bored. （O）　**I feel bored.** （O）

★我們常犯的錯誤就是：
I am boring. （X）　**I feel boring.** （X）

我想，小朋友們一定常常會搞不清楚 ed 結尾跟 ing 結尾的形容詞有什麼不一樣。bored 和 boring 這種由動詞（bore）變化而來的字叫做「分詞形容詞」。ed 結尾的意思通常是「……的」，而 ing 結尾的意思通常是「令人……的」，多了「令人」兩個字可是會使意思大不相同喔！

I am bored. → 我覺得很無聊。
I am boring. → 我令人覺得很無聊。
= 我這個人很無趣。

I feel bored. → 我覺得很無聊。
I feel boring → 我覺得令人感到無聊。
→ 無法知道是什麼令你感到無聊（語意不完全）

一定要背下來的起始句

我覺得＿＿＿＿＿＿＿＿，因為＿＿＿＿＿＿＿＿。

接下來＿＿＿＿＿＿＿＿＿＿＿＿＿＿＿＿＿＿＿＿。

最後＿＿＿＿＿＿＿＿＿＿＿＿＿＿＿＿。

糟糕的一天

今天稍早的時候我真的覺得很不開心，因為所有的事情都在跟我作對。早上我的鬧鐘壞掉了，害我沒有辦法準時起床。到了廚房又被媽媽生氣地吼了一頓，她以為是我昨天太晚睡。在上學的途中下起了雨，而我又忘記帶雨傘。真是倒楣！

更慘的是到了教室以後，我發覺帶錯書而且沒有半支筆。吃午餐的時候發現飯酸掉了，而且還有一隻蟲在我的蘋果裡面。到了下午我的肚子就感覺怪怪的，一定是那個酸掉的飯。怎麼會這樣子啊！

不過到了最後，當我回到家一切又變得順利許多。肚子不痛了，媽媽也準備了一頓美味的晚餐，吃完飯後洗了個舒服的熱水澡。現在我覺得還挺不賴的，希望明天一切都順利。

今天一整天都這麼衰，你要不要先看看有沒有熱水啊？

一定要背下來的起始句

I felt __________ because __________.

Then, __________.

Finally, __________.

A Bad Day

I felt very bad early today because everything 1.______. In the morning, my 2.______ clock didn't work and I didn't wake up 3.______. In the kitchen, my mom was angry and yelling at me. She thought I went to bed too late last night. On the way to school, it started to rain and I forgot to bring my umbrella. 4.______ bad luck!

Then, 5.______ the classroom, I found that I brought the wrong textbook and no pen. When I was eating my lunch, I found the rice tasted sour and there was a worm in my apple. In the afternoon, my stomach felt strange. It must be the sour rice. 6.______ could this be!

Finally, when I got home, everything became much 7.______. My stomach was fine and my mother 8.______ a 9.______ dinner for me. After dinner I had a nice 10.______. Right now I feel great. I hope everything can be fine tomorrow.

ANSWERS

1. went wrong 2. alarm 3. on time 4. What
5. in 6. How 7. better
8. prepared 9. delicious 10. hot bath

Chapter 8 跟好朋友吵架 I Had an Argument with My Good Friend

Ch8.mp3

想一想 和朋友吵架的經驗。

1 你們為什麼會吵架呢？

棒球隊（baseball teams）、成績（grades）、遊戲（games）

2 吵完過後的相處模式為何？

不說話（didn't talk）、瞪我（stared at me）、不看對方（didn't see each other）

3 道歉的方式為何？

臉書（on Facebook）、傳訊息（sent a message）、寄信（sent me a letter）、留紙條（leave a note）

4 你們現在還是朋友嗎？

感覺好多了（felt much better）、還是好朋友（still good friends）

超人比較厲害！
哪有！蜘蛛人比較厲害！
我才是最厲害的，哈哈哈！

從描寫吵架的經驗，學習將感情與對象做連結

每個人一定都會有和好朋友吵架的經驗吧！不論是吵架前友好的感情或是吵完架後尷尬的氣氛，若能妥善運用形容詞描寫出自己的心情變化，以及和吵架對象之間的關係，一定會是篇完美的作文。

寫作技巧Tips

如何開始？　敘述吵架的原因。
建議開頭句：**I had a big argument with my good friend yesterday because ____________.**
昨天我和我的好朋友因為_____而大吵了一架。

接下來呢？　吵架後的事情發展。
建議開頭句：**Then, ________________.** 然後________________。

怎麼結束？　最後和好的過程（應該沒有從此決裂吧？）
建議開頭句：**In the end, ________________.** 最後____________。

套用超簡單　任何題目都可以輕鬆寫！

和上一個題目一樣，這種題目的要求是要描寫一個特別的事件，我們就直接套用在 Say Thank You to My Friend（和朋友說謝謝）這個題目看看吧！

套用實例

I need to say thank you to my friend because of his honesty.
我必須要跟我朋友說謝謝，因為他很誠實。
Then, my uncle brought me to the police.
然後，我的叔叔帶我去報案。
In the end, the police told me that they found my wallet.
最後，警察跟我說找到了我的錢包。

其他類似的題目也可以套用這種寫法喔！例如：
A Horrible Experience（一段恐怖的經驗）、A Sad Visit（一次悲傷的探望）。

表達吵架的基本單字片語

怎樣都要背下來的片語

相同的意思還有 It's OK. 或是 It's all right.

never mind 別放在心上

吵架時的行為

close the door loudly
大聲地關上門

yell out
大叫

cry
哭泣

beat
打（人）

hit
打（桌椅之類）

kick
踢

throw down
甩掉

turn away
掉頭就走

stare
瞪

have a fight
打架

你一定要會用的 英文句型！

I＋be動詞＋分詞形容詞＋ 介 ＋人／事／物

一般在中文對於感覺的描述都會加上「覺得」這樣的字眼，小朋友們在寫成英文時，往往就會把「覺得」也帶進了句子之中，所以就會寫成「I feel」感覺才比較順一些。但其實英文中的「覺得」可以直接用 be 動詞來代替，而不一定每一句都要用 I feel 來表達。這樣除了增加文章的變化，也可以避免一直使用一樣的單字而讓文章產生重複感。

I feel mad at him. 我對他感到很生氣。
I'm mad at him. 我對他感到很生氣。

超神奇!!

也能寫其他句子!!

I am amazed at the show. 我對這個表演感到驚奇。

amazed at 驚奇的；bored with 無聊的；
confused with 困惑的；tired of 厭倦的；
interested in 有興趣的；satisfied with 滿意的；
surprised at 驚訝的；worried about 擔心的

I am 分詞形容詞 介 人／事／物.

clown 小丑；show 表演；speech 演講
event 事情；news 新聞；story 故事
test 考試；riddle 謎語； accident 意外

請套用即可

我覺得是紅襪隊！
我覺得洋基比較厲害！

適用第一段 跟朋友吵架的原因和狀況

昨天我和我的好朋友因為棒球隊的事情而大吵了一架。

I had a big argument with my good friend yesterday because of the baseball teams.

我和我媽因為成績的事情而吵了一架。

I had an argument with my mother because of my grades.

下課的時候，我們在吵哪一隊才是大聯盟最棒的球隊。

During the break time, we argued about which team is the best in the MLB.

我覺得是洋基；而他覺得是紅襪。

I thought it's Yankees and he thought it's Red Sox.

吵完之後，他連再見都沒說就走掉，還大聲地把門給關上。

After the argument, he went off without saying goodbye to me and closed the door loudly.

哼！

適用第二段 冷戰時的狀況

下一節下課他還是不跟我說話，甚至連看都不看我一眼。

He still didn't talk to me during the next break time. He didn't even look at me.

我開始覺得有一點難過了，因為他是我最好的朋友。

I started to feel a little sad because he is my best friend.

要回家的時候，我問他要不要和平常一樣跟我一起回家。

When it was time to go home, I asked him if he wanted to go with me as usual.

他用一種很奇怪的表情看著我。

He looked at me with a strange look.

他用一種跟陌生人講話的口吻跟我說話。

He talked to me as if I were a stranger.

適用第三段 和解的過程

最後，當我在看電視的時候，電話聲響起。	**In the end, while I was watching TV, the phone rang.**
他寄了一封信給我。	He sent me a letter.
他在我的 Facebook 上道歉。	**He said sorry on my Facebook.**
她傳了一條訊息給我。	She sent a message to me.
他說對他的行為覺得很抱歉，並且覺得自己很幼稚。	**He said he was sorry about what he did. He felt childish.**
他說他一定是吃錯藥了。	He said he must have been crazy or something.
我說：「別在意，我們還是好朋友。」	**I said, “Never mind, we are still good friends.”**
她說：「沒關係！」	She said, “It's OK!”

適用第三段 對整件事情的心得與感想

現在我感覺好多了，希望以後我們不要再吵架了。	**I feel much better now. I hope we won’t argue anymore.**
我覺得她也許是對的。	I feel that maybe she is right.
我還是在生她的氣。	**I am still angry with her.**
或許在這件事情中，我們兩個人都有錯。	Maybe we all did something wrong in this event.
這對我們兩個人來說都是個很好的經驗。	**This is a good experience for both of us.**

該你
練習囉!!

自己再加幾句，
就可以完成一篇
很好的作文喔~

想不出來，
抄前面的也
可以唷！

作文小抄稿

第一段，敘述吵架的原因。	第二段，吵完過後事情的發展。	第三段，最後和好的過程。
I had a big argument with my good friend yesterday because of the baseball teams.	Then, he still didn't talk to me during the next break time. He didn't even look at me.	In the end, while I was watching TV, the phone rang.

小抄
照著填
作文超簡單

I Had an Argument with
My Good Friend

I had a big argument with my good friend because of ________
____
____

Then, ____
____
____

In the end, ____
____
____

（＊請記得回頭檢查時態、第三人稱單數及名詞單複數）

★中文常常這麼說：
她正在安靜地看書。

★正確的英文應該是：
She is reading quietly. （O）

★我們常犯的錯誤就是：
She is reading quiet. （X）

會犯這些錯誤就代表對於副詞的用法不夠熟悉。照著中文的語順直接中翻英（有趣的是，She is reading quietly. 和 She is quietly reading. 用翻譯軟體翻出來的中文是一樣的喔！）一般而言，副詞是用來修飾動詞、形容詞、另一個副詞或是整個句子。在修飾動詞的時候，**副詞是要擺在動詞的後面**。要是動詞後面還有受詞的時候，則要**把副詞放到受詞的後面**。這和中文是不一樣的，請大家一定要注意喔！

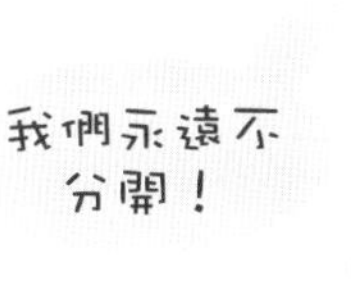

一定要背下來的起始句

＿（時間）＿我和我的好朋友因為＿＿＿＿而大吵了一架。

然後＿＿＿＿＿＿＿＿＿＿＿。

最後＿＿＿＿＿＿＿＿。

跟好朋友吵架

昨天我和我的好朋友因為棒球隊的事情而大吵了一架。下課的時候，我們在吵哪一隊才是大聯盟最棒的球隊，我覺得是洋基；而他覺得是紅襪。吵完之後，他連再見都沒說就走掉，還大聲地把門給關上。他這樣真的讓我覺得很生氣。

然後，下一節下課他還是不想跟我說話，甚至連看都不看我一眼。我開始覺得有一點難過了，畢竟他是我最好的朋友啊！放學的時候，我問他要不要跟我一起回家，就像平常一樣。他用一種很奇怪的表情看著我，但卻還是掉頭就走，不過這一次他有小聲地跟我說再見。

最後，當我在看電視的時候，電話聲響起。是他，他對他的行為覺得很抱歉，並且覺得自己很幼稚。我回答說別在意，我們還是好朋友。現在我感覺好多了，希望以後我們之間不要再有任何的爭執。

MODELL'S
我支持洋基隊。
再吵就轉台。
紅襪隊才會贏。

一定要背下來的起始句

I had a big argument with my good friend ___(sometime)___ because ______.

Then, ________________.

In the end, ______________.

I Had an Argument with My Good Friend

I had a big 1.______ with my good friend yesterday because of the 2.______. 3.______ the break time, we argued about which team is the best in the MLB. I thought it's Yankees and he thought it's Red Sox. After the argument, he went off without saying goodbye to me and closed the door 4.______. I was so angry 5.______ him.

Then, he still didn't talk to me during the next break time. He didn't even look at me. I started to feel sad because he is my best friend. When it was time to go home, I asked him if he wanted to go with me 6.______. He looked at me with a strange look and still 7.______. But, this time, he did say goodbye to me 8.______.

In the end, while I was watching TV, the phone rang. It was him and he said he was 9.______ about what he did. He felt 10.______. I said never mind, we are still good friends. Now I feel much better. I hope we won't argue anymore.

ANSWERS

1. argument	2. baseball teams	3. During	4. loudly
5. with	6. as usual	7. turned away	
8. quietly	9. sorry	10. childish	

Chapter 9

令人驚喜的生日派對 What a Surprising Birthday Party

Ch9.mp3

想一想 你生日當天如何度過？

1 你生日當天的心情如何呢？

興奮（excited）、快樂（happy）、睡不好（couldn't sleep well）

2 在學校你是怎麼度過的呢？

收到很多禮物（got many gifts）、唱生日快樂歌（sang "Happy Birthday"）

3 生日派對上有哪些人呢？

父母（parents）、親戚（relatives）、朋友（friends）、同學（classmates）

4 那一次派對辦得如何呢？

玩得很開心（had a good time）、令人驚喜（surprising）

從難忘的生日派對練習描寫特別事件帶給你的感受

有沒有參加過令你驚喜的生日派對呢？例如說有意想不到的生日禮物或是意想不到的人來參加你的生日派對，或者是你有什麼其他更特別的經驗呢？藉著描寫這些特別事件所帶給你的感受，學會寫各種不同的人生經驗。

寫作技巧Tips

如何開始？　描寫生日當天的心情。
建議開頭句：**Today is my birthday and I'm ____________.**
今天是我的生日，我覺得____________。

接下來呢？　生日派對前的心情。
建議開頭句：**When it was time to _______, I ____________.**
當_______的時候，我____________。

怎麼結束？　最後令人意想不到的發展。
建議開頭句：**And then, things changed completely.**
之後，事情有了一百八十度的轉變。

套用超簡單　任何題目都可以輕鬆寫！

這種寫作模式，適合套用在最後結局跟前面描述有巨大反轉的文章裡，例如 Visit the Haunted House（鬼屋遊記）這個題目。

套用實例

Today I'm going to visit a haunted house, so I'm super excited!
今天我要去鬼屋探險，所以我超級興奮的！
When it was time to enter the house, I was very scared.
當要進入屋子的時候，我快嚇死了。
And then, things changed completely. It was not ghost at all!
在那之後，情況完全不同了。那根本就不是鬼！

其他的題目也可以套用這種寫法喔！例如：
An Unexpected Journey（出乎意料的旅行）、A Strange Box（一個奇怪的盒子）。

介紹生日派對的基本單字片語

怎樣都要背下來的單字

Surprising 是令人驚訝的，surprised 是感到驚訝的。

驚訝

[sə`praɪz]

派對會出現的東西

balloon
氣球

ribbon
緞帶

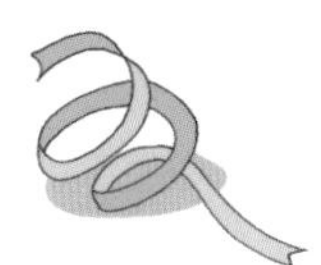

candle
蠟燭

clown
小丑

mask
面具

costume
戲服

cake
蛋糕

box
盒子

present/gift
禮物

jack-in-the-box
嚇人箱（打開來會有玩偶跳出來）

你一定要會用的 英文句型！

主 ＋can't wait＋to 動

「生日派對就快要開始了，我迫不及待要拆禮物了！」我想，每次生日的時候都應該巴不得不要切蛋糕、也不要吹蠟燭，最好所有的事情都省略，直接拆禮物吧！那麼「迫不及待」的英文要怎麼說呢？很簡單，只要套用上面的句型就行了，現在就來試試看吧！

I can't wait to unpack the present. 我迫不及待要拆禮物了。
She can't wait to see the movie. 她迫不及待要看那部電影了。

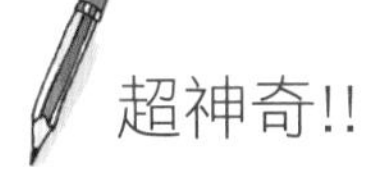

超神奇!! 換個單字 也能寫其他句子!!

They can't wait to buy it. 她們迫不及待要去買。

The fans（影、歌）迷；The audience 觀眾；The crowd 人群；The students 學生們；The dog 狗；The whole school 全校師生

XXX
下殺3折
限量100組
They can't wait to buy it.

主 can't wait to 動 .

see the show 去看表演；watch TV 去看電視；eat something 去吃東西；go to the movie 去看那部電影；play the latest game 去玩最新的遊戲；listen to the song 去聽那首歌；buy something 去買一些東西

你一定會用到的各段佳句 請套用即可

適用第一段 生日當天的心情

今天是我的生日，所以我覺得非常興奮。	**Today is my birthday and I'm so excited about it.**
我已經期待這天期待了大概一個星期。	I've been anticipating this day for about one week.
我在洗澡的時候還一邊快樂地大聲唱歌。	**I was singing happily and loudly while I was taking a shower.**
在學校，我從同學那裡收到好多禮物和卡片，而且玩得很開心。	At school, I got many gifts and cards from my classmates and had a lot of fun.
全班同學為我唱生日快樂歌。	**The whole class sang "Happy Birthday" for me.**

適用第二段 派對之前的心境

放學的時間一到，我迫不及待要回家。	**When it was time to leave school, I couldn't wait to go home.**
我緊張到吃不下任何東西。	I was too nervous to eat anything.
我試著聯絡他們，但是卻都找不到人。	**I tried to call them but there was no answer.**
我那個時候非常震驚，他們忘記了我的生日嗎？	I was so shocked. Did they forget about my birthday?
我沒辦法做什麼只能去寫功課並等他們回家。	**I had nothing to do but did my homework and waited for them to go back home.**

適用第三段 驚喜的過程

在那之後，情況完全改變了。
And then, things changed completely.

大約是晚餐時間，我媽媽打電話叫我到家附近的餐廳去。
It was about time for dinner; my mother called and told me to go to the restaurant near our house.

到了那邊之後，我簡直就不敢相信我的眼睛。
When I got there, I couldn't believe my eyes.

大家都在那邊，我爸媽、親朋好友甚至是同學們都在那兒。
Everybody was there: my parents, my relatives, my friends and even my classmates.

小丑正在雜耍。
The clown was juggling.

大家都隨著音樂起舞。
Everybody was dancing with the music.

許完第三個願望之後，我便將蠟燭給吹熄。
I made the third wish and blew the candles out.

我迫不及待要拆開禮物。
I couldn't wait to unpack the presents.

適用第三段 對於驚喜派對的心得與感想

真是個令人驚喜的生日派對！
What a surprising birthday party!

從今以後，我希望每一年都能夠有像這樣令人驚喜的生日派對。
From now on, I wish I could have a surprising birthday party every year.

我愛死這個派對了。
I love this birthday party so much.

該你練習囉!!

自己再加幾句，
就可以完成一篇
很好的作文喔~

想不出來，
抄前面的也
可以唷！

作文小抄稿

第一段，先描寫生日當天的心情。	第二段，生日派對前的心情。	第三段，最後令人意想不到的發展。
Today is my birthday and I'm so excited about it.	*When it was time to leave school, I couldn't wait to go home.*	*And then, things changed completely.*

小抄
照著填
作文超簡單

What a Surprising Birthday Party

Today is my birthday and I'm ______________________________
____
____

When it was time to ______, I ___________. ________________
____
____

And then, things changed completely. _______________________
____
____

（＊請記得回頭檢查時態、第三人稱單數及名詞單複數）

★中文常常這麼說：
那紙條上面寫著「早一點回家」。

★正確的英文應該是：
The note says, "Come home early." （O）

★我們常犯的錯誤就是：
The note writes, "Come home early." （X）

你知道嗎，如果事情真的像你寫錯的 The note writes, "Come home early." 那樣，那就有一點可怕了喔！因為這句話所表達的意思是「那張紙條長出了一隻手，拿起一隻筆寫說『早點回家』」（想像一下那個畫面，是不是還滿詭異的呢？）。不過有小朋友會問「紙條講話不是也怪怪的嗎？」，然而換個角度來想想，紙條上面的字，就是要「告訴」你一些訊息，這樣不也算是一種 say 嗎？

除了紙條之外，**舉凡是利用文字或圖案來表達訊息的物件，都要使用 say**，以下是幾個例子：

The sign says, "Watch Out!" 那個標誌上面寫著「小心」。
The signboard says, "Dr. Lu." 那個招牌上面寫著「盧醫師」。
The poster says, "On sale up to 50% off." 那張海報上面寫著「特賣 5 折起」。

come home early.
The signboard says "Come home early!"

令人驚喜的生日派對

今天是我的生日，真是令人興奮！早上，我在桌上放了張字條給媽媽「別忘了今天是我的生日喔！」在學校，我收到好多生日禮物和卡片，而且也和同學玩得很開心，但是我還是很期待放學後的生日派對。

放學的時間一到，我簡直就是迫不及待地想回到家。但當我打開家門，家裡卻一個人也沒有，只有一張紙條上面寫「晚一點回來，爸媽留。」我試著聯絡他們，但是卻都找不到人。當下我整個傻眼，他們該不會真的忘記今天是我的生日了吧？怎麼會這樣呢？我難過到吃不下飯。但也只能去寫功課然後等他們回家。

之後，事情有了一百八十度的轉變。大約是晚餐時間，媽媽打電話叫我到家附近的餐廳去，到了那邊之後，我簡直就不敢相信我的眼睛，大家都在那邊，我爸媽、親朋好友甚至是同學們都在那兒，禮物多得不像話，還有一個大蛋糕。真是個驚喜的生日派對！我們之後玩得很開心，這真是最棒的一次生日派對了！

What a Surprising Birthday Party

Today is my birthday and I'm so excited about it. In the morning, I put a note on the table for my mom and it 1._______, "Today is my birthday. Don't forget it." At school,I got many gifts and cards from my classmates and had a lot of 2._______. But I was still 3._______ a birthday party after school.

When it was time to leave school, I 4._______ to go home. When I opened the door, there wasn't anybody in the house. There was only a note that said, "Coming home late tonight, Mom and Dad." I tried to call them but there was no answer. I was so 5._______. Did they 6._______ my birthday? How could this be? I was so sad that I couldnl't eat anything. I just did my homework and waited for them.

And then, things 7._______ completely. It was about time for dinner. My mother called and told me to go to the restaurant 8._______ our house. When I got there, I couldn't believe my eyes. Everybody was there: my parents, my relatives, my friends and even my classmates. There were so many gifts and a big cake. What a 9._______ birthday party! We 10._______ and it was the best birthday party ever.

看隔壁的範文填單字，順便訓練一下自己的單字能力！

ANSWERS

1. said
2. fun
3. expecting
4. couldn't wait
5. shocked
6. forget
7. changed
8. near
9. surprising
10. had a good time

Chapter 10

中秋節 The Moon Festival

Ch10.mp3

你怎麼度過中秋佳節？

1 中秋節的傳統是什麼呢？

吃月餅（eat moon cakes）、吃柚子（eat pomelos）、admire the moon（賞月）

2 這幾年中秋節的活動是什麼？

烤肉（BBQ）、放煙火（set off fireworks）、和家人團聚（reunite with family）

3 你中秋節做了些什麼呢？

烤肉（BBQ）、在月光下露營（go camping in the moonlight）、做柚子帽（make pomelo hats）、吃很多月餅（eat lots of moon cakes）

4 中秋節的意義是什麼？

團圓（have a reunion）、聊天（chat）、放鬆心情（relax）

中秋節是家家戶戶團圓的節日

從吃柚子或者是月餅，到現在中秋節前後走在路上都會聞到烤肉的味道。我們可以試著比較以前和現在的差異，最後再加上你心目中對於中秋節的定義，那麼，這樣一個題目就可以輕鬆完成了！

寫作技巧Tips

如何開始？　中秋節的日期以及以前的人如何過中秋。
建議開頭句：**The Moon Festival is ________.** 中秋節是________。

接下來呢？　現在的人們如何過中秋節。
建議開頭句：**Now, people still________. But nowadays, people also like to ________.**
現在，人們還是 ______ 。不過現在大家也喜歡 ______ 。

怎麼結束？　中秋節的意義。
建議開頭句：**The Moon Festival is a ________ for us.**
中秋節對我們而言是一個 ______________ 。

套用超簡單　任何題目都可以輕鬆寫！

一個節日通常都會有「傳統的過法」、「近年來的過法」以及「節日本身的意義」這三個環節。只要能找出這三個特點，即使用英文介紹也難不倒你。

套用實例

The Lantern Festival is on January 15th of the lunar calendar. In the old days, people usually made lanterns by themselves.
元宵節是在農曆正月十五日。在以前，人們通常會自己做燈籠。
Now, people still love lanterns. But nowadays, people simply buy them in stores.
現在大家還是很喜歡燈籠，只不過現在人們一般會去店裡買燈籠。
The Lantern Festival is a beautiful festival. 元宵節是個美麗的節日。

的基本單字片語

怎樣都要背下來的單字

元宵節是 the Lantern Festival，端午節是 the Dragon Boat Festival。

節慶

[`fɛstəvl̩]

中秋節的活動與食物

BBQ
=barbecue
烤肉

firework show
煙火秀

admire the moon
賞月

pomelo
柚子

moon cake
月餅

烤肉會去的地方

campground
露營地

riverside park
河濱公園

balcony
陽台

forecourt
前院

road
馬路上

你一定要會用的 英文句型！

主 ＋be used to＋Ving/ 名

其實這個句型要深入研究下去的話，可能這一章都討論不完。所以這邊就先介紹最基本的用法。上面這個句型的意思是「習慣於某事」，要特別注意的是，後面要接動名詞而不是接原形動詞喔！因為前面的 be used to 是扮演形容詞的角色，所以後面當然要接名詞、代名詞、動名詞。

He is used to going to bed early. 他習慣早睡（現在還是習慣早睡）。
He was used to going to bed early. 他以前習慣早睡（現在怎麼樣不知道）。

超神奇!! 換個單字 也能寫其他句子!!

My aunt 我阿姨；Her neighbor 她的鄰居；His relatives 他的親戚們；The dog 那隻狗；The group 這一組；The class 這一班

sleeping on the sofa 在沙發上睡覺；well-done steak 全熟的牛排；taking cold shower 洗冷水澡；spicy food 辣的食物；wearing colorful clothes 穿色彩繽紛的衣服；jogging in the morning 晨跑

主 is/are used to Ving/ 名 .

請套用即可

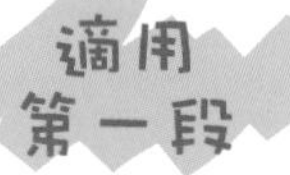

節日的時間和傳統

中秋節是在農曆八月十五日。	**The Moon Festival is on August 15th of the lunar calendar.**
人們會吃月餅因為它們看起來跟月亮很像。	**People ate moon cakes because they looked like the moon.**
他們也會吃柚子來討個吉利，因為柚子在中文聽起來像「佑子」。	**They also ate pomelos for good luck because the name of it in Mandarin sounds like "bless the children."**
有的時候大人們會用柚子的皮來幫小朋友們做帽子。	**Sometimes, adults would use the peel of pomelos to make hats for children.**
他們以前不常烤肉。	**They didn't BBQ very often on that day before.**

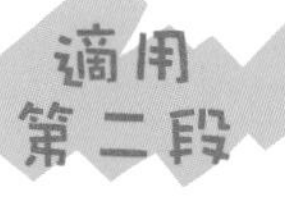

最近幾年節日的活動

現在，大家都還是會吃月餅和柚子。	**Nowadays, people still eat moon cakes and pomelos.**
不過最近大家也喜歡在中秋節的時候烤肉了。	**But people also like to BBQ on the Moon Festival these days.**
現在感覺好像中秋節就一定要烤肉似的。	**It feels like we must have a BBQ on the Moon Festival now.**
人們喜歡放煙火。	**People like to set off fireworks.**
現在的月餅多了很多新的口味。	**There are many new flavors for moon cakes now.**
大家通常會去河邊、公園或者是空曠的地方。	**They usually go to the riverside, park or other open fields.**

適用第二段 你在這次節日中從事的活動

今年中秋節我也和親戚一起去了一個大公園烤肉。

This Moon Festival I also went to a BBQ with my relatives in a big park.

我吃了很多肉和柚子，而且我叔叔還做了一頂柚皮帽給我呢！

I ate a lot of meat and pomelos, and my uncle made me a pomelo hat.

我邀請我同學到我家後院來烤肉。

I invited my classmates to the BBQ in my backyard.

烤肉大會之後，我們就開始講起了鬼故事。

After the BBQ, we started to tell some ghost stories.

我和弟弟到河邊放了一堆煙火。

I went to the riverside with my younger brother and set off a bunch of fireworks.

適用第三段 節日的意義與內涵

中秋節對我們而言是一個非常重要的日子。

The Moon Festival is a very important day for us.

在這一天，人們可以和遠方的親朋好友團圓。

On this day, people can have a reunion with their friends or relatives from far away.

大家都可以放鬆心情並享受團圓的樂趣。

Everybody can relax and enjoy the joy of a reunion.

我也有機會能和一些老朋友們聊天。

I also have a chance to chat with some old friends.

所以下次別忘記邀請你的親朋好友們來參加你的烤肉派對喔！

So next time, don't forget to invite your friends or relatives to your BBQ party!

自己再加幾句，就可以完成一篇很好的作文喔~

想不出來，抄前面的也可以唷！

作文小抄稿

第一段，中秋節的日期以及傳統。	第二段，現在中秋節的活動。	第三段，中秋節的意義。
The Moon Festival is on August 15th of the lunar calendar.	Now, people still eat moon cakes and pomelos. But nowadays, people also like to have a BBQ on the Moon Festival.	The Moon Festival is a very important day for us.

小抄
照著填
作文超簡單

The Moon Festival

The Moon Festival is ____

____

____

Now, people still _______. But, nowadays people also like to _______.

____

____

The Moon Festival is a ____.

____

____

（＊請記得回頭檢查時態、第三人稱單數及名詞單複數）

常犯的寫作錯誤

★中文常常這麼說：
愚人節是 4 月 1 日。

★正確的英文應該是：
Fools' Day is on April 1st. （O）

★我們常犯的錯誤就是：
Fools' Day is April 1st. （X）
Fools' Day is on April 1. （X）

英文在指明特定某一天的時候，別忘記在日期的前面一定要加上 on。若想說的是在某個月份的話則是要用 in（The Mother's Day is in May. 母親節是在五月）。第二個例句的錯誤則是出在日期上，英文中的日期是採序數的概念，也就是 1st, 2nd, 3rd 以此類推，雖然在某些非正式的場合，你有可能會看到別人不是用序數形態，但寫作文畢竟是比較正式的文體，謹慎一點還是比較好。

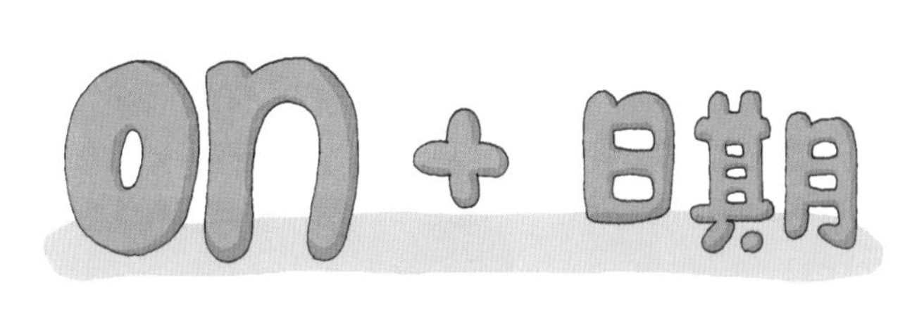

中秋節

中秋節是在農曆八月十五日。在以前有許多與慶祝這個節日有關的習俗。人們會吃月餅是因為它們看起來跟月亮一樣。他們也會吃柚子來討個吉利，因為柚子在中文聽起來像「佑子」。有的時候大人們會用柚子的皮來幫小朋友們做帽子。那真的很有趣。

現在，人們還是會吃月餅和柚子。不過大家也喜歡在中秋節的時候烤肉。大家通常會去河邊、公園或者是空曠的地方。親朋好友們常會聚在一起慶祝這個節日。今年中秋節我和親戚們去了一個大公園烤肉。我吃了很多肉和柚子，而且我叔叔還做了一頂柚皮帽給我。

中秋節對我們而言是個重要的日子，因為在這一天，人們能夠和遠方的親朋好友團圓。大家都可以放鬆心情並享受團圓的樂趣。所以下一次別忘記邀請你的親朋好友們來參加你的烤肉派對喔！

The Moon Festival

The Moon Festival is 1.______ August 2.______ of 3.______. In the old days, there were many 4.______ associated with celebrating the festival. People ate moon cakes because they looked like the moon. They also ate 5.______ for good luck because the name of them in Mandarin sounds like" 6.______ the children". Sometimes, adults would use the peel of pomelos to make hats for kids. It was so fun.

Nowadays, people still eat moon cakes and pomelos. But they also like to have a BBQ on the Moon Festival. People usually go to the 7.______, park or other open fields. Relatives or friends often get together to 8.______ the festival. This Moon Festival I went to a BBQ with my 9.______ in a big park. I ate a lot of meat and pomelos, and my uncle made a pomelo cap for me.

The Moon Festival is a very important day for us because on this day, people can have a 10.______ with their friends or relatives from far away. Everybody can relax and enjoy the joy of reunion. So next time, don't forget to invite your friends or relatives to your BBQ party!

看隔壁的範文填單字，順便訓練一下自己的單字能力！

ANSWERS

1. on　2. 15th　3. the lunar calendar
4. customs　5. pomelos　6. blessing　7. riverside
8. celebrate　9. relatives　10. reunion

Chapter 11

最快樂的時光
The Happiest Moment

Ch11.mp3

想一想 回憶你最快樂的時光。

1 你最快樂的時光是在哪裡度過的？

海邊（beach）、旅遊勝地（resort）、小島（island）

2 那是個什麼樣的地方？

天堂（paradise）、宮殿（palace）、飯店（hotel）

3 還記得離開時候的情景嗎？

拍了很多照片（took a lot of pictures）、買紀念品（bought souvenirs）

4 這一段時光對你的意義為何？

再來（come back again）、美好的經驗（wonderful experience）、最快樂的時光（the happiest moment）

描寫過去的一段回憶，從快樂的時光著手

小朋友應該有過度假的經驗吧！到了一個景色優美的地方，或者是遠離喧囂的一個小聚落，享受一段美好的時光。試著回想一下最令你印象深刻的人、事、物是什麼？因為是回憶所以整篇要用過去式的時態來寫喔！

寫作技巧Tips

如何開始？　寫出最快樂的時光是在哪裡度過。

建議開頭句：**I remember _____ I went to _____ to spend my holidays.**
我還記得________的時候，去____________度假。

接下來呢？　描述這段時間裡令你印象最深刻的一天。

建議開頭句：**I remember one day I _____.** 我記得有一天我______。

怎麼結束？　離開時的情景。

建議開頭句：**On the day we were leaving, __________ .**
在我們要離開的那一天，________ 。

套用超簡單　任何題目都可以輕鬆寫！

這一篇主要是在描寫過去發生的事情，而且是至少超過一天以上的時間，所以很適合用來寫例如出國的經驗或者是全家出遊的題目。

套用實例

I remember last summer I went to visit my grandma to spend my holidays. 我記得去年夏天去了外婆家度假。

I remember one day I complained about the bland meals.
我記得有一天我抱怨食物太清淡了。

On the day we were leaving, I hugged my grandma and promised I would come back again.
在我們要離開的那一天，我抱著外婆並保證我一定會再回去。

其他更多類似的題目也可以套用這種寫法喔！例如：
Going Abroad（出國去）、My Summer Vacation（我的暑假）。

介紹假期的基本單字片語

怎樣都要背下來的單字

end 當動詞是結束，加上 ing 就變名詞。

ending [`ɛndɪŋ] 結尾

度假會做的事情

sun bath
日光浴

build a sand castle
蓋沙堡

take a picture
照相

surf
衝浪

buy a souvenir
買紀念品

ride a jet ski
騎水上摩托車

scuba diving
潛水

windsurf
玩風帆

sleep on a hammock
睡吊床

whale watching
賞鯨

你一定要會用的 英文句型！

It happens that＋子句

去一個地方度假一陣子，總會發生一些很巧的事情吧！像是遇到認識的人、遇到當地的某些特別活動……等等，那麼「碰巧」的英文要怎麼說呢？拜託別再用中文直譯了，答案就在上面，看清楚要怎麼正確表達吧！只要把一件事情的前面加上 It happens that，就可以變成「碰巧」發生那件事囉！

It happened that we met my classmate. 我們碰巧遇到我同學。
It happened that she wasn't home on that day. 碰巧那天她不在家。

超神奇!! 換個單字 也能寫其他句子!!

the man is his father 那個人是他爸；he had some money 他有帶錢；it was a holiday 那一天是假日；she forgot the key 她忘記帶鑰匙；he didn't take the train 他沒搭那班火車；he is my friend 他是我朋友；I know the owner 我認識老闆；we bought the same watch 我們買了同一隻手錶

It happens/happened that ____________.

你一定會用到的 各段佳句 請套用即可

適用第一段 描述最快樂的時光是在哪裡度過的

我記得去年暑假去了沙灘度假。	**I remember last summer vacation I went to a beach to spend my holidays.**
我和家人在那裡的一家在沙灘附近的高級飯店住了一個禮拜。	I stayed there for a week with my family in a high class hotel near the beach.
我們前往著名的旅遊勝地度假。	**We went to a famous resort to spend our holiday.**
那片沙灘跟雪一樣潔白。	The beach was as white as snow.
那家飯店看起來跟座宮殿一樣。	**The hotel looked like a palace.**
太不真實了！這裡完全就是個天堂！	It's so unreal! It's totally a paradise!

未滿18歲
不能喝酒喔！

適用第二段 描述這段時間裡令你印象最深刻的一天

我參加了當地的慶典。	**I joined a local festival.**
我吃了人生中的第一口生魚片。	I got my first bite of sashimi.
我試了許多水上運動，像是水上摩托車、浮潛以及衝浪。	**I tried many water sports, like jet skiing, snorkeling and surfing.**
大約六點的時候，我們坐在沙灘上，看著日落並且聊著些有的沒的。	At about six o'clock, we sat on the beach, watching the sunset and chatting about nothing in particular.
那個日落是我看過最美的日落。	**The sunset was the most beautiful one I've ever seen.**

適用第三段 描述離開時的情景

我們在飯店裡裡外外都拍了許多照片。	**We took a lot of pictures in the hotel and outside the hotel, too.**
我也和那邊的朋友們交換了Facebook帳號，而我們到現在都還是好朋友。	I also exchanged my Facebook account with some friends there and we are still good friends now.
我們買了許多紀念品和土產。	**We bought a lot of souvenirs and local products.**
我們寫了一張卡片給我們的導遊。	We wrote a card to our guide.
沙灘附近的樹被風吹得看起來好像在跟我揮手道別一樣。	**The trees near by the beach were blown by the wind and looked like they were waving goodbye to me.**

分享你對這段時光的想法

我覺得這是我生命中一段最快樂的時光。	**I think this was the happiest moment in my life.**
如果有機會的話，我一定會再來的。	If I have a chance, I will definitely come back again.
我覺得能夠擁有這樣的經驗實在是太幸運了。	**I feel so lucky that I could have such a wonderful experience.**
我以後會帶我的小孩來這裡。	I will bring my children here someday.
假期這樣結束真是太棒了！	**What a wonderful ending for my vacation!**

自己再加幾句，
就可以完成一篇
很好的作文喔~

想不出來，
抄前面的也
可以唷！

作文小抄稿

第一段，寫出最快樂的時光是在哪裡度過。	第二段，描述這段時間裡令你印象最深刻的一天。	第三段，離開時的情景。
I remember last summer vacation I went to a beach to spend my holidays.	I remember one day I went to the beach with some other kids in the hotel.	On the day we were leaving, we took a lot of pictures in the hotel and outside the hotel, too.

小抄
照著填
作文超簡單

The Happiest Moment

I remember ______ I ______ to spend my holidays. ____________

____

____

I remember one day I __________. ______________________

____

____

On the day we were leaving. ______________________

____

____

（＊請記得回頭檢查時態、第三人稱單數及名詞單複數）

常犯的寫作錯誤

★中文常常這麼說：
他在家裡面。

★正確的英文應該是：
He's at home.（O）

★我們常犯的錯誤就是：
He's in home.（X）

在描寫「去一個地方度假」的時候，常常會遇到必須描述位於某個地方的狀況，像是「在飯店裡面」、「在車上」或是「在街道上」。這些時候都會用到介系詞，那麼選用正確的介系詞就變得相當重要了。與其解釋這句話錯在哪裡，不如來參考下面的表格吧！

常用介系詞	使用時機								
in	大型地點(但有時也會用於很小的地點)	**城鎮、縣市、洲、國家或大陸**				**表示在交通工具或建築物內**			
		in	Africa Taiwan Taxes Taipei	在	非洲 台灣 德州 臺北	in	a building a car a room a boat	在	建築物裡 車子裡 房間裡 船上
on	中型地點	**街道 河川 海岸**				**表示在交通工具上**			
		on	Da An Road the east coast Dongshan River	在	大安路 東岸 冬山河	on	a ship a train a plain	在	船上 火車上 飛機上
at	小型地點或地址號碼	at	home school a company the bus stop a party 22 Da An Road	在	家 學校 公司 公車站 派對 大安路22號				

最快樂的時光

我還記得去年暑假的時候，去海邊度假。它位於北臺灣，我和家人住的是一家緊鄰海邊的高級飯店。剛好飯店經理是爸爸的朋友，所以我們可以住在更好的房間裡。飯店房間裡面的每一個東西看起來都又大又高級，浴缸又大又可以按摩，床鋪也是又大又舒服，窗戶也很大，而且可以直接看到海邊。

我記得有一天我和一些也住在旅館裡面的小朋友們一起到海邊玩。我們帶了很多東西去玩，像是海灘球、水槍、零食還有一些飲料。我們在海邊玩得很開心，我們玩了海灘球和一些遊戲。大約六點的時候，我們坐在海灘上，看著日落並且聊些有的沒的東西。那個日落真的是我看過最美的一個日落，那個時候我真的希望時間能夠永遠的停住。

在我們要離開的那一天，我們在飯店裡裡外外拍了許多的照片。當我坐上車的時候，我和朋友們揮手道別，然後我望向了海邊的方向，海邊的樹被風吹得看起來好像也在跟我揮手道別一樣。這個假期就在這麼棒的一個結尾之下告了段落，我覺得這真是我生命中最快樂的時光。

The Happiest Moment

I remember last summer vacation I went to a beach to 1.______ my holiday. It is a beach in the northern Taiwan. I stayed there for a week with my family in a high class hotel near the beach. 2.______ my father's friend was the manager of the hotel so we could have better rooms. Everything seemed expensive and big in the hotel room. The bathtub was big and could 3.______ you. The bed was big and comfortable. The window was big and I could see the beautiful beach through the glass.

I remember one day I went to the beach with some other kids in the hotel. We brought a lot of stuff, such as a beach ball, water guns, some snacks and drinks. We had a lot of fun on the beach. We played beach 4.______ and some games. At about six o'clock, we sat on the beach, watching the sunset and chatting about nothing in particular. The 5.______ was the most beautiful one I've ever seen. At that time, I really wanted time to stop 6.______.

On the day we were leaving, we took a lot of pictures in the hotel and 7.______ the hotel, too. When I got in the car, I 8.______ goodbye to my friends, then I looked at the beach. The trees near by the beach were blown by the wind and looked like they were waving goodbye to me. What a wonderful ending for my vacation! I think this is the happiest 9.______ in my life.

ANSWERS

1. spend	2. It happened that	3. massage
4. volleyball	5. sunset	6. forever
7. outside	8. waved	9. moment

Chapter 12

我的願望 My Wish

Ch12.mp3

想一想 談到願望你會想到什麼？

1 你的願望是什麼呢？

變成有錢人（become a rich man）、當英文老師（be an English teacher）

2 為什麼會有這樣的願望呢？

很酷（cool）、可以自己出國（can go abroad by myself）、可以和外國人交談（can speak to foreigners）

3 現在這個願望實現了嗎？

絕對不會放棄（never give up）、幾乎（almost）、必須繼續努力（have to work harder）

4 你如何實現這個願望？

認真念書（study hard）、每天提醒自己（remind myself every day）、每天練習（practice every day）

記錄自己的願望和努力圓夢的過程

每個人都希望自己的願望可以成真。那麼你的願望是什麼呢？為什麼會有這樣的願望呢？寫這篇文章的同時，可以檢視自己是否有為這個願望做出什麼努力？有的時候自己還是要努力，願望才會達成喔！

寫作技巧Tips

如何開始？　寫出你的願望。
建議開頭句：**I have no other wish except to ____________.**
　　　　　　除了__________以外我沒有任何其他的願望。

接下來呢？　寫出達成你這個願望的最大動力。
建議開頭句：**There is another reason why I ___________________.**
　　　　　　我_________其實還有另外一個理由。

怎麼結束？　這個願望現在實現的狀況。
建議開頭句：**Now, I _______________.** 現在，我____________。

套用超簡單　任何題目都可以輕鬆寫！

只要是跟願望有關的作文題目全部都可以套用喔！

套用實例

I have no other wish except to be a pilot when I'm twenty.
當我二十歲的時候，我除了當飛行員以外沒有其他的願望。
There is another reason why I want to be a pilot.
我想當飛行員其實還有另外一個理由。
Now, I eat a lot of fish and take care of my eyes well.
我現在吃很多魚並且好好保護我的眼睛。

其他更多類似的題目也可以套用這種寫法喔！例如：
My Dream（我的夢想）、I Want to be a Scientist（我想要當科學家）、What I Want to Do in the Future（未來想做的事）。

介紹願望 的基本單字片語

怎樣都要背下來的單字

當名詞是願望，
當動詞是許願。

願望

[wɪʃ]

你想成為的人

cook
廚師

journalist
新聞工作者

judge
法官

musician
音樂家

painter
畫家

scientist
科學家

mail carrier
郵差

singer
歌手

writer
作家

dentist
牙醫

have no other＋  **＋except to 動**

這句型的意思為「除了……沒有其他的……」。在和別人分享你的願望是什麼時，你應該很希望別人也能夠很深刻地體會你的心情吧！那麼，為了要讓你的願望聽起來更有說服力，我們可以利用這樣的句型來大大地強化你的語氣。當讀者看到你這樣的決心之後，就會有一種「這個人應該真的很渴望這件事」的感覺，再繼續往下閱讀的時候也會更有認同感，進而被你的文章所感動。

Frank has no other purpose except to make everybody laugh.
法蘭克除了想讓大家都笑出來之外，沒有別的目的。
We have no other goal except to pass the exam.
我們除了通過考試之外，沒有別的目標。

超神奇!! **換個單字** 也能寫其他句子!!

I have no other dream except to lose weight.
我除了減肥之外沒有其他的夢想。

idea 想法；method 方法；means 手段；dream 夢想；ideal 理想；choice 選擇；option 選項；purpose 目的；goal 目標

I have no other  **except to 動 .**

obey the rules 遵守規則；agree with her 同意她；be the president 當總統；win the game 贏得比賽；go to the concert 去看演唱會；lose weight 減重成功

你一定會用到的各段佳句請套用即可

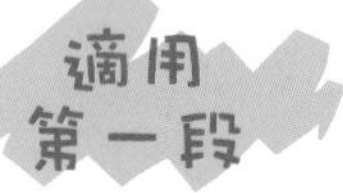

適用第一段 寫出你的願望

除了當英文老師以外我沒有任何其他的願望。	**I have no other wish except to be an English teacher.**
這是我唯一的夢想。	This is the only dream I have.
從我還是個小男孩的時候，就有這個夢想了。	**It has been my dream since I was a little boy.**
自從我爸爸跟我說了那個故事之後，它就成為我的夢想。	Since my father told me the story, it has become my dream.

適用第二段 寫出許下這個願望的理由

在電視或電影中的那些飛行員，他們總是帶著墨鏡，真的很酷！	**The pilots on TV or in movies are always wearing sunglasses and they are so cool!**
我可以流利地和外國人對談，也可以輕鬆閱讀英文書籍或漫畫。	I can speak to foreigners smoothly and read English books or comics easily.
自從我第一次看到它，它就一直占據在我的腦海之中。	**Since I saw it at the first time, it has stayed in my mind.**
我可以開著飛機前往許多國家和許多地方。	I can fly a plane to many countries and many places.
不過最棒的是我可以自己單獨出國旅遊！	**But the best thing is I can travel abroad all by myself!**
在那次意外之後，我便下定決心要成為他們之中的一員。	After the accident, I made up my mind to become one of them.

適用第三段 寫出現在這個願望實現的狀況

在我有空的時候，我總是會注意最新的進展和消息。

I always follow the latest happenings and news when I have time.

我就快要有足夠的錢買下它了。

I almost have enough money to buy it.

雖然我現在年紀還太小，沒辦法為我的夢想做什麼事情，但是我一定不會放棄的。

Although I'm still too young to do anything about my dream, I will never give up.

雖然我的父母親都持反對的態度，不過我是不會輕言放棄的。

Although my parents don't like it, I will not give it up easily.

我每天都很用功讀書。

I study hard every day.

適用第三段 對於這願望未來的展望

我覺得有一個這麼好的榜樣，以後我一定會成為一位英文老師的，祝我好運吧！

I think with this perfect model, I will be an English teacher in the future. Wish me luck!

我在房間的牆壁上貼了一張海報，天天提醒我自己「有一天我一定要跟他一樣！」

I put up a poster on the wall in my room to remind myself every day "I will be like him someday!"

我相信在幾年之後，我會實現這個夢想的。

I believe in a few years, I will complete this dream.

我想，在我圓夢之前，還有很長的一段路要走。

I think I still have a very long way to go before I achieve the dream.

我寫了一張字條，並且貼在我的書桌上。

I wrote a note and put it up on my desk.

自己再加幾句，
就可以完成一篇
很好的作文喔~

想不出來，
抄前面的也
可以唷！

作文小抄稿

第一段，寫出你的願望。	第二段，寫出你願望背後的原因。	第三段，描述這個願望現在的狀況。
I have no other wish except to be an English teacher.	*There is another reason why I want to be an English teacher.*	*Now, I am the English teacher's aid in my class.*

小抄
照著填
作文超簡單

My Wish

I have no other wish except to ___________. ___________________

____

____

There is another reason why I _______________. ____________

____

____

Now, I _____________. _______________________________________

____

____

（＊請記得回頭檢查時態、第三人稱單數及名詞單複數）

★中文常常這麼說：
我覺得他不會當老師。

★正確的英文應該是：
I don't think he will be a teacher.　（O）

★我們常犯的錯誤就是：
I think he will not be a teacher.　（X）

在英文中，否定詞 not 通常是放在 think 等字的前面，這和中文的習慣用法不同。不過要注意的是，其實把 not 放在後面，在文法上也沒有錯，只不過英文的習慣用法並不是這樣。另外第二句若改寫成過去式 I thought he would not be a teacher 意思會變成帶有「意料之外」或是「驚訝」的「我還以為他不會當老師呢」，與原本中文想表達的意義相差甚遠。這一點請大家一定要特別注意。

你不能走在我後面，趕快到前面去！

我的願望

除了當英文老師以外我沒有任何其他的願望，這是我唯一的夢想，因為我覺得當英文老師很酷。我可以流利地和外國人對談，也可以輕鬆地閱讀英文的書籍或漫畫書。欣賞電影或影集的時候也可以不用盯著字幕。不過最棒的是，我可以單獨出國旅遊。

但是我想當英文老師其實還有另外一個理由。我的第一個英文老師是在小學的高老師，我在之前從來沒有學過英文，所以程度比其他同學差很多。但是他總是鼓勵我並且幫了我很多。他總是微笑地對我說「別擔心，老師相信你一定會更好的！」所以每當我在讀英文想偷懶的時候，我就會想起老師跟我說過的話，然後就繼續用功讀書。

現在，我是我們班上的英語小老師，我熱愛英文而且也熱愛教我的同學，我總是鼓勵我的同學，跟他們說「別擔心，我相信你一定會更好的！」就像高老師當初跟我說的一樣。我覺得，有了一個這麼好的榜樣，以後我一定會成為一位英文老師，祝我好運吧！

馬鈴薯
好厲害喔！
達成願望了！
XXX
NNC

My Wish

I have no other 1.______ except to be an English teacher. This is the only dream I have because I think being an English teacher is very 2.______. I can speak to foreign people smoothly and read English books or comics easily. I can see English movies or soap operas 3.____ subtitles. But, the best thing is I can go abroad all by 4.____!

There is another 5.______ why I want to be an English teacher. My first English teacher was Mr. Kao in my 6.______ school. I never went to an English class before elementary school so I was not as good as my classmates. But he always encouraged me and helped me a lot. He always smiled at me and said, "Don't worry. I 7.______ you can be better." So every time when I am 8.______ lazy to study English, I remember what he said to me and keep on studying.

Now, I am the English teacher's aid in my class. I love English and I love to 9.______ my classmates, too. I always encourage my classmates and say, "Don't worry, I believe you can be better." just like Mr. Kao always said to me. I think with this perfect model, I will be an English teacher in the 10.______. Wish me luck!

看隔壁的範文填單字，順便訓練一下自己的單字能力！

ANSWERS

1. wish	2. cool	3. without	4. myself
5. reason	6. elementary	7. believe	8. too
9. teach	10. future		

Chapter 13

有趣的動物園 Having Fun at the Zoo

Ch13.mp3

想一想 想到動物園，你腦海中會浮現出什麼？

1 你是怎麼去動物園的？

捷運（by MRT）、計程車（by taxi）、公車（by bus）、搭車（by car）

2 動物園有分成哪些區塊呢？

鳥園（Bird World）、台灣動物區（Formosan Animal Area）、企鵝館（Penguin House）

3 令你印象最深刻的是什麼地方？

巨大的大象（giant elephant）、企鵝（penguin）、猴子（monkey）

4 你喜歡去動物園嗎？

喜歡（like）、下次會再來（go again）、是個好地方（a nice place）

你的鬃毛今天好像比較柔順。
你是不是又長高了？
你的睫毛好翹喔！

有趣的動物園是描寫地點的最佳範例

現在要去木柵動物園真的很方便，小朋友，你還記得動物園裡面有哪些動物、有哪些主題園區嗎？什麼地方最令你印象深刻呢？讓我們從這篇文章開始，不但學會描述動物園的景色，也可以學習描寫其他有趣的地點喔！

寫作技巧Tips

如何開始？ 和誰去動物園以及時間。

建議開頭句：I went to Taipei Zoo with __(somebody)__ __(sometime)__.

我和__（人）__ __（時間）__去了台北動物園。

接下來呢？ 描述一下動物園的內部。

建議開頭句：There were ________. 動物園裡面________。

怎麼結束？ 說出令你印象最深刻的地方。

建議開頭句：I was most impressed by ____________.

令我印象最深刻的是________。

套用超簡單 任何題目都可以輕鬆寫！

這種「記敘文」的文章只要規規矩矩地按照時間先後寫出你的行程，再點出你最喜歡的一個地方或事件，一篇作文就大功告成了。

套用實例

I went to National Palace Museum with my mother last Wednesday.

我上星期三和媽媽一起去了故宮博物院。

There were many antiques inside the glass showcase.

在玻璃展示櫃中有很多古董。

I was most impressed by the famous Jadeite Cabbage with Insects. 最令我印象深刻的是有名的翠玉白菜。

其他更多類似的題目也可以套用這種寫法喔！例如：

A Day in the National Park（國家公園遊記）、Daan Forest Park（大安森林公園）。

的基本單字片語

怎樣都要背下來的單字

使～印象深刻的

[ɪm`prɛs]

覺得印象深刻要說
I'm impressed 而不是
I'm impressing 喔！

Formosan Animal Area
臺灣動物區

Desert Animal Area
沙漠動物區

Africa Animal Area
非洲動物區

Bird World
鳥園

Education Center
教育中心

Koala House
無尾熊館

Penguin House
企鵝館

Amphibian and Reptile House
兩棲爬蟲動物館

你一定要會用的英文句型！

It takes＋人＋時間＋to 動

除非你會瞬間移動或是有任意門，要不然不管到什麼地方都一定要花上一些時間，這個時候就會需要用到這個句型啦。句中的 It 是虛主詞，沒有任何意思，不要忘記 take 要隨著時態而改變喔！除了可以表達去哪裡所花的時間，它也可以用來敘述一件事情所花費的時間。

It takes him twenty minutes to walk to school from here.
他花了二十分鐘從這裡走路到學校。
It took her one and a half hours to fly to Hong-Kong.
她飛到香港花了一個半小時。

超神奇!! 換個單字也能寫其他句子!!

It took me a very long time to finish the meal.
我花了很多時間來吃完這頓飯。

a very long time 一段非常長的時間；a day 一天；a while 一會兒；some time 一些時間 a whole week 一整個星期；half a year 半年

It takes/took＋人＋時間＋to 動

find out who the murderer is 找出兇手；finish the report 完成報告；fix the computer 修理好電腦；see the actor 看到那個演員；complete the jigsaw puzzle 完成拼圖；lose some weight 減肥

請套用即可

目的地的位置與概述

它位於台北往木柵的路上。	**It is on the road to Muzha in Taipei.**
它就在我學校旁邊。	It is next to my school.
我們花了大約四十分鐘搭捷運到那裡。	**It took us about forty minutes to get there by MRT.**
動物園就在貓空纜車附近。	The zoo was near Maokong Gondola.
在入口附近，有許多小販正在販售一些玩具和玩偶。	**Around the entrance, there were many vendors who were selling some toys and puppets.**

詳細地描述那個地方

動物園裡面有分成很多的區塊，像是鳥園、台灣動物區、企鵝館及無尾熊館。	**There were many sections in the zoo, like Bird World, Formosan Animal Area, Penguin House and Koala House.**
那個地方真的非常大。	The place was very big.
有些動物很可愛也很有趣，像是鸚鵡。	**Some animals were cute and funny, such as the parrots.**
獅子的鬃毛看起來既柔順又美麗。	The lion's hair was so smooth and beautiful.
有些動物則是一副懶懶的樣子，例如河馬。	**Some others were lazy, like hippos.**

適用第三段 寫出印象最深刻的地方，並且加以說明

在參觀完整個園區之後，我覺得除了一些瘋狂的猴子之外，我喜歡動物園裡的所有動物。	**After we visited the whole area, I thought I liked all of the animals in the zoo, except for some crazy monkeys.**
令我印象最深刻的是巨大的大象。	I was most impressed by the giant elephant.
令我印象最深刻的是那些可愛的、呆呆的企鵝。	**I was most impressed by those cute and silly penguins.**
我真的很喜歡欣賞這些動物，因為牠們都很酷也很漂亮，例如那些貓頭鷹。	I really enjoyed watching those animals because they were cool and beautiful, such as the owls.
我喜歡企鵝館的另一個理由是裡面很涼快，不過它真的離入口很遠。	**Another reason I liked Penguin House is that it was cool in the house, though it was really far away from the entrance.**

適用第三段 心得與感想

我們在傍晚的時候離開了動物園，外頭人還是很多。	**We left the zoo in the evening and there were still lots of people outside the zoo.**
我希望能夠趕快再去那裡玩，因為那裡真的是一個有趣的地方！	I hope I can go back there soon because I think it is a really fun place!
看到這麼多動物真的讓我很開心。	**To see so many animals really made me happy.**
那是個好地方，只不過人真的太多了。	It was a nice place, but it was too crowded.

該你 練習囉!!

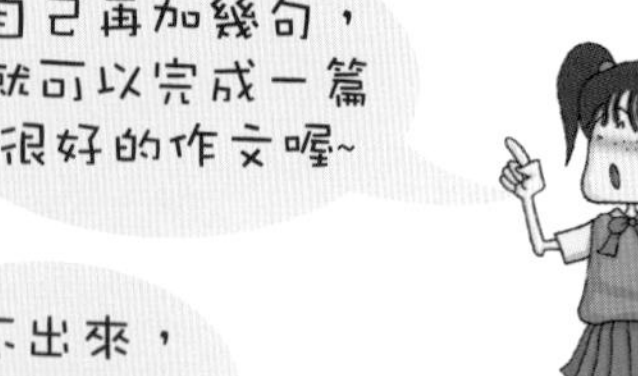
自己再加幾句，
就可以完成一篇
很好的作文喔~

想不出來，
抄前面的也
可以唷！

作文小抄稿

第一段，和誰去動物園以及時間。	第二段，描述一下動物園的內部。	第三段，說出令你印象最深刻的地方。
I went to Taipei Zoo with my friends last Sunday. It is on the road to Muzha in Taipei.	There were many sections in the zoo, like Bird World, Formosan Animal Area, Penguin House and Koala House.	I was most impressed by Penguin House.

小抄
照著填
作文超簡單

Having Fun at the Zoo

I went to Taipei Zoo with ____________________. ____________________

____

____

There were ______________. ______________________________

____

____

I was most impressed by ____________________. ______________

____

____

（＊請記得回頭檢查時態、第三人稱單數及名詞單複數）

常犯的寫作錯誤

★中文常常這麼說：
我花了十分鐘走路到學校。

★正確的英文應該是：
It took me ten minutes to walk to school. （O）

★我們常犯的錯誤就是：
I cost ten minutes to walk to school. （X）
I spent ten minutes walking to school.（?）

第一個錯誤是出在用字上的錯誤，cost 只能用來指金錢或者是代價上面的花費。第二個錯誤就比較有趣了，為什麼呢？因為可能有些小朋友會去查字典然後提出一個問題：「老師！字典上說 spend 也可以用在時間上面啊！」不過 spend 翻成中文的話比較會接近「花費」，這個字眼配上十分鐘好像有一點大材小用。它文法上沒有問題，不過聽起來很不自然。

像這樣的情形在英文的學習過程中，其實是不勝枚舉，只有多閱讀文章才能夠體會出它的奧妙，所以小朋友要記得，除了背單字和查字典之外，還要透過大量的閱讀才能真正體會出一個字的用法喔！

有趣的動物園

我和我朋友上週日去了台北動物園。它位於台北往木柵的路上。我們大概花了四十分鐘搭捷運到那裡。動物園就在貓空纜車附近。人潮眾多，使得我們花了一些時間才買到票。在入口附近，有許多攤販正在販售玩具和玩偶。我們稍微看了看這些攤子後就進去了動物園。

動物園裡面分成很多區塊，像是鳥園、台灣動物區、企鵝館及無尾熊館。我們跟隨著人群觀看這些可愛的動物們。有些動物既可愛又有趣，像是鸚鵡，有些動物則看起來懶懶的，例如河馬。那天是個晴天，所以當太熱的時候，我們就會躲到樹下休息。在我們參觀完所有園區之後，我覺得除了一些瘋狂的猴子之外，我喜歡動物園裡的所有動物。

令我印象最深刻的是企鵝館。我真的很喜歡欣賞這些動物，因為我覺得牠們都很酷也很漂亮。我喜歡企鵝館的另一個理由是裡面很涼快，不過它真的離入口很遠。我們在傍晚的時候離開了動物園，而外面還是很多人。我希望能趕快再去那裡玩，因為我覺得那裡真的是一個好玩的地方！

Having Fun at the Zoo

I went to Taipei Zoo with my friends last Sunday. It is on the road to Muzha in Taipei. It 1.______ us about forty minutes to get there by 2.______. The zoo was near Maokong Gondola. There were so many people that it took us some time to buy the tickets. Around the 3.______, there were many 4.______ who were selling toys and puppets. We took a look at those stands and went inside the zoo.

There were many sections in the zoo, like Bird World, Formosan Animal Area, 5.______ House and 6.______ House. We followed the crowd and watched those cute animals. Some animals were cute and funny, 7.______ the parrots, and some looked lazy, such as the hippos. It was a sunny day, so we would take a rest under the trees when it was too hot. After we visited all the sections, I thought I liked all of the animals in the zoo 8.______ for some crazy monkeys.

I was most impressed by Penguin House. I really enjoyed watching those animals because I thought they were cool and beautiful. 9.______ reason I liked Penguin House is that it was cool inside, though it was really far away from the entrance. We left the zoo in the evening and there were still lots of people outside. I hope I can go back there soon because I think it is a really nice place for having fun!

ANSWERS

1. took	2. MRT	3. entrance
4. vendors	5. Penguin	6. Koala
7. such as	8. except	9. Another

Chapter 14 我的房間

My Bedroom

Ch14.mp3

想一想 你的房間擺設如何？

1 你的房間有多大呢？

家裡最大的房間（the biggest room in my house）、很小（very small）、有自己的浴室（have my own bathroom）

2 你房間裡面有哪些東西呢？

床（bed）、書桌（desk）、書架（bookshelf）

3 你最喜歡房間裡面的什麼東西？

小盒子（little box）、魚缸（fish tank）、書桌（desk）

4 你的房間裡面有什麼祕密嗎？

抽屜下（under the drawer）、盒子裡（in the box）

要學會如何介紹一個地點，就從自己的房間開始

俗話說：「金窩銀窩都不如自己的狗窩。」，最舒服的地方還是自己的房間。每個人房間的擺設不盡相同，學會描寫房間大小，再介紹東西擺設的位置，或是自己最喜歡的東西，就可以順利完成這篇文章，有的時候還可以多加上藏有祕密的地方，就可以讓文章多添一分精采喔！

寫作技巧Tips

如何開始？ 開始介紹你的房間。

建議開頭句：**Today I'm going to show you around my bedroom. My bedroom is_____.**

今天我要介紹我的臥房。我的臥房是________。

接下來呢？ 多介紹你房間的擺設。

建議開頭句：**On the other side of my bedroom __________.**

在房間的另外一頭是__________。

怎麼結束？ 介紹一下你最喜歡的地方吧！

建議開頭句：**My favorite place in my bedroom is ___________.**

在房間裡，我最喜歡的是__________。

套用超簡單 任何題目都可以輕鬆寫！

這一章的重點著重於介紹一個比較小的地方。最好的寫作順序是先從眼睛可以看見的物品開始，再到一些比較特別的事物。像是一些餐廳或者書店等這類比較小的地點都可以套用這種模式來介紹。

套用實例

Today I'm going to introduce my favorite restaurant. It is not a very big one. 我今天要介紹我最喜歡的餐廳，它不是一家非常大的餐廳。

On the other side of the restaurant is a jukebox.

在餐廳的另一頭有一台點唱機。

My favorite item in this restaurant is its daily special.

在這家餐廳裡，我最喜歡的是每日特餐。

的基本單字片語

怎樣都要背下來的單字

前面加 bath就是 bathroom 浴室，加 bed 就是bedroom 臥室。

房間

[rum]

房間裡面的物品

hanger
衣架；掛鉤

air conditioner
冷氣機

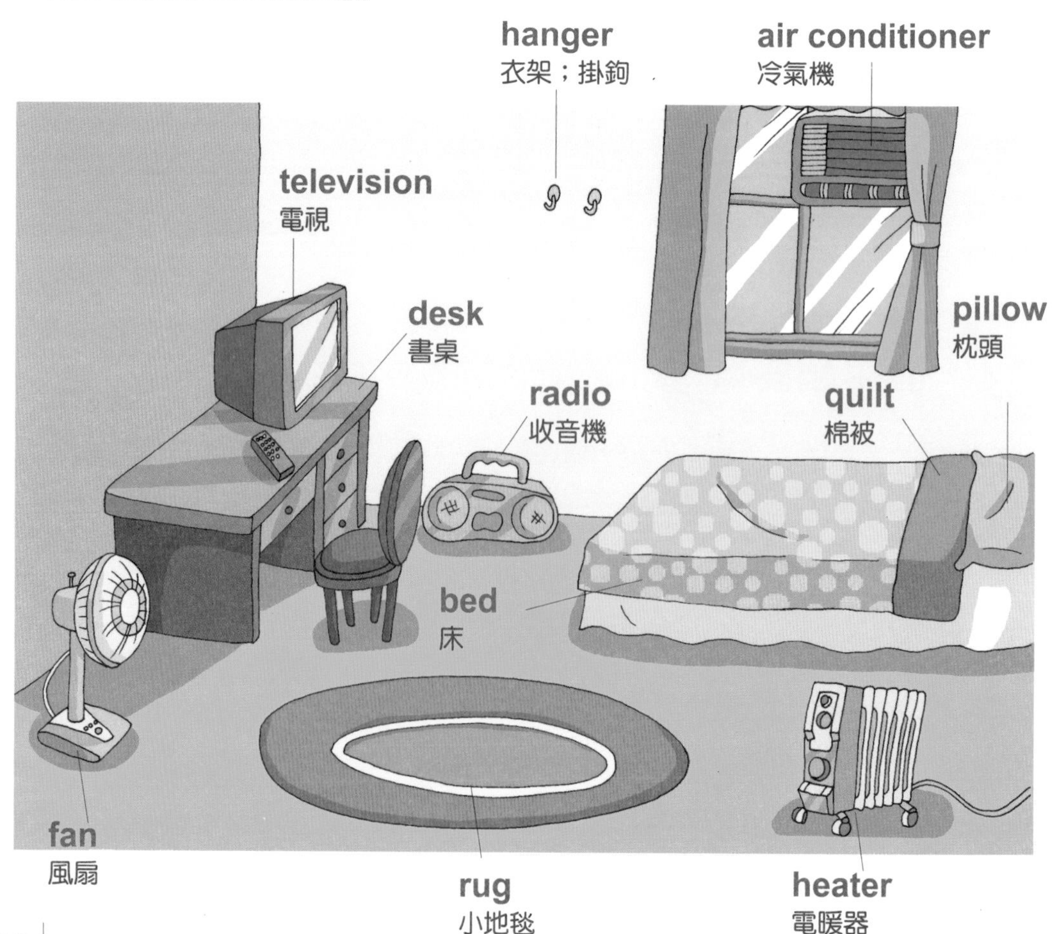

rug
小地毯

heater
電暖器

你一定要會用的 英文句型！

要能夠精確地描繪出一個空間中物體的相對位置關係，簡單來說，也就是描述你房間中的東西擺在哪裡，就會需要用到這樣的句型，以及能夠表示位置的介系詞。

The bed is next to the bookshelf. 床在書架旁邊。

The mirror is between the door and the desk.
鏡子在門和書桌之間。

超神奇!! 換個單字 也能寫其他句子!!

boy 男孩；car 車子；house 房子；box 箱子；pencil 鉛筆；store 商店；fire station 消防局；door 門；chair 椅子；basket 籃子

The 主 is 介 +物品.

under the table 在桌子下面；next to the park 在公園旁邊；on the bed 在床上；in the pencil case 在鉛筆盒裡面；behind the department store 在百貨公司後面；in the drawer 在抽屜裡面；between the bed and the shelf 在床和架子之間

我的房間是家裡最大的一個房間。

My bedroom is the biggest room in my house.

我的房間非常小。

My bedroom is very small.

我的房間裡就只有一張床和一個書桌。

There are simply a bed and a desk in my bedroom.

我房間裡甚至還有自己的浴室呢！

I even have my own bathroom in my bedroom!

適用第二段 房間物品的擺設

我有一張大床和兩個又軟又舒服的枕頭。

I have a big bed with two soft and comfortable pillows.

在枕頭之間的是一隻藍色大章魚玩偶，它是我的生日禮物。

Between the pillows is a big blue octopus puppet, which was my birthday present.

我在牆壁上貼了許多我最愛的明星的海報。

I put up many posters of my favorite star on the wall.

在房間的另一頭是一個魚缸，裡面有很多色彩繽紛的魚兒。

On the other side of my bedroom is a fish tank and there are many colorful fish in it.

在魚缸的下面是一個櫃子，媽媽把我所有的舊玩具都放在裡面的一個箱子裡。

Under the fish tank is a cabinet and my mom put all my old toys in a box and put them in the cabinet.

在櫃子的後面則是放了一些美術課用的卡紙。

In the back of the cabinet are some paper cards, which are for my art class.

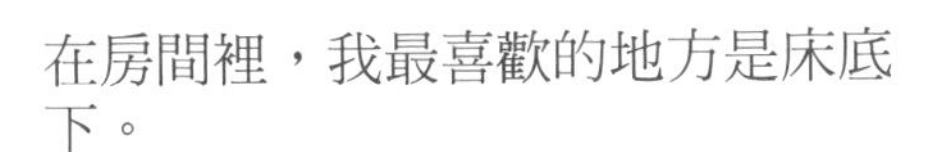

適用第三段 房間中最令你喜愛的地方

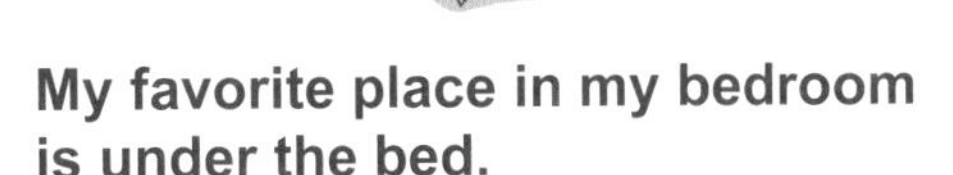

在房間裡，我最喜歡的地方是床底下。	**My favorite place in my bedroom is under the bed.**
我愛死我的書桌了，我覺得它是這世界上最棒的書桌。	I love my desk and I think it's the best desk in the world.
它是一個小盒子，裡面收集了我的照片。	**It is a little box in which I have collected many pictures of me.**
那魚缸為我的房間增添了一些氣氛。	The fish tank adds some taste to my bedroom.
我的門是日式風格。	**My door is a Japanese style door.**
我所有的朋友都很羨慕我的大床。	All my friends envy my big bed.

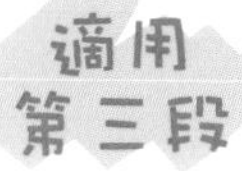

適用第三段 房間中的祕密

這個箱子還有一個祕密，我把我的日記藏在這些相片的下面。	**There is a secret about the box: I hid my diary at the bottom of the pictures.**
在抽屜的下面有一個祕密空間。	There is a secret place under the drawer.
我把我喜歡的女孩的信藏在魚缸下面。	**I hid some letters from the girl I like under the fish tank.**
別告訴任何人喔，尤其是我爸媽，好嗎？	Don't tell anybody, especially my parents, OK?
我所有值錢的東西都藏在書桌底下。	**All of my valuables are hidden under the desk.**

自己再加幾句，
就可以完成一篇
很好的作文喔~

想不出來，
抄前面的也
可以唷！

作文小抄稿

第一段，開始介紹你的房間。	第二段，更加詳述你的房間。	第三段，分享你最喜歡這房間的哪裡。
Today I'm going to show you around my bedroom. My bedroom is the biggest room in my house.	On the other side of my bedroom is a fish tank and there are many colorful fish in it.	My favorite place in my bedroom is under the bed.

小抄
照著填
作文超簡單

My Bedroom

Today I'm going to show you around my bedroom. My bedroom is_____. ____

____

On the other side of my bedroom ________. ________________

____

____

My favorite place in my bedroom is __________.______________

____

____

（＊請記得回頭檢查時態、第三人稱單數及名詞單複數）

常犯的寫作錯誤

★中文常常這麼說：
他喜歡玩玩具。

★正確的英文應該是：
He likes to play with toys. （O）

★我們常犯的錯誤就是：
He likes to play toys.（X）

乍看之下沒什麼問題，不過 play 後面接玩的東西時，要與 with 連用才可以。順道一提 play 後面接的如果是運動項目、球類比賽或是遊戲的時候則不加 with。

It's dangerous to play with fire. 玩火是很危險的。
They are playing Chinese chess. 他們正在玩象棋。
The boys are playing basketball. 男生們正在打籃球。

我的房間

今天我要介紹我的臥房。我的臥房是家裡面最大的一個房間，在裡面有一張大床和兩個又軟又舒服的枕頭。在兩個枕頭中間放一隻藍色的大章魚玩偶，它是我的生日禮物。在床的旁邊是我的書桌，我在上面放了許多的模型。旁邊就是我的書櫃，我幾乎所有的書都放在這白色的書櫃裡面。

在房間的另外一頭是一個魚缸，裡面有很多色彩繽紛的魚。在魚缸的下面是一個櫃子，媽媽把所有我的舊玩具都放在裡面的一個箱子裡。有的時候我還是會把箱子打開然後玩裡面的玩具。在櫃子的後面則是放了一些美術課用的卡紙。

我最喜歡的地方在床底下，在床底下會有什麼好東西呢？是一個小盒子，裡面收集了我的照片，有的時候我會邊看著這些相片，邊在心裡想著：我還真可愛呢！但是其實這個箱子裡面還有一個祕密：我把我的日記藏在所有照片的下面，千萬不要告訴任何人喔，尤其是我爸媽，好嗎？

My Bedroom

Today I'm going to 1.________ you around my bedroom. My bedroom is the biggest room in my house. I have a big bed and two comfortable and soft pillows. 2.________ the pillows is a big blue octopus puppet, which was my birthday present. 3.________ the bed is my desk and I put many models on it. 4.________ the desk is a bookshelf. Almost all my books are on this white bookshelf.

On the other side of my bedroom is a fish tank and there are many colorful fish in it. 5.________ the fish tank is a cabinet and my mom put all my old toys in a box and put them in the cabinet. Sometimes I still like to open the box and play with my old toys. 6.________ the cabinet are some paper cards, 7.________ are for my art class.

My favorite place in my bedroom is under the bed. What can be good under the bed? It is a little box in which I have collected many pictures of me. Sometimes when I look at those pictures, I think, "I was so cute!" There is a secret about the box: I 8.________ my diary 9.________ the pictures: Don't tell anybody, 10.________ my parents, OK?

看隔壁的範文填單字，順便訓練一下自己的單字能力！

ANSWERS

1. show 2. Between 3. Next to 4. Beside
5. Under 6. In the back of 7. which 8. hid
9. at the bottom of 10. especially

Chapter 15 一個美麗的地方

A Beautiful Place

Ch15.mp3

想一想 想到美麗的地方，你會如何介紹給別人？

1 美麗的地方在哪裡？

宜蘭（Yilan）、國家公園（National Park）、農場（farm）

2 那個地方看起來如何呢？

美麗（beautiful）、充滿活力（is filled with energy）、乾淨（clean）

3 大家在那邊會做些什麼呢？

玩遊戲（play games）、慢跑（jog）、游泳（swim）

4 你有多喜歡這個地方呢？

享受（enjoy）、再去一次那裡（go there again）、想住在那裡（want to live there）

描寫美麗的地方勾勒屬於自己的回憶

在下筆寫這個題目之前，何不先閉上雙眼，試著去回想你認為最美麗的地方在哪裡？咦！是不是慢慢地有一幅畫面跑出來了呢？接下來，藉由加入描述風景的單字並活用介系詞，便可以很清楚地描述出自己喜歡的地方，以後要介紹其他地點會更容易下手。

寫作技巧Tips

如何開始？　先帶出那個美麗的地方在哪裡。
建議開頭句：**Last Sunday, I went to ______ with my parents.**
上星期日我和爸媽去了______。

接下來呢？　稍微描述一下那個地方。
建議開頭句：**In______, I could see __________.**
在______，我能看到______。

怎麼結束？　表明你對這個地方的喜愛。
建議開頭句：**I like to ______ and I like to ______, too.**
我喜歡______，也喜歡______。

套用超簡單　任何題目都可以輕鬆寫！

其實要是你能夠掌握這個題目的寫作要領，那麼幾乎所有有關於地方（place）的題目都難不倒你喔！像是 The landscape of Taiwan（台灣的風景）這個題目，只要循著類似的脈絡，就能寫出一篇漂亮的文章喔！

套用實例

Yesterday I went to Yilan with my classmates.
我昨天和同學去宜蘭玩。
The air and the water there was very clean.
那裡的空氣和水都非常乾淨。
I want to live there some day.
我以後想去那裡住。

怎樣都要背下來的單字

只要將形容詞 fun（有趣的）加在 place 前面，就等於 a fun place（一個有趣的地方）。

地方

[ples]

自然景物

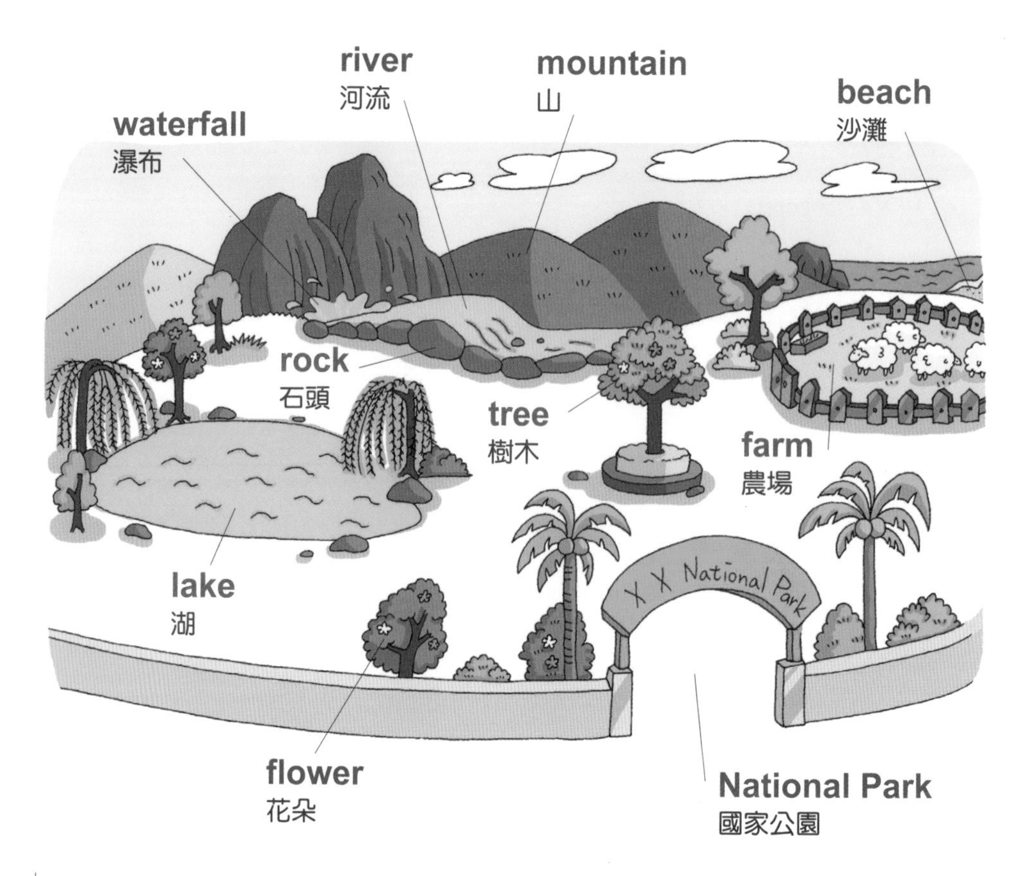

你一定要會用的 英文句型！

I could see 

這個句型是「我能看見……」的意思，當你介紹一個美麗的地方時，一定會寫到你在那邊可以看到的風景或事物，如果你寫的是 I saw a river（我看見了一條河），感覺上就好像只是很普通的一條河，不過要是你說 I could see a river（我能看見一條河），聽起來就會有只有在你所在的地方，才能看見那條河的感覺。

We could see some birds flying up in the sky.
我們能看到有一些鳥兒在高空中翱翔。
I could see the waves crashing on the beach.
我能看見海浪拍打著沙灘。

超神奇!! 換個單字 也能寫其他句子!!

I could see a bird. 我可以看見一隻鳥。

a statue 雕像；a painting 畫；a lotus 荷花；a wild animal 野生動物；a movie star 電影明星；an accident 意外；a sunrise/a sunset 日出／日落

I could see  **.**

I could see a bird.
我沒看過，下次可以帶我去嗎？

你一定會用到的 各段佳句 請套用即可

適用第一段 先帶出那個美麗的地方在哪裡

上星期日我和爸媽一同去了陽明山國家公園。	**Last Sunday, I went to Yangmingshan National Park with my parents.**
那條河在一座橋的下方。	**The river is under a bridge.**
著名的日月潭位於台灣的中央。	**The famous Sun Moon Lake is in the middle of Taiwan.**
我們去參觀了一個位在河邊的農場。那裡到處都是樹木和花朵。	**We went to visit a farm by a river. There were trees and flowers all over the place.**
樹長得高大又漂亮，花朵聞起來芳香甜美。	**The trees were tall and pretty, and the flowers smelled sweet.**

It's as beautiful as a painting!

那本來就是一幅畫。

適用第二段 那個地方看起來如何呢

這個地方充滿了活力。	**The place is filled with energy.**
這地方跟一幅畫一樣美麗。	**The place is as beautiful as a painting.**
我們能看到一些鳥兒在高空中翱翔。	**We could see some birds flying up in the sky.**
在森林中間，我們能看到有一個裡面有很多魚的小池塘。	**In the middle of the woods, we could see a small pond with many fish in it.**
一位老先生坐在長椅上看書。	**An old man was sitting on a bench reading a book.**

適用第二段 描述在那邊可從事的活動

兩隻貓在長椅下面玩耍。	**Two cats were playing under a bench.**
一些小男孩在玩遊戲。	Some boys were playing games.
一些人在散步。	**Some people were taking walks.**
其他人則是在那附近慢跑。	Others were just jogging around the place.
我們沿著一條小河走了兩個小時。	**We took a walk along a stream for two hours.**
我和朋友們在小河裡游泳嬉戲。	I played and swam with my friends in the river.

I like every-
thing in this
place.

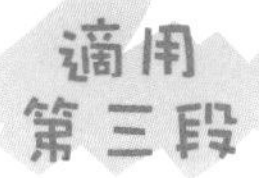

適用第三段 表達對這個地方的喜愛

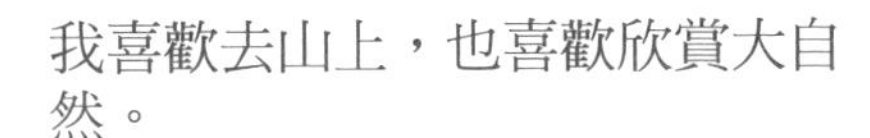

我喜歡去山上，也喜歡欣賞大自然。	**I like to go to the mountains and I like to see nature, too.**
我真的很享受在這美麗的地方渡過美好的一天。	I really enjoyed the nice day at this beautiful place.
我喜歡這個地方的一切。	**I like everything in this place.**
我希望有一天我能再去一次那裡。	I hope I can go there again someday.
下次我會邀請朋友和我一起來。	**Next time, I will invite a friend with me.**

自己再加幾句，
就可以完成一篇
很好的作文喔~

想不出來，
抄前面的也
可以唷！

作文小抄稿

第一段，先帶出那個美麗的地方在哪裡。	第二段，描述在那邊所看見的人事、景色以及從事的活動。	第三段，表達對這個地方的喜愛。
Last Sunday, I went to Yangmingshan National Park with my parents.	In the Park, I could see some birds flying up in the sky. I took a walk along a stream for two hours.	I like to go to the mountains and I like to see nature, too. I really enjoyed the nice day at this beautiful place.

小抄
照著填
作文超簡單

A Beautiful Place

Last Sunday, I went to ____________ with ________________________

____

____

In______, I could see ____

____

____

I like to go to ______________ and I like to ___________, too. ________

____

____

（＊請記得回頭檢查時態、第三人稱單數及名詞單複數）

常犯的寫作錯誤

★中文常常這麼說：
我上個星期天和朋友一起去公園。

★正確的英文應該是：
I went to a park with my friend last Sunday.（O）
Last Sunday, I went to a park with my friend.（O）

★我們常犯的錯誤就是：
I last Sunday went to a park with my friend.（X）

寫作文的時候，常常會直覺的將中文語序套用在英文句子之上，有的時候可能行得通，不過大部分時候就會出現像上面那樣明顯的錯誤。在一個英文句子中，時間相關的表達（seven o'clock, yesterday, last month）要放在最前面或者是最後面，可不能像中文一樣直接就接在主詞（I）的後面喔！

我可以排在
最前面喔！
也可以排在
最後一位喔！
時間
主詞
動詞
受詞
時間

一定要背下來的起始句

（時間） 我和 （人） 一起去＿＿＿＿＿。

我能看到＿＿＿＿＿＿＿＿。

我喜歡＿＿＿＿＿＿，也喜歡＿＿＿＿＿＿。

美麗的地方

上星期天，我和爸媽一起去了陽明山國家公園。那一天是晴天。那裡到處都是樹木與花朵，樹木長得高大又漂亮，花朵聞起來芳香甜美。

在公園裡我能看到有一些鳥兒在高空中翱翔。一位老先生坐在長椅上看書，而兩隻貓在長椅下面玩耍。一些小男生在玩遊戲，一些人在散步，而其他人則是在附近慢跑。在下午的時候，我們沿著一條小溪走了兩個小時，然後發現那條小溪流進了森林之中。在森林中間，我們能看到有一個裡面有很多魚的小池塘。

我喜歡去山上，也喜歡欣賞大自然。我真的很享受在這個美麗的地方度過美好的一天。下次我會邀請朋友和我一起來這個超棒的公園！

一定要背下來的起始句

_______ I went to ______ with ______.

I could see ________.

I like to ______ and I like to ________ too.

A Beautiful Place

1.______, I 2.______ to Yangmingshan National Park with 3.______. It was a sunny day. There were trees and flowers all over the place. The trees were tall and pretty, and the flowers smelled sweet.

In the park, I 4.______ see some birds flying up in the sky. An old man was sitting on a bench reading a book and two cats were playing under the bench. Some boys were playing games and some people were taking walks. 5.______ were just 6.______ around the place. In the afternoon, we 7.______ along a stream for two hours, and found that the stream was flowing into the woods. In the middle of the woods, we could see a small pond with many fish in it.

I like to go to the mountains and I like to see nature, 8.______. I really 9.______ the nice day at this beautiful place. Next time, I will invite my friends with me and go back to this amazing park!

ANSWERS

1. Last Sunday	2. went	3. my parents
4. could	5. Others	6. jogging
7. took a walk	8. too	9. enjoyed

Chapter 16

心愛的球鞋不見了 I Lost My Favorite Sneakers

Ch16.mp3

想一想 最喜歡的鞋子不見了該怎麼辦？

1 這雙球鞋是什麼樣子的呢？

黑黃相間（black and yellow）、潔白無瑕（white and clean）、色彩繽紛（colorful）

2 你現在的心情如何呢？

睡不著（couldn't sleep）、心碎（heartbroken）、突然大哭（burst into tears）

3 這雙鞋子是怎麼得到的？

生日禮物（birthday gift）、獎品（prize）、聖誕禮物（Christmas present）

4 你接下來該怎麼辦呢？

找出來（find）、小心翼翼的保管（keep it carefully）、藏起來（hide）

I lost my shoe.
放心啦！王子會拿鞋子來找你的。

學會形容詞來輕鬆描寫物品

每個人都有過遺失東西的經驗，從寫這篇作文中，學習描寫東西的大小、形狀、顏色等等形容詞怎麼用，再慢慢進階到描述數量、品質等，以後就可以輕鬆地把類似的題目完成囉！

寫作技巧Tips

如何開始？　先描述你心愛球鞋的樣子。

建議開頭句：**They are _____, and they look like _______.**

它的顏色_______，看起來就像是_______。

接下來呢？　描述一下這雙鞋子對自己的意義是什麼。

建議開頭句：**Those sneakers are _____________.**

這雙球鞋是___________________。

怎麼結束？　說明接下來你的行動。

建議開頭句：**I will try my best to find them!**

我一定會盡全力把它找出來！

套用超簡單　任何題目都可以輕鬆寫！

這樣的寫作模式還可以用在與描述你喜歡的物品有關的題目上，像是My Favorite Toy（我最喜歡的玩具）這個題目，只要稍微改變幾個句子，馬上又是另一篇作文唷！

套用實例

My favorite toy is a beetle model. It's all black and looks like a mini tank.

我最喜歡的玩具是一個甲蟲模型，它全身都是黑色的，看起來很像一台迷你坦克。

It's a prize for a good mark. 它是我拿到好成績的獎品。

I'll keep it carefully in my toy box.

我會把它小心地收藏在我的玩具箱裡面。

介紹物品的基本單字片語

怎樣都要背下來的單字

所有的東西前面加上這個字，都可以用來形容你對這物品的喜好。

最喜愛的

[`fevərɪt]

大小形狀

small
小的

long
長的

round
圓的

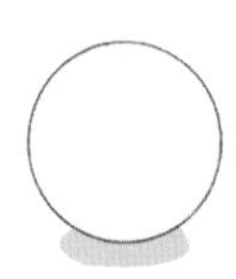

square
方形的

heart-shaped
心形的

量詞

a pair of
一雙；一對

a piece of
一張；一片

a bunch of
一束

a can of
一罐

a box of
一箱；一盒

你一定要會用的 英文句型！

a pair of＋名

在英文中要是只說 I lost my sneakers. 不一定是只有一雙球鞋不見了囉！它可以是指一雙、兩雙甚至是一百雙都有可能。在這個時候就可以用 a pair of（一雙；一對）來強調數量，除此之外，它還可以用來形容由兩個部分所組成的單件物品，例如剪刀或是眼鏡等物品。

My little brother needs a pair of scissors. 我弟弟需要一把剪刀。
Edvina is wearing a pair of earrings. 愛薇娜戴著一對耳環。

超神奇!! 換個單字 也能寫其他句子!!

I want a pair of shoes. 我想要一雙鞋。

have 有；want 想要；need 需要；
bought 買了；found 找到了；
threw away 丟了；got 得到了

你想要什麼
生日禮物？
I want a pair
of shoes.

I 動 a pair of 名 .

eyes 眼睛；gloves 手套；glasses 眼鏡
compasses 圓規；boots 靴子；socks 襪子
scissors 剪刀；earrings 耳環

你一定會用到的各段佳句請套用即可

耶可是公主遺失的耶！

適用第一段 描述你球鞋的樣子

那是一雙黑黃相間的鞋子，看起來就像小老虎。	**They are black and yellow and look like small tigers.**
整雙鞋潔白無瑕。	They are all white and clean.
這雙鞋子設計得很好。	**The shoes are well designed.**
這雙鞋子看起來很昂貴。	The shoes look expensive.
這雙鞋的顏色很繽紛。	**The shoes are colorful.**
這些是名牌球鞋。	Those are well-known brand sneakers.

I can't live without it.

有這麼誇張嗎？不過就是一雙鞋。

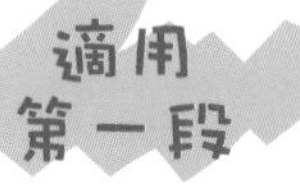

適用第一段 將低落的心情表達出來

找不到它讓我心情非常低落。	**I feel so bad right now because I couldn't find them.**
昨天晚上我整晚都睡不著。	I couldn't sleep last night.
我不能沒有它。	**I can't live without it.**
我再也快樂不起來了！	I can't feel happy anymore!
我覺得我快死掉了。	**I feel like dying.**
我傷心的吃不下任何東西。	I'm too sad to eat anything.
我就突然哭了出來。	**I just burst into tears.**

Great！

適用第二段 這雙鞋子是怎麼得到的，當下的心情如何？

這雙鞋是我八歲的生日禮物之一。	**Those sneakers are one of the gifts from my 8th birthday.**
它是繪畫比賽第一名的獎品。	It's a prize for winning the first prize in a drawing competition.
這是我的聖誕禮物。	**It's my Christmas present.**
我最好的朋友送給我的。	My best friend gave it to me.
我用自己的錢買的。	**I bought them with my own money.**
我因為收到禮物而高興到甚至忘記要吹蠟燭了。	I was so excited about getting the present and I even forgot to blow the birthday candles.
我大聲叫著：「太棒啦！」	**I yelled out "GREAT!"**

藏這
很安全！
媽媽昨天才
丟掉一罐一
模一樣的。

適用第三段 寫出接下來的行動

我會盡全力把它找出來的！	**I will try my best to find them!**
我會小心保管它，絕對不會再搞丟。	I will keep it carefully and never lose it again.
我會把它藏在只有我知道的地方。	**I will hide it in a place only I know.**
如果我能把它找回來，我會好好照顧它。	If I can find them back, I will take care of them carefully.

自己再加幾句，
就可以完成一篇
很好的作文喔~

該你練習囉!!

想不出來，
抄前面的也
可以唷！

作文小抄稿

第一段，先描述出你心愛球鞋的樣子。	第二段，描述是如何拿到那雙鞋子的。	第三段，說明接下來你要怎麼辦。
I lost a pair of sneakers and they are my favorite ones. They are black and yellow, and look like small tigers.	Those sneakers are one of the gifts from my 8th birthday.	I will try my best to find them! I'll keep them carefully and never lose them again.

小抄
照著填
作文超簡單

I Lost My Favorite Sneakers

I lost a pair of sneakers and they are my favorite ones. They are ________________, and look like ______________________________

____

Those sneakers are ______________________________

____

____

I will ______________________________________

____

____

（＊請記得回頭檢查時態、第三人稱單數及名詞單複數）

常犯的寫作錯誤

★中文常常這麼說：
我的球鞋不見了。

★正確的英文應該是：
I lost a pair of sneakers.　（O）

★我們常犯的錯誤就是：
I lose a pair of sneakers.　（X）

這種文法上的錯誤算是英文初學者最常遇到的問題。當你說「我的球鞋不見了」代表「球鞋不見」的這件事情已經發生了，有可能是昨天、可能是今天早上，也有可能是一個小時前。無論如何，既然事情已經發生了，那麼在用英文表達的時候都要使用過去式才對喔！

再補充一個小朋友常常會犯的錯誤
老師問：**Where is Frank?**
學生答：**He go to the bathroom. (X)** 或 **He goes to the bathroom. (X)**

犯第一種錯誤的人應該要先打一百下屁股，第三人稱單數後面的動詞要加上 s 或 es。第二種就是犯了上面提到的問題，既然 Frank 已經去廁所了，不用過去式那要用什麼時態呢？小朋友不妨想想看在日常生活中還有什麼類似的情況喔！

I lose my keys.
我的鑰匙不見了！（奇怪，剛剛還在的啊？）
注意喔！要用lost才對，就算是剛剛才發生的也要用過去式喔！

一定要背下來的起始句

我一雙心愛的球鞋不見了！它的顏色是____（和____色的），看起來像是______。

這雙鞋是________________（得到的場合或理由）。

我一定會________________。

心愛的球鞋不見了

我一雙心愛的球鞋不見了！它的顏色黑黃相間，看起來就像是一頭小老虎，我現在心情真的很糟糕，因為我怎麼找就是找不到。

這雙鞋是我八歲的生日禮物之一，我還記得媽媽把它跟一件紅色的短褲、白色的Ｔ恤和一雙咖啡色的手套擺在一個紅色的心形盒子裡，然後外頭用一條長的金色帶子把它包起來。我那時興奮得連生日蠟燭都忘記吹了呢！

我一定會把它給找出來的！我的大腳已經穿不下那雙小鞋子了，但是我還是很喜歡它，我以後一定會仔細地把它給收好，不會再弄丟了。

一定要背下來的起始句

I lost a pair of sneakers and they are my favorite ones. They are (color) and (color) and they looks like ________ .

Those sneakers are ________. (Where or why you got them)

I will ______________.

I lost my favorite Sneakers

I 1.______ a 2.______ of sneakers and they are my 3.______ ones. They are black and yellow and look like small tigers. I feel so bad right now because I can't find them.

Those sneakers are one of the gifts from my 8th birthday. I can still remember my mother put them in a big red 4.______ box with red shorts, a white T-shirt and brown gloves. She wrapped the box with a long 5.______ strap. I was so excited about getting the present and I even forgot to blow the birthday candles.

I will try my best to find them! I can't put on those sneakers 6.______ they are 7.______ small for my big feet now. But I still like them very much. I'll take care of them 8.______ and never 9.______ them again.

ANSWERS

1. lost 2. pair 3. favorite
4. heart-shaped 5. golden 6. because
7. too 8. carefully 9. lose

Chapter 17

好吃的水果 Yummy Fruit

Ch17.mp3

想一想 你喜歡吃水果嗎？

1 你最喜歡的水果是什麼？

蘋果（apple）、香蕉（banana）、櫻桃（cherry）

2 你喜歡的水果吃起來如何？

甜的（sweet）、酸的（sour）、多汁的（juicy）

3 你討厭什麼水果？

木瓜（papaya）、榴槤（durian）、椰子（coconut）

4 你的家人喜歡吃怎樣的水果呢？

軟的（soft）、好吃的（tasty）

描寫酸甜的水果也能完成一篇作文

小朋友們再怎麼挑食，總會有喜歡吃的一種水果吧！它是比較酸還是比較甜呢？酸的話比什麼還酸？甜的話比什麼還甜呢？把想到的問題整理出來之後，再介紹其他親朋好友所喜愛的水果，就可以輕鬆完成一篇作文囉！

寫作技巧Tips

如何開始？　寫出你對於水果的喜愛。
建議開頭句：**I like to eat fruit because ________________.**
我喜歡吃水果，因為________________。

接下來呢？　說一說你喜歡的水果。
建議開頭句：**I love _____. They're ____ than ____.**
我愛死______了，它比______還_______。

怎麼結束？　介紹其他親朋好友對於水果的喜好。
建議開頭句：**My mommy and daddy like to eat _______.**
我爸爸媽媽喜歡吃______。

套用超簡單　任何題目都可以輕鬆寫！

Fruit 這一個字代表的是許許多多水果的總稱，像是 Animals（動物）、Cars（汽車）或是 Insects（昆蟲）等相關題目也都可以利用這樣的模式來寫喔！

套用實例

I like animals because many of them are cute and beautiful.
我喜歡動物，因為很多動物都長得可愛又漂亮。
I love elephants. They are bigger than a tree and they are very strong. 我愛大象。牠們比一棵樹還要大，而且非常強壯。
My friends like elephants, too. 我的朋友們也都很喜歡大象。

其他類似的題目也可以套用這種寫法喔！例如：
The Beautiful Wild Animals（美麗的野生動物）、Modern Cars（現代的汽車）。

介紹水果的基本單字片語

怎樣都要背下來的單字

總稱水果的時候不可數所以不加 s，但如果指的是水果種類的話，就是可數名詞可加 s。

水果

[frut]

水果

banana
香蕉

pineapple
鳳梨

orange
柳橙

strawberry
草莓

grape
葡萄

watermelon
西瓜

guava
芭樂；番石榴

Hami melon
哈密瓜

mango
芒果

cherry
櫻桃

你一定要會用的英文句型！

名＋動＋比較級＋than any other＋名

我想關於比較級的基本用法，小朋友們應該沒有什麼問題了，所以在這邊介紹一種用比較級句型來表達最高級意義的寫作方式喔！雖然在意義上沒有什麼太大的不同，不過偶爾使用不同的表達方式，對於文章整體的流暢度有相當大的助益，可以讓你的文章不會因為老是使用某一種句型而令人感到無趣。

Lemon is sourer than any other fruit in the world.
檸檬是世界上最酸的水果。
My mother is more beautiful than any other woman in the village.
我媽媽是村子裡最漂亮的女人。

要注意，若是和不同的對象比較時，不用加 other。
A cheetah can run faster than any human in the world.
獵豹可以跑得比所有人類都快。

超神奇!! 換個單字 也能寫其他句子!!

diamond 鑽石
Taipei 101 台北 101
cheetah 獵豹

jewelry 珠寶
building 建築物
animal 動物

 ＋動 比較級 than any other  .

more expensive 更昂貴；harder 更堅硬
taller 更高；faster 更快

你一定會用到的各段佳句請套用即可

適用第一段 表達你對於水果的喜好

我喜歡吃水果，因為幾乎所有的水果都很好吃，對身體也很好。	**I like to eat fruit because almost all fruits are tasty and good for your body.**
我幾乎所有的水果都喜歡吃。	I like to eat almost every kind of fruit.
我每一餐都會吃水果。	**I eat fruit for every meal.**
水果是我最好的朋友。	Fruits are my best friend.
我每天都會帶一些水果上學。	**I bring some fruit to school every day.**

適用第一段 你喜歡吃的水果種類或名稱

跟酸的水果比較起來，我比較喜歡吃甜的。	**I like sweet fruits better than sour fruits.**
我最喜歡的水果是哈密瓜。	My favorite fruit is Hami melon.
在夏天的時候我喜歡吃西瓜，因為它們非常多汁。	**I like to eat watermelons in summer because they are so juicy.**
有的時候我也喜歡吃一些葡萄。	Sometimes I like to eat some grapes, too.
我真的很喜歡吃酸的水果。	**I really enjoy eating sour fruits.**
我喜歡吃香甜多汁的水果。	I like to eat sweet and juicy fruits.

適用第二段 描述你喜歡的水果吃起來的口感

我愛死哈密瓜了，它比糖果還要甜，而且它聞起來也很棒。
I love Hami melons. They're sweeter than candy and they smell really good.

它有的時候吃起來跟哈密瓜一樣甜，不過有的時候卻會跟檸檬一樣酸。
Sometimes they can be as sweet as Hami melons and sometimes they can be as sour as lemons.

它吃起來非常多汁甜美。
They taste so juicy and sweet.

它吃起來就像布丁。
They taste just like pudding.

它吃起來比其他任何水果都好吃。
They taste better than any other fruit.

適用第三段 其他身邊的人喜歡吃的水果種類或類型

媽媽和爸爸喜歡吃酸的水果。
My mommy and daddy like to eat sour fruits.

弟弟跟我一樣喜歡吃甜的水果。
My little brother likes to eat sweet fruits, just like me.

她不是很喜歡吃酸的水果，只有鳳梨例外。
She doesn't really like to eat sour fruit, except for pineapples.

我所有的同學都很喜歡吃西瓜。
All of my classmates like to eat watermelons.

我的朋友最愛的水果是芒果和草莓。
My friend's favorite fruits are mangos and strawberries.

自己再加幾句，就可以完成一篇很好的作文喔~

想不出來，抄前面的也可以唷！

作文小抄稿

第一段，寫出你對水果的喜愛	第二段，說一說你喜歡的水果	第三段，介紹其他親朋好友對於水果的喜好
I like to eat fruit because almost all fruits are tasty and good for your body.	I love Hami melons. They're sweeter than candy and they smell really good.	My mommy and daddy like to eat sour fruits.

小抄照著填
作文超簡單

Fruit Yummy

I like to eat fruit because ______________________________

____

____

I love ______. They're ______ than ______ and they ______

____

____

______________ like to eat ______________________

____

____

（＊請記得回頭檢查時態、第三人稱單數及名詞單複數）

常犯的寫作錯誤

★中文常常這麼說：

這支筆比那本書還要便宜。

★正確的英文應該是：

The pen is cheaper than the book. （O）

★我們常犯的錯誤就是：

The pen is more cheaper than the book. （X）

The pen is more cheap than the book. （X）

首先第一種錯誤是犯了雙重比較的錯誤，cheaper 已經是比較級了，再加一個 more 豈不是畫蛇添足？而會寫出第二種句子，通常是對於比較級的變化還不夠了解，通常 more 不會用在單音節的字上面，單音節的字直接加 er 就會變成比較級，在這邊附上詳細的變化規則，請小朋友們務必把規則弄清楚，才不會發生同樣的錯誤喔！

形容詞種類	比較級			最高級		
單音節	+ er	higher	更高的	+ est	fastest	最快的
單母音 + 單子音	重複字尾 子音 + er	bigger	更大的	重複字尾 子音 + est	hottest	最熱的
字尾 e	+ r	closer	更近的	+ st	widest	最寬的
雙音節 y 字尾	去 y 加 ier	happier	更快樂的	去 y 加 iest	dirtiest	最髒的
雙音節 非 y 字尾	more	more famous	更有名的	most	most polite	最有 禮貌的
多音節		more delicious	更美味的		most beautiful	最漂 亮的

其實除了這些規則變化之外，還有許多例外，不過要是能夠先掌握住上表中的規則，你就已經掌握八成的比較級變化了。

一定要背下來的起始句

我喜歡吃水果，因為＿＿＿＿＿＿＿＿＿＿＿＿＿＿。

我愛死＿＿＿了，它比＿＿＿（某種東西）＿＿＿還＿＿＿＿。

我爸爸媽媽喜歡吃＿＿＿＿。

好吃的水果

我喜歡吃水果，因為幾乎所有的水果都很好吃，而且對身體也很好。跟酸的水果比較起來，我比較喜歡吃甜的。我最喜歡的水果是哈密瓜，我覺得它是世界上最甜的水果。

我愛死哈密瓜了，它比糖果還要甜，而且它聞起來也很棒！我討厭檸檬，因為世界上大概再也沒有比它更酸的水果了吧！有的時候我也喜歡吃葡萄，但是要小心喔！有的時候它可以跟哈密瓜一樣甜，有時候卻跟檸檬一樣酸。

我爸爸媽媽喜歡吃酸的水果，而我弟弟和我一樣喜歡吃甜的水果。水果是世界上最好吃的東西，水果我愛死你了！

一定要背下來的起始句

I like to eat fruit because ________________.

I love ______. They're ______ than __(something)__.

My mommy and daddy like to eat ______________.

Yummy Fruit

I like to eat fruit because almost all fruits are 1.______ and good 2.______ your body. I like sweet fruits 3.______ than sour fruits. My favorite fruit is 4.______. I think it's the 5.______ fruit in the world.

I love Hami melons. They're sweeter than candy and they smell really good. I hate lemon because no fruit in the world is 6.______ than it. Sometimes, I like to eat some grapes, too. But, 7.______, sometimes they can be 8.______ Hami melons and sometimes they can be as sour as lemons.

My mommy and daddy like to eat sour fruits and my little brother likes to eat sweet fruits, just like me. Fruit is the 9.______ delicious thing in the world. Fruit, I love you!

看隔壁的範文填單字，順便訓練一下自己的單字能力！

1. tasty	2. for	3. better
4. Hami melon	5. sweetest	6. sourer
7. be careful	8. as sweet as	9. most

Chapter 18 我最喜歡的生日禮物
The Best Birthday Present for Me

Ch18.mp3

想一想 令你印象深刻的生日禮物是什麼？

1 你最喜歡的生日禮物是？

cell phone（手機）、棒球手套（baseball glove）、腳踏車（bike）

2 那你還有收到過其他哪些禮物呢？

玩具（toy）、小狗（puppy）、破掉的襪子（socks with holes）

3 你收到禮物的心情如何呢？

興奮（excited）、大叫（yell）、驚喜（surprise）

4 現在那個禮物的狀況？

跟新的一樣（like a new one）、壞掉了（broken）

禮物是描寫物品的基礎

寫「自己最喜歡的生日禮物」這個題目時，不但可以輕鬆學會形容詞最高級的用法，也可從中學習到描寫喜歡的東西的技巧喔！

寫作技巧Tips

如何開始？　先說出你最喜歡的生日禮物是什麼。

建議開頭句：**I have had many birthday presents and the ______ is the best birthday present for me.** 我收過許多生日禮物，而_____對我來說是最棒的生日禮物。

接下來呢？　描述一下拿到這個禮物的情境。

建議開頭句：**The ______ is a present from my ______ birthday.**
___________是我______歲生日的禮物。

怎麼結束？　告訴大家那禮物現在的狀況。

建議開頭句：**I still use it to ______.** 我還是會用它______。

套用超簡單　任何題目都可以輕鬆寫！

相同的寫作模式可以套用在描寫其他物品的文章上面，只要順著以下步驟：1. 描寫那個物品、2. 描繪出這物品令你印象最深刻的情境、3. 物品現在的狀況以及你怎麼對待它。就可以輕鬆寫出你想描述的物品，下面就試著以 The First Book I Bought（我買的第一本書）來寫寫看吧！

套用實例

The first book I bought was a comic book.
我買的第一本書是一本漫畫書。
I bought it in a bookstore near my elementary school.
我在我小學附近的一家書店買的。
I lost it already, but I won't forget it.
雖然我已經把它弄丟了，但是我不會忘記它的。

的基本單字片語

怎樣都要背下來的片語

well-known（著名的）
再加上 brand（品牌）
就是名牌啦！

名牌

生日常會收到的禮物

crayon
蠟筆

doll
洋娃娃

encyclopedia
百科全書

music box
音樂盒

robot
機器人

comic book
漫畫書

video game
電動遊戲

toy
玩具

sneakers
球鞋

bracelet
手環；手鐲

你一定要會用的
英文句型！

No＋名＋is＋形容詞比較級＋than＋名

在上一章學會了用比較級來表達最高級意義的用法以後，有沒有覺得作文寫起來更漂亮了呢？在這邊再教你們一招，這個句型的中文意思和我們口語常說的「沒有……比……更……」完全一樣喔！什麼？聽不懂嗎？那就趕快來看下面的例子吧！

No father in the world is better than mine.
世界上沒有任何爸爸比我爸爸更棒。（比較級概念）
→ 我爸爸是世界上最棒的爸爸。（最高級概念）
No teacher in the world is more interesting than Mr. Kao.
世界上沒有任何老師比高老師更有趣。（比較級概念）
→ 高老師是世界上最有趣的老師。（最高級概念）

超神奇!!
換個單字 也能寫其他句子!!

building 建築物
actor/actress 演員／女演員
car 汽車

Taipei 101 台北101
he/she 他／她
Ferrari 法拉利

No 名
is 形容詞比較級 than

名
.

地震的時候不知道會怎樣？

taller 更高；funnier 更有趣；faster 更快
more handsome 更帥；prettier 更美麗
more expensive 更貴； better 更好

請套用即可

說出你最喜歡的生日禮物

這支手機是我收到過最好的生日禮物。

The cell phone was the best birthday present I have ever received.

我最喜歡的生日禮物是一副手套。

My favorite birthday present is a pair of gloves.

這台腳踏車比我收到的其他任何禮物都好。

The bike is better than any of my other presents.

世界上沒有比這個更棒的生日禮物了。

No birthday present in the world is better than this one.

適用
第一段

你收過的其他禮物

so cute !

其中最貴的是名牌球鞋，而最大的是一台腳踏車。

The most expensive ones are the well-known brand sneakers, and the biggest one is a bike.

我得到過許多不錯的禮物，像是棒球手套、運動鞋、腳踏車和一些很酷的玩具。

I have had a lot of good presents, for example, baseball glove, sneakers, a bike and some cool toys.

我甚至收過小狗當禮物呢！

I even got a puppy as a present.

我的第一個生日禮物是一雙小鞋子。

My first birthday present was a pair of little shoes.

最奇怪的禮物是一隻有破洞的襪子。

The strangest present is a sock with holes.

適用 第二段 描述生日當時的情況和心情

我記得媽媽跟我說她忘了我的生日，所以沒有準備任何禮物給我。
I remember my mother told me that she forgot my birthday and didn't prepare any presents for me.

我那個時候傷心到以為她不愛我了。
I was so sad that I thought she didn't love me anymore.

我當時真的很興奮，所以我就跑到房間去放音樂來聽。
I was so excited that I just ran into my room and played some music.

我緊緊抱著媽媽，並親了她的臉頰。
I hugged my mother tightly and kissed her cheek.

我高興到甚至在大家面前哭了出來！
I was so happy that I even cried in front of everybody!

我高興地跳著舞。
I was dancing happily.

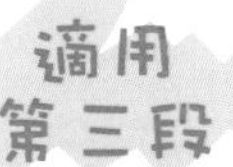

現在那個禮物的狀況

我還是會用它來放我最喜歡的歌。
I still use it to play my favorite songs.

我喜歡到每天都帶在身邊。
I love it so much that I take it with me every day.

我會好好收藏，絕對不會弄丟。
I will keep it carefully and never lose it.

雖然它已經壞掉了，但我還是會把它留下來。
It's broken already, but I will still keep it.

它看起來還是跟新的一樣。
It still looks like a new one.

自己再加幾句，就可以完成一篇很好的作文喔~

想不出來，抄前面的也可以唷！

作文小抄稿

第一段，先說出你最喜歡的生日禮物是什麼。	第二段，描述一下拿到這個禮物的情境。	第三段，告訴大家那禮物現在在哪裡。
I have had many birthday presents and the cell phone is the best birthday present for me.	The cell phone is a present from my 9th birthday.	Now, I still use the cell phone to play my favorite games.

小抄照著填 作文超簡單

The Best Birthday Present for Me

I have had many birthday presents and _____ is the best birthday present for me. ______________________________

____

The ________ is a _____ from my ______________________________

____

____

I still use the cell phone to ______________________________

____

____

（＊請記得回頭檢查時態、第三人稱單數及名詞單複數）

常犯的寫作錯誤

★中文常常這麼說：
這台玩具車對我來說是最好的生日禮物。

★正確的英文應該是：
The toy car is the best birthday present for me. （O）

★我們常犯的錯誤就是：
The toy car is the most good present for me. （X）

其實光就字面來說，你寫的好像也沒錯啊！最（most）好（good）不就是這樣寫嗎？不過要是英文能夠這樣直接翻譯過來的話，那我們就不用學英文學得那麼辛苦了！有些形容詞或副詞的比較級變化是不規則的，並不是直接加 most 或者是改變字尾 -er 或 -est 就可以的，而它們的變化就跟動詞不規則變化一樣沒有什麼竅門，是要靠自己去背起來的喔！下面就附上常用到的幾個形容詞變化，一定要好好記起來喔！

原級	比較級	最高級	備註
bad	worse	worst	
good	better	best	
well	better	best	
far	farther	farthest	指距離
far	further	furthest	指程度
little	less	least	
much many	more	most	

一定要背下來的起始句

我收過許多生日禮物，而 _____ 對我來說是最棒的生日禮物。

這個______是我_____歲生日的禮物。

我還是會用它______ 。

我最喜歡的生日禮物

我收過許多生日禮物，而這支手機對我來說是最棒的生日禮物。我收到過許多不錯的禮物，像是棒球手套、運動鞋、一輛腳踏車和一些很酷的玩具。其中最貴的是名牌球鞋，而最大的是一台腳踏車，但比起其他的禮物，我最喜歡的還是這支手機。

這支手機是我九歲生日的禮物。我記得媽媽那時跟我說她忘了我的生日，所以沒有為我準備任何禮物。我那個時候傷心到以為她不愛我了。但是在晚餐後，爸媽拿出了一個包裝好的盒子，盒子裡面就是我那一支手機！真是太令人驚喜了！

我還是會用這支手機來玩我最愛的遊戲。我真是太喜歡它了。我會永遠珍惜它。它真的是世界上最棒的禮物。

This is the best present for me.
這是我最喜歡的禮物。
小朋友們！要愛惜所有物品喔！
我以為他最喜歡我。

一定要背下來的起始句

I have had many birthday presents and the ______ is the best birthday present for me.

The ______ is a present from my ______ birthday.

I still use it to ______.

The Best Birthday Present for Me

I have had many birthday presents and the cell phone is the 1.______ birthday present 2.______ me. I have received a lot of good presents, for example, baseball gloves, sneakers, a bike and some cool toys. The 3.______ expensive ones are the 4.______ brand sneakers, and the biggest one is a bike. But I still like the cell phone 5.______ than any of my other presents.

The cell phone is a 6.______ from my 9th birthday. I remember my mother told me that she forgot my birthday and didn't 7.______ any presents for me. I was so sad that I thought she didn't love me anymore. But after dinner, Mom and Dad took out a wrapped box and it was the cell phone in the box! What a surprise!

I still use the cell phone to play my 8.______ games. I love it so much. I will 9.______ it forever. No present in the world is better than it.

ANSWERS

1. best
2. for
3. most
4. well-known
5. more
6. present
7. prepare
8. favorite
9. cherish

Chapter 19

午後的雷陣雨
Afternoon Thunder Shower

Ch19.mp3

想一想 最近的天氣如何變化？

1 早上的天氣怎麼樣？

晴朗的（clear）、寒冷的（cold）、熱的（hot）、下雨的（rainy）

2 你去做了什麼活動呢？

散步（take a walk）、慢跑（jog）、放風箏（fly a kite）、遛狗（walk a dog）

3 下午的天氣如何呢？

下雨（rain）、雷電交加（lightning and thunder）、潮濕的（humid）

4 你喜歡怎麼樣的天氣？

晴天（sunny day）、涼爽的（cool）、溫暖的（warm）、乾燥的（dry）

從一天中的天氣變化來練習描寫天氣

炎熱的夏天常常會有午後雷陣雨，它通常來得又大又快，但常常也去得快。這也是讀者們可以下筆的特色。藉由一天中的天氣變化，帶入描寫天氣的形容詞，和一些心情的描寫，就是這個題目的基本架構。

寫作技巧Tips

如何開始？　描寫早上的天氣狀況。
建議開頭句：**The weather this morning was very ________.**
　　　　　　今天早上的天氣非常________。

接下來呢？　描寫下午的天氣情況。
建議開頭句：**But in the afternoon, it started to ______________.**
　　　　　　不過，到了下午卻開始______________________。

怎麼結束？　描寫你對這種天氣的感受。
建議開頭句：**I really don't like __________ because __________.**
　　　　　　我真的很不喜歡______，因為_____。

套用超簡單 任何題目都可以輕鬆寫！

當然令人討厭的天氣變化不只有一種啦！像最近氣候異常，天氣常常變來變去，真是叫人受不了。The Fall（秋天）也可以用這樣的模式來描述喔！

套用實例

In the morning, the air is warm and comfortable.
在早上的時候，空氣既溫暖又舒服。
But, in the evening, the air is freezing like in winter.
但到了傍晚，空氣又冷的跟冬天一樣。
I really don't like this kind of weather because it makes me get cold easily. 我真的不喜歡這種天氣，因為它讓我很容易感冒。

其他更多關於天氣的題目也可以套用這種寫法喔！例如：
A Hot Afternoon（炎熱的下午）、The Strange Weather（奇怪的天氣）、Early in the Spring（初春）。

的基本單字片語

怎樣都要背下來的單字

我也可以當作淋浴的意思喔！

陣雨

天氣的單字

clear
晴朗的

cloudy
多雲的

hot
熱的

rainy
多雨的

windy
風大的

foggy
有霧的

stormy
暴風雨般的

snow
下雪

rainbow
彩虹

lightning
閃電

It is＋時間／天氣／狀況

在中文我們可以直接說「下雨了」，但英文卻不可以直接說 is raining。這是因為中文可以省略主詞，而英文卻不行，在這種情況之下，就需要虛主詞 it 來幫忙了。

英文在上述提及的狀況下，在語意上常會沒有一個真正的主詞，因此需要使用虛主詞 it 來解決文法上的問題。所以小朋友在遇到上面這種情形的時候，記得要使用虛主詞 it 喔！

超神奇!! 換個單字 也能寫其他句子!!

時間	現在是八點	eight o'clock.
天氣	下雨了	raining.
氣溫	現在 28 度	twenty-eight degrees.
天色	天色漸漸暗了	getting dark.
日期	今天是星期三	Wednesday.
狀況	真糟糕	terrible.

It is ______ .

你一定會用到的 各段佳句 請套用即可

適用第一段 描述早上的天氣和你從事的活動

今天早上的天氣非常舒適。	**The weather this morning was very comfortable.**
太陽閃耀著。	The sun was shining.
風輕輕吹著，空氣也非常新鮮。	**The wind blew softly and the air was so fresh.**
天空又藍又乾淨。	The sky was blue and clear.
我到公園散步。	**I took a walk in the park.**
我在公園裡停留了一會，好好享受這樣的美好早晨。	I stayed for a while in the park to enjoy such a wonderful morning.
我沿著街道慢跑。	**I took a jog along the street.**
我和我的狗一起玩了飛盤。	I played Frisbee with my dog.

適用第二段 描述下午的天氣

不過，到了下午卻開始下起大雨來了。	**But, in the afternoon, it started to rain so hard.**
風也呼呼地吹，吹得窗戶都發出了可怕的聲音。	The wind also blew hard and made the windows shake and make scary sounds.
雷電交加更加可怕。	**The lightning and thunder were even scarier.**
雨大約下了兩個小時。	It rained about two hours.
我可以聞到草的味道。	**I could smell the grass.**
在午後雷陣雨過後，空氣變得更潮濕了。	After the afternoon thunder shower, the air became moister.

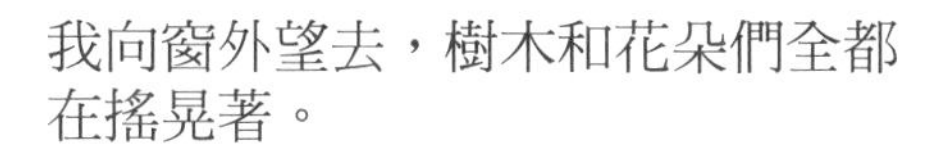

適用第二段 描述下午你在做什麼

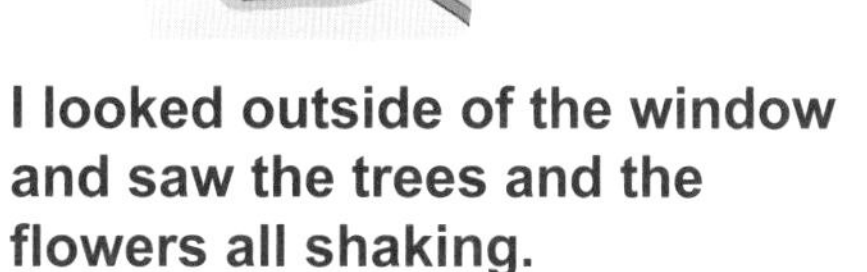

我向窗外望去，樹木和花朵們全都在搖晃著。	**I looked outside of the window and saw the trees and the flowers all shaking.**
我只能待在家裡。	I could only stay at home.
我把自己鎖在臥室裡面。	**I locked myself in my bedroom.**
我就這樣望著窗外發呆。	I stared outside of the window and did nothing at all.
我那時坐在沙發上看著我最喜歡的卡通。	**I was sitting on the couch and watching my favorite cartoon.**
我小睡了一下。	I took a nap.
我上網玩了線上遊戲。	**I logged on the internet and played an online game.**

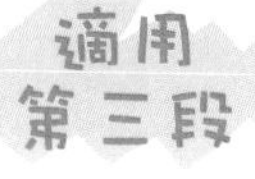

適用第三段 描述你對這種天氣的感受

我真的很不喜歡下雨天。	**I really don't like rainy days.**
午後雷陣雨真的很可怕。	Afternoon thunder showers are really scary.
閃電和打雷是世界上最可怕的東西。	**Lightning and thunder are the scariest things in the world.**
我比較喜歡晴天。	I like sunny days better.
雨水讓所有東西都變得濕濕的，而且我不能去外面玩。	**Rain makes everything wet and I can't go outside to play.**
我希望明天不會下雨。	I hope it won't rain tomorrow.
我希望會是個溫暖又舒服的晴天。	**I hope it will be a warm, comfortable and sunny day.**

該你 練習囉!!

自己再加幾句，
就可以完成一篇
很好的作文喔~

想不出來，
抄前面的也
可以唷！

作文小抄稿

第一段，先描寫早上的天氣狀況。	第二段，描寫下午的天氣情況。	第三段，描寫你對這種天氣的感受。
The weather this morning was very comfortable.	*But in the afternoon, it started to rain so hard.*	*I really don't like rainy days, because rain makes everything wet.*

小抄
照著填
作文超簡單

Afternoon Thunder Shower

The weather this morning was ______________________________

____

____

But in the afternoon, it started to ___________________________

____

____

I really don't like ________, because _________________________

____

____

（＊請記得回頭檢查時態、第三人稱單數及名詞單複數）

常犯的 寫作錯誤

★中文常常這麼說：
現在在下雨。

★正確的英文應該是：
It is raining. （O）

★我們常犯的錯誤就是：
Now is raining. （X）

關於這種錯誤，在前面介紹句型的時候就已經提醒過了，不過可別自作聰明的以為只要隨便加一個字就可以囉！這個錯誤句子乍看之下好像很順，不過 now 是「現在」的意思，「現在」這個抽象概念之中怎麼會有實體的雨水跑出來，所以是不對的。

其實只要用一個簡單的 it 就可以解決很多英文裡面類似的問題，所以只要學會熟練虛主詞 it 的用法，就不會再發生類似的錯誤了。

一定要背下來的起始句

今天早上的天氣非常________。

不過，到了下午卻開始______________。

我真的很不喜歡_______。

午後的雷陣雨

今天早上的天氣非常舒適。太陽閃耀著，所以我去了公園散步。風輕輕吹著，空氣也非常新鮮。我在公園停留了一會，好好享受這麼美好的早晨。

不過，到了下午卻開始下起大雨來了。風呼呼地吹，吹得窗戶都在搖還發出了可怕的聲音。不過閃電交加更加可怕。我向窗外望去，樹木和花朵們也全都在搖晃著。這場雨大約下了兩個小時，而我只能待在家裡。在這場午後雷陣雨之後，空氣變得涼快和潮濕了許多。媽媽說我不能出去，因為外面又濕又亂。

我真的很不喜歡下雨天，因為雨水會讓一切都變得濕濕的，而且我也不能出去玩。我比較喜歡晴天，所以我希望明天不會下雨。我希望明天會是個溫暖又舒服的晴天。

一定要背下來的起始句

The weather this morning was very ________________.

But in the afternoon, it started to ______________.

I really don't like __________.

Afternoon Thunder Shower

The weather this morning was very 1.______. The sun was shining, so I took a walk in the park. The wind 2.______ softly and the air was so 3.______. I stayed for a while in the park to enjoy such a wonderful morning.

But in the afternoon, it started to rain so 4.______. The wind also blew hard and made the windows shake and make scary sounds. But the 5.______ and 6.______ were even scarier. I looked outside of the window and saw the trees and the flowers were all 7.______, too. It rained about two hours and I could only stay at home. After the afternoon thunder shower, the air became cooler and 8.______. My mom said I couldn't go outside because it was wet and messy.

I really don't like rainy days, because rain makes everything wet and I can't go outside to play. I like sunny days 9.______, so I hope it won't rain tomorrow. I hope it will be a 10.______, comfortable and sunny day tomorrow.

ANSWERS

1. comfortable 2. blew 3. fresh 4. hard
5. lightning 6. thunder 7. shaking 8. moister
9. more 10. warm

Chapter 20

颱風天 Typhoon

Ch20.mp3

想一想 你如何度過颱風天？

1 通常你是怎麼知道颱風的消息？

網路（internet）、電視（TV）、老師說的（teacher told me）

2 你是怎麼度過颱風天的呢？

點上蠟燭（light up candles）、坐在客廳裡看電視（sit in the living room and watch TV）、睡一整天（sleep all day）

3 街道上的情況如何呢？

屋頂在空中飛（a roof flying in the air）、風雨越來越強（the wind and rain became harder）、招牌被吹落（signboards were blown away）

4 颱風過後你會做什麼事情？

打掃庭院（clean the yard）、打電話給朋友（call my friend）、到附近散散步（take a walk around the neighborhood）

從描寫颱風天來練習用誇張手法寫天氣

颱風天除了放假很開心以外，你有沒有覺得，颱風其實還滿可怕的？風一直發出呼呼呼的聲音，有時候會有東西被吹掉的巨大聲響，甚至還會聽到救護車的聲音！藉著颱風天的經驗，清楚描述天氣和人、事、物的情況，也可以學習另一種寫作技巧喔！

寫作技巧Tips

如何開始？　如何得知颱風的消息。

建議開頭句：**Yesterday, ______________ there was a typhoon.**

昨天，________________有一個颱風要來。

接下來呢？　描述颱風侵襲的過程。

建議開頭句：**______________, the wind blew harder and the rain came down harder, too.** ________，風雨越來越強。

怎麼結束？　開始描述災後的情形。

建議開頭句：**_________, the typhoon had already left.**

________，颱風已經離開。

套用超簡單　任何題目都可以輕鬆寫！

這個題目和前面的題目其實是相似的，兩者都是在描述一種強烈的天氣變化，只不過颱風還需要進行事前的防颱準備，這表示這種寫作模式也適合套用在一些需要事前準備的事件上，如此一來可以套用的題目就更多了喔！

套用實例

The news said today could be the hottest this summer.

新聞說今天有可能會是今年夏天最熱的一天。

At around two o'clock, it was getting hotter and hotter. It's too hot!

到了大概兩點，氣溫節節升高，真的太熱了！

After the afternoon thunder shower, it was much cooler.

午後雷陣雨過後，氣溫就涼爽了許多。

的基本單字片語

怎樣都要背下來的單字

唸起來是不是跟
中文很像呢？

颱風

[taɪˋfun]

颱風天常被吹壞的物品

car
汽車

motorcycle
機車

streetlamp
路燈

tree
樹木

signboard
招牌

roof
屋頂

window
窗戶

traffic light
紅綠燈

scaffold
鷹架

wire pole
電線桿

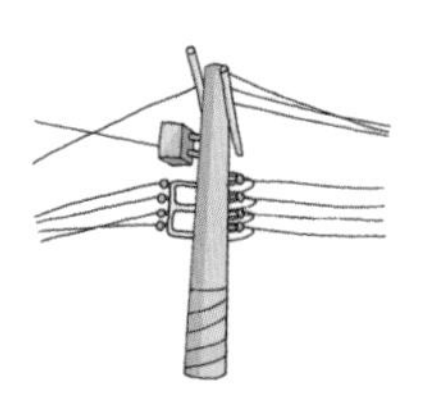

你一定要會用的 英文句型！

 ＋be動詞＋過去分詞＋by the 

英文被動態的用法很簡單，直接把中文的語序套入到上面的公式中即可。

He was hit by the signboard. 他被招牌打到了。
His car was damaged by the falling tree. 他的車被倒下來的樹給壓壞了。

不確定受詞時，可以省略掉 by＋受詞。
The house was damaged seriously.
這棟房屋嚴重受損。（不知道為什麼會受損）
He was killed.
他被殺害了。（不知道是被誰殺的）

超神奇!! 換個單字 也能寫其他句子!!

I was kicked by Peter. 我被 Peter 踢了。

typhoon 颱風；signboard 招牌；tree 樹；streetlamp 路燈；roof 屋頂；car 汽車；motorcycle 機車；window 窗戶 ；rock 石頭；passerby 路人；truck 卡車；scaffold 鷹架；driver 駕駛；wire pole 電線桿

 ＋be動詞＋過去分詞＋by (the) 受 .

damaged 被損壞；blew away 被吹走；hit 被打；kicked 被踢；killed 被殺；flatten 被壓扁；loved 被愛；taken away 被拿走；robbed 被搶；cheated 被欺騙

你一定會用到的 各段佳句 請套用即可

適用第一段 如何得知颱風的消息

昨天我老師跟我們說有一個颱風要來。	**Yesterday, my teacher told us that there was a typhoon.**
我從網路上得知這個消息。	I heard the news from the internet.
我老爸打電話跟我說了颱風的事情。	**My dad called and told me about the typhoon.**
我在電視上看到颱風的消息。	I saw the news about the typhoon on TV.
我回到家才知道颱風的消息。	**Not until I came home, did I know about the typhoon.**

你在家裡度過颱風天的方法

晚餐過後，我們準備了些蠟燭和打火機以防停電。	**After dinner, we prepared some candles and lighters in case there was no electricity.**
在那之後，我們就坐在客廳裡看颱風的新聞。	And then, we were just sitting in the living room and watching the news about the typhoon.
我們聚在陽台上烤肉。	**We got together on the balcony and had a BBQ.**
我們和親戚們在我家裡聚聚。	We had a get-together with relatives in my house.
我到我朋友家去講鬼故事。	**I went to my friend's house and we started to tell ghost stories.**
我一整晚都在我同學的房間裡面打電動。	I spent all night in my classmate's bedroom and played computer games.

適用第二段 描述颱風時的狀況

深夜裡，風雨越來越強。	**At midnight, the wind blew harder and the rain came down harder, too.**
街上的樹木都被吹得東倒西歪。	The trees outside were blown by the strong wind and bent a lot.
我甚至看見一個屋頂在空中飛舞。	**I even saw a roof flying in the air.**
招牌砸到了地上，並發出了一聲巨響。	The signboard fell onto the ground and made a huge noise.
外頭常常發出一些很吵又很可怕的聲音。	**The sounds outside were very loud and scary.**
大部分的車子都開得很慢，但還是有一些瘋狂的駕駛在路上狂飆。	Most of the drivers drove slowly but some crazy drivers still drove very fast.

適用第三段 颱風過後

今天早晨，颱風已經離開了。	**This morning, the typhoon had already left.**
我和爺爺決定去附近繞繞。	My grandfather and I decided to take a walk around the neighborhood.
我決定去找我一個住在河邊的朋友。	**I decided to see a friend who lived by the river.**
摩托車全都跟骨牌一樣地倒了。	The motorcycles all fell down like dominos.
有些車被砸毀，甚至有些房子也都受到了損傷。	**Some cars were damaged by the typhoon and some houses were damaged, too.**

該你練習囉!!

自己再加幾句，
就可以完成一篇
很好的作文喔~

想不出來，
抄前面的也
可以唷！

作文小抄稿

第一段，如何得知颱風的消息。	第二段，描述颱風侵襲的過程。	第三段，開始描述災後的情形
Yesterday, my teacher told us that there was a typhoon.	*At midnight, the wind blew harder and harder. The windows were hit very hard by the wind and rain.*	*Next morning, the typhoon has already left. Some cars were damaged by the typhoon and some houses were damaged, too.*

小抄
照著填
作文超簡單

Typhoon

_______, ________________ there was a typhoon ________________.

____

____

_______, the wind ________________________________

____

____

________, the typhoon ______________________________
Some ____________________ and some ____________________

____

（＊請記得回頭檢查時態、第三人稱單數及名詞單複數）

★中文常常這麼說：
西蒙吃了一塊蛋糕。
潔西卡覺得安迪又高又帥。

★正確的英文應該是：
Simon ate a piece of cake.（O）
Jessica thinks Andy is tall and handsome.（O）

★我們常犯的錯誤就是：
A piece of cake was eaten by Simon.（?）
Andy is thought to be tall and handsome.（?）

光就文法來說，其實這兩句話並沒有錯，一句是說「一塊蛋糕被西蒙吃掉了」（符合原意），而另一句是說「安迪被認為又高又帥」（符合原意）。但是注意這裡，語言除了文法要對以外，最重要的是聽起來要精簡自然。這兩句話翻成中文聽起來也不是很順暢。何不就直接用主動態呢？

使用英文被動態的時候，最好先想想這句話的中文聽起來順不順，如果就連中文都不怎麼順暢的話，你還是老老實實的用主動態吧！

一定要背下來的起始句

________有一個颱風要來。

________，風雨越來越強。

________，颱風已經離開。

颱風天

昨天我的老師跟我們說有一個颱風要來，這真的讓我很害怕。晚餐過後，我們準備了些蠟燭和打火機以防停電，之後我們全家人便聚集在客廳裡面，注意著新聞報導颱風的動向。

深夜裡，風雨越來越強。街上的樹木都被吹得東倒西歪。外頭常常發出一些很吵又很可怕的聲音。有的時候還會聽見救護車的聲音，希望不是什麼人被砸到才好。

今天早晨，颱風已經離開。我和爺爺決定去附近繞繞。有些樹倒了，有些車被砸毀，甚至有些房子都受到了損傷。還好我爸爸的車、我的家還有我的家人都沒事，真是太感謝老天爺保佑了。

一定要背下來的起始句

___(sometime)___, ___________ there was a typhoon.

___________, the wind blew harder and the rain came down harder, too.

_______, the typhoon has already left.

Typhoon

Yesterday, my teacher told us that there was a typhoon and I was so scared 1._______ it. After dinner, we prepared some 2._______ and lighters in case there was no 3._______. And then, we were just sitting in the living room and watching the news about the typhoon.

In the midnight, the wind blew harder and the rain came down harder, too. The trees outside were blown by the strong wind and bent a lot. The sounds outside were very loud and scary. Sometimes I could hear an 4._______ driving by. I hoped it was not someone hit by an object.

This morning, the typhoon had already left. My grandfather and I decided to take a walk around the 5._______. Some trees fell down. Some cars were 6._______ and some houses were damaged, too. But my father's car, my house and 7._______ are fine. Thank God!

ANSWERS

1. of
2. candles
3. electricity
4. ambulance
5. neighborhood
6. damaged
7. my family

Chapter 21

我最喜歡的天氣 My Favorite Weather

Ch21.mp3

想一想 談到天氣，你最喜歡哪一種？

1 你喜歡從事什麼活動呢？

戶外運動（outdoor sports）、聽流行音樂（listen to pop music）、健行（go hiking）

2 你喜歡什麼樣的天氣？

雨天（rainy days）、晴天（sunny days）、冷的天氣（cold days）

3 你喜歡那種天氣的什麼地方？

可以出去（can go outside）、舒服（comfortable）、可以沉思（can meditate）

4 你希望明天是什麼天氣？

每天都會是晴天（every day can be sunny）、涼快（cool）、很冷（cold）

從天氣開始，學會寫最喜歡和最不喜歡的人事物

在寫這篇作文的時候，先想想自己喜歡的天氣和不喜歡的天氣，比較兩者的優缺點，藉由描述天氣的狀況，學會用各式各樣的形容詞，讓你的文章更豐富，之後，要描寫其他喜歡或是不喜歡的東西就會更容易下手。不知道你是喜歡下雨天還是晴天呢？讓我們用文字看看你對天氣的喜好吧！

寫作技巧Tips

如何開始？　寫出你不喜歡的天氣和原因。
建議開頭句：**I like ____________. So I really don't like ___________.**
我喜歡______________。所以我真的很討厭__________。

接下來呢？　寫出你喜歡的天氣和原因。
建議開頭句：**My favorite weather is __________ because __________.**
我最喜歡_________，因為_________。

怎麼結束？　做一個結論。
建議開頭句：**In one word, _________.** 總而言之，________。

套用超簡單　任何題目都可以輕鬆寫！

這種主題其實算是一種「比較」類型的文章，其主要結構是「不喜歡的事物」、「喜歡的事物」和「結論」。所以不侷限於跟天氣有關的主題。

套用實例

I like to enjoy the quiet moments of mine. So I really don't like to go to crowded places.
我喜歡享受一個人的寧靜時光，所以我真的不是很喜歡到人潮眾多的地方。
My favorite place is the bookstore because I can read books there quietly. 我最喜歡的地方是書店，因為我可以在那邊安靜地看書。
In one word, I feel very comfortable in the bookstore.
總而言之，在書店裡我感到非常自在。

介紹天氣和活動的基本單字片語

怎樣都要背下來的片語

寫到結論部分的時候，就可以使用我喔！

總而言之

雨天可以做的事情

read
看書

see a movie
看電影

play video games
玩電動

meditation
沉思；冥想

draw
畫畫

晴天可以做的事情

play baseball
打棒球

play badminton
打羽毛球

fly a kite
放風箏

ride a bike
騎腳踏車

go hiking
健行

你一定要會用的英文句型！

the reason＋why＋子句

這個句型的意思是「……的理由為……」，因為這一篇文章是在比較喜歡與不喜歡的事物，所以一定會有說明理由或原因的機會，這時候這個句型就可以派上用場了。而 the reason 以及 why 都可以視情況而省略。

Please tell me the reason why you didn't hand in your homework.
Please tell me the reason you didn't hand in your homework.
Please tell me why you didn't hand in your homework.
請告訴我為什麼你沒有交作業。

超神奇!! 換個單字 也能寫其他句子!!

he stole the money 他偷了錢；the little girl cried 那個小女孩會哭；you beat the boy 你打了那個男孩；I love this restaurant 我喜歡這間餐廳；Austin didn't tell the truth 奧斯丁沒說實話；the door is open 門是開的；John spent so much time 約翰花了這麼多時間

That's the reason why ________.

Please tell me the reason why you didn't hand in your homework.

你一定會用到的 各段佳句 請套用即可

你討厭的天氣和理由

因為一下雨我就不能去籃球場去從事我喜歡的運動。
On rainy days, I can't go to the basketball court to play my favorite sport.

當天氣很熱的時候，我在太陽底下通常會流很多汗。
When it's hot, I usually sweat a lot under the sun.

天氣冷的時候，我連動都不想動。
I don't even want to move a little on cold days.

當空氣潮濕的時候，有時會充滿怪味。
When the air is humid, it doesn't smell good sometimes.

天氣冷的時候我常常感冒。
I often catch a cold on cold days.

下雨天的時候我就不能騎腳踏車了。
I can't ride my bike on rainy days.

你喜歡的天氣和理由

我最喜歡晴天了，因為我可以出去和朋友一起玩。
My favorite weather is on sunny days because I can go outside and have fun with my friends.

我可以沿著河岸騎腳踏車。
I can ride a bike along the riverbank.

我可以吃很多冰淇淋和刨冰。
I can eat a lot of ice cream and ice shavings.

我在下雨天的時候可以靜下心來沉思。
I can meditate in peace on rainy days.

天氣涼爽的時候去健行非常舒服。
It's very comfortable to go hiking on cool days.

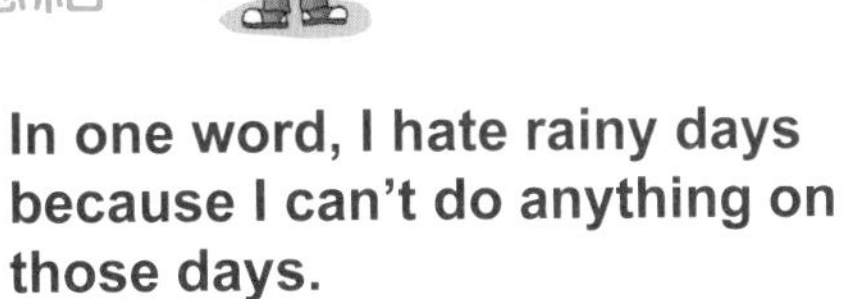

適用第三段 針對兩種天氣來做總結

總而言之，我恨死下雨天了，什麼事情都不能做。

In one word, I hate rainy days because I can't do anything on those days.

就各方面而言，跟溫暖的天氣比起來，我更喜歡寒冷的天氣。

All in all, I like cold days more than warm days.

我喜歡晴天，因為我能去我想去的地方和從事我喜愛的運動。

I like sunny days because I can go to the places I like and play the sports I love.

我喜歡除了下雨天以外的所有天氣。

I like every kind of weather, except for rainy days.

適用第三段 自己對天氣的期望

我希望每天都能是晴天。晴天我來囉！

I hope every day can be sunny. Sunny days, I'm coming!

我希望每天都能很涼快。

I hope it can be a cool day every day.

我不喜歡每天都下雨，不過偶爾下一下也不錯。

I don't like to rain every day, but sometimes it would be good.

我希望下雨都能下在半夜。

I hope it can always rain at midnight.

我希望每天都能很冷，我就可以天天穿我的大衣了。

I hope every day can be cold so that I can wear my coat every day.

該你 練習囉!!

自己再加幾句，
就可以完成一篇
很好的作文喔~

想不出來，
抄前面的也
可以唷！

作文小抄稿

第一段，寫出你不喜歡的天氣和原因。	第二段，寫出你喜歡的天氣和原因。	第三段，做個結論。
I like to play outdoor sports with my friends and my favorite one is basketball. So I really don't like rainy days.	*My favorite weather is on sunny days because I can go outside and have fun with my friends.*	*In one word, I hate rainy days because I can't do anything on those days.*

小抄
照著填
作文超簡單

My Favorite Weather

I like ____________. So I really don't like ______________________________

____

____

My favorite weather is ________ because ________. ____________________

____

____

In one word, ________. ____

____

____

（＊請記得回頭檢查時態、第三人稱單數及名詞單複數）

★中文常常這麼說：
因為我喜歡打籃球，所以我討厭下雨天。

★正確的英文應該是：
Because I like to play basketball, I hate rainy days.（O）

★我們常犯的錯誤就是：
Because I like to play basketball, so I hate rainy days.（X）

在中文裡面，「因為」和「所以」感覺上是對好兄弟，只要有「因為」後面就一定要接「所以」。但是在英文裡面可不是這麼一回事喔！在英文裡面「因為」because 和「所以」so 都是連接詞，而兩個句子只需要一個連接詞，所以這兩者之間只能選一個來用喔！

其他還有類似的情況，例如「儘管」although 和「但是」but 也只能擇一使用喔！

★中文常常這麼說：
儘管他非常聰明，但他真的很懶。

★正確的英文應該是：
Although he is very smart, he is really lazy.（O）

★我們常犯的錯誤就是：
Although he is very smart, but he is really lazy.（X）

一定要背下來的起始句

我喜歡＿＿＿＿＿＿，所以我真的很討厭＿＿＿＿＿＿。

我最喜歡＿＿＿＿＿＿，因為＿＿＿＿＿＿。

總而言之，＿＿＿＿＿＿。

我最喜歡的天氣

我喜歡和我的朋友從事戶外運動，而我最喜歡的運動是籃球。所以我真的很討厭雨天，因為一下雨我就不能去籃球場從事我喜歡的運動。而且空氣都會變的很潮濕，有的時候還會充滿著怪味。

我最喜歡晴天了，因為可以出去跟朋友一起玩。我也喜歡晴天的一切，像是藍天白雲或者是閃耀的陽光。這也是為什麼我最喜歡的季節是夏天，因為每一天都是晴天。

總而言之，我恨死下雨天了，什麼事情都不能做。而在晴天時我能去我想去的地方和從事我喜愛的運動。我希望每一天都是晴天，晴天，我來囉！

一定要背下來的起始句

I like ____________. So I really don't like ___________.

My favorite weather is________ because ________.

In one word, _______.

My Favorite Weather

I like to play 1.______ sports with my friends and my favorite one is basketball. So, I really don't like rainy days. On rainy days, I can't go to the 2.______ to play my favorite sport. Also when the air is 3.______, it doesn't smell good sometimes.

My favorite weather is on sunny days because I can 4.______ and have fun with my friends. I also like everything on sunny days, 5.______, white clouds, the blue sky and the 6.______ sun. That is 7.______ my favorite season is summer because every day is a sunny day.

8.______, I 9.______ rainy days because I can't do anything on those days. I like sunny days because I can go to the places I like and play the sports I love. I hope every day can be sunny. Sunny days, I'm coming!

ANSWERS

1. outdoor
2. basketball court
3. humid
4. go outside
5. for example
6. shining
7. the reason why
8. In one word
9. hate

Chapter 22 校外教學 The Field Trip

Ch22.mp3

想一想 你參加過校外教學嗎？

1 你上次校外教學去哪裡？

淡水（Tamsui）、動物園（zoo）

2 你們是怎麼去的？

搭遊覽車（by tourist coach）、搭公車（by bus）

3 你們的行程是什麼？

逛老街（walked along the old street）、吃小吃（ate snacks）、搭渡輪到漁人碼頭（went to Fisherman's Wharf by ferry）

4 你喜歡那個地方嗎？

喜歡（I like it）、我會再和爸媽一起去（I'll come back with my parents）

描寫特別的經驗，從校外教學開始

你喜歡校外教學嗎？參加校外教學可以和同學一起玩耍，享受自己準備的零食和飲料，和麻吉拍一堆照片留念！多麼愉快的經驗啊！試著用文字來把這些愉快的經驗給記錄下來，也可以是一篇很棒的文章喔！

寫作技巧Tips

如何開始？　你校外教學的地點。
建議開頭句：_____, I went _____ for the field trip.
_____我校外教學去了_____。

接下來呢？　開始描寫校外教學的行程。
建議開頭句：First, we went there by ________.
首先，我們是搭________過去的。

怎麼結束？　更加詳細地描寫目的地。
建議開頭句：It was _______.　那邊_______。

套用超簡單　任何題目都可以輕鬆寫！

這種題目簡單說就是「描述你去一個地方的經驗和過程」。也就是說，只要照著時間順序、注意用對時態，任何符合這些條件的題目都可以直接套用這種寫作模式喔！

套用實例

Today, I went to the National Taiwan Science Education Center.
我今天去了台灣科學教育館。
I went there by MRT. 我是搭捷運去那裡的。
There were a lot of novel science displays.
那裡有很多新奇的科學展覽。

其他更多類似的題目也可以套用這種寫法喔！例如：
The Graduation Trip（畢業旅行）、The Family Trip（家族旅遊）。

的基本單字片語

怎樣都要背下來的片語

看到 coach 可不要以為是指教練，它也有車子的意思喔！

遊覽車

校外教學常帶的東西

camera
照相機

backpack
背包

snack
零食

tissue
衛生紙

handkerchief
手帕

dried plum
酸梅

money
錢

motion sickness medicine
暈車藥

calling card
電話卡

cell phone
手機

你一定要會用的 英文句型！

＋傳訊息／去某處＋by＋通信／交通工具

要去一個地方，一定會選擇某種交通方式；而到了那邊，要跟父母報平安的時候，也一定是藉由某種通信方式吧！這裡介紹一個簡單的句型，可以一次就把這兩件事情表達清楚喔！

I called my father upon arrival by cell phone.
我用手機跟我爸爸報平安。

I told my parents about my situation at school by letter.
我寫信跟我父母親說我在學校的情形。

He goes to school by bus. 他搭公車去學校。

超神奇!! 換個單字 也能寫其他句子!!

went to Kaohsiung 去高雄；went to the theme park 去主題樂園；went to cram school 去補習班；went to Yilan 去宜蘭；went home 回家；told her the news 告訴她這個消息；let him know the result 讓他知道結果；told him about the event 告訴他這個活動；let them know about the accident 讓他們知道這個意外

__________ by __________ .

THSR 高鐵；MRT 捷運；ferry 渡輪
helicopter 直升機；train 火車；taxi 計程車
phone 電話；letter 信；e-mail 電子郵件
cell phone 手機；radio 無線電

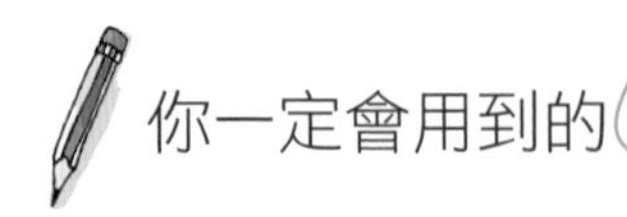

你一定會用到的各段佳句 請套用即可

適用第一段 校外教學去的地點和心情

今天我去了淡水校外教學。	**Today, I went to Tamsui for a field trip.**
上星期五我去了動物園校外教學。	Last Friday, I went to the zoo for a field trip.
我興奮到睡不著覺。	**I was so excited and couldn’t fall asleep.**
我在背包裡放了很多零食。	I put a lot of snacks in my backpack.
我們計畫好要在遊覽車上做什麼了。	**We made a plan about what we are going to do on the tourist coach.**
我甚至夢到我沒趕上校外教學。	I even dreamed that I was late for the field trip.
我早上睡過頭差一點上學遲到。	**I woke up too late and was almost late for school.**
我比平常還要更早起床。	I woke up earlier than usual.
我和同學們早上七點半在校門口集合。	**My classmates and I gathered at the school gate at 7:30 in the morning.**
媽媽就給了我一些錢，叫我坐計程車到學校。我幸運地剛好趕上了。	My mom just gave me some money and told me to go to school by taxi. Luckily, I was just on time.
首先，我們是搭遊覽車過去的。	**First, we went there by tourist coach.**
我們是搭公車過去的。	We went there by bus.

適用第二段 介紹行程以及景點

跟週末比起來比較沒有那麼擁擠，但還是有很多人。	**It was not crowded as it is on weekends, but there were still a lot of people.**
然後，我們便沿著老街走，品嚐了許多小吃。	And then, we just walked along the old street and ate a lot of snacks.
我們在那家老店裡面買了許多明信片和小玩具。	**We bought a lot of post cards and small toys in the old store.**
我們搭渡輪到漁人碼頭。	We went to Fisherman's Wharf by ferry.
我可以聞到海水的味道。	**I could smell seawater in the air.**
我照了許多海景的照片，也和同學們玩得不亦樂乎。	I took many pictures of the ocean and played around the place with my classmates.

適用第三段 心得與感想

大家在車上都覺得累壞了，而我也睡著了，繼續在夢裡想著這次美好的校外教學。	**We all felt tired on the bus and I fell asleep and dreamed about the excellent field trip.**
我會把相片放在我的網路相簿上。	I will put the pictures on my internet album.
下一次，我想跟爸媽一起來這邊。	**Next time, I would like to come back with my parents.**
我希望我弟弟會喜歡我的禮物。	I hoped my little brother would like my gift.
這真是個美好的回憶。	**It was a nice memory for me.**

自己再加幾句，
就可以完成一篇
很好的作文喔~

想不出來，
抄前面的也
可以唷！

作文小抄稿

第一段，你校外教學的地點和出發前的心情。	第二段，開始描寫校外教學的行程。	第三段，更加詳述地描寫目的地。
Today, I went to Tamsui for a field trip. I was so excited and couldn't fall asleep.	First, we went there by tourist coach. Then we just walked along the old street and ate a lot of snacks.	It was windy and sunny.

小抄
照著填
作文超簡單

The Field Trip

______, I went ______ for a field trip. ____________________

____

____

Firstly, we went there by __________________________

____

____

It was ____________________________________

____

____

（＊請記得回頭檢查時態、第三人稱單數及名詞單複數）

★中文常常這麼說：

老師告訴我們三點在入口集合。

★正確的英文應該是：

The teacher told us to gather at the entrance at three o'clock.（O）

★我們常犯的錯誤就是：

The teacher told us to gather at three o'clock at the entrance.（X）

這真的是一個很困難的錯誤，因為不管怎麼看，這兩句好像都沒有錯啊！不過問題是出在副詞的文法上，小朋友可能會問，這句話裡面哪有副詞？而這就是問題的所在。at the entrance 在這邊是「地方副詞片語」，而 at three o'clock 則是「時間副詞片語」，再講下去可能你又要昏頭了。所以我簡單解釋一下就好，當以後有遇到 A：「介系詞＋時間」和 B：「介系詞＋地點」的時候，就把 A 放在 B 的後面就不會錯了！

一定要背下來的起始句

＿＿＿＿＿我校外教學去了＿＿＿＿＿。

首先，我們是搭＿＿＿＿＿ 去的。

那邊＿＿＿＿＿。

校外教學

今天我去了淡水校外教學。我興奮到睡不著覺，結果早上還睡過頭差一點遲到。我媽媽給了我一些錢，叫我坐計程車到學校。我真的需要在七點前趕到學校，幸好及時趕上。

首先，我們是搭遊覽車過去的，跟假日比起來比較沒有那麼擁擠，但還是有很多人。然後，我們就沿著老街走，品嚐了許多的小吃。我還玩了許多遊戲，順便買了些紀念品給我弟。然後，我們就開車前往漁人碼頭。

那邊天氣晴朗，狂風陣陣。老師跟我們說三點在門口集合之後，大家就解散了。我照了許多海景的照片也和同學們玩得不亦樂乎。我用手機打電話給我媽媽，跟她分享這邊的景色。最後終於到了要走的時候，大家在車上都累壞了，而我也繼續在夢裡想著這次美好的校外教學。

一定要背下來的起始句

____, I went ______ for the field trip.

First, we went there by _______.

It was _______.

The Field Trip

Today, I went to Tamsui for a field trip. I was so excited and couldn't fall asleep. So, I woke up too late in the morning and was almost late for school. My mom gave me some money and told me to go to school by 1._______. I really needed to go to school before seven o'clock and 2._______, I was just on time.

First, we went there by 3._______. It was not as crowded as it is on the weekends, but still, there were a lot of people. And then, we walked along the old street and ate a lot of snacks. I also played some games and bought some 4._______ for my little brother. After that, we went to Fisherman's Wharf by a tourist coach, too.

It was windy and sunny. The teacher told us to gather at the entrance at three o'clock and we were dismissed. I 5._______ many pictures of the ocean and played around the place with my classmates. I also talked about the wonderful 6._______ with my mom 7._______ cell phone. Finally, it was about time to go home. We all felt tired on the bus and I just fell asleep and dreamed about the 8._______ field trip.

ANSWERS

1. taxi　2. luckily　3. tourist coach　4. souvenirs
5. took　6. scenery　7. by　8. excellent

Chapter 23 逛大賣場

Going Shopping in the Hypermarket

Ch23.mp3

想一想 你第一次逛大賣場的經驗。

1 那一家大賣場在哪裡？

我家附近（near my house）、捷運站旁邊（next to the MRT station）、學校附近（near my school）

2 你看到了什麼人事物？

各式各樣的人（many kinds of people）、家庭主婦（housewives）、很多玩具（many toys）

3 你花了多久才逛完？

三小時（three hours）、半天（half day）、整個早上（whole morning）、整個下午（whole afternoon）

4 你買了什麼東西嗎？

蔬菜（vegetables）、玩具（toys）、零食（snacks）、衣服（clothes）、文具（stationery）

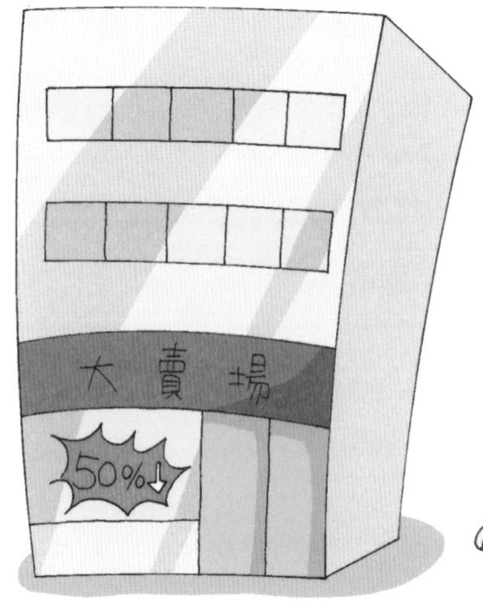

回憶第一次逛大賣場，練習如何描寫特殊的經驗

你去過超級市場嗎？你是去一般的超市、大賣場還是百貨公司樓下的超級市場呢？是跟爸爸媽媽一起去？還是跟朋友呢？藉由描寫逛大賣場的特別經驗，所看到的人、事、物等等，為自己的作文更添一分趣味。

寫作技巧Tips

如何開始？　去大賣場買東西的原因。
建議開頭句：**Today ____________ so ____________.**
今天________，所以____________。

接下來呢？　那家大賣場的位置。
建議開頭句：**The hypermarket was ______.** 那家大賣場位於______。

怎麼結束？　最後的結果和感想。
建議開頭句：**We bought ____________.** 我們買了____________。

套用超簡單　任何題目都可以輕鬆寫！

這種寫作模式適合套用在「為了某件事情（目的）而去某個地方」類型的文章上面。

套用實例

Today is Mother's day so I want to cook dinner for my mom.
今天是母親節，所以我想煮晚餐給媽媽吃。
The hypermarket was behind my school.
那個大賣場就在我學校後面。
I bought a fish, steak and some vegetables.
我買了一條魚、一塊牛排和一些蔬菜。

其他更多類似的題目也可以套用這種寫法喔！例如：
Going to a Concert（去聽演唱會）、Making a Cake（做蛋糕）、Go to Movies（去看電影）、Buying a Gift（去買禮物）、The Children Theater（兒童劇場）

介紹賣場的基本單字片語

怎樣都要背下來的單字

hyper- 本身有「過度」和「高於」的涵義，所以比超市更大的賣場就叫做 hypermarket。

大賣場

[haɪpɚˋmarkɪt]

一般買菜會購買的食材

rice
米飯

instant noodles
泡麵

chicken
雞肉

beef
牛肉

fish
魚

egg
雞蛋

green onion
蔥

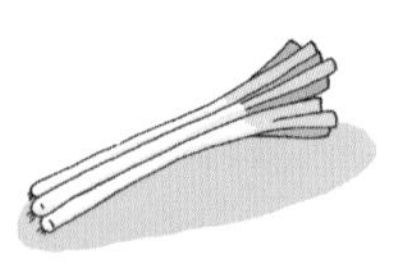

garlic
蒜頭

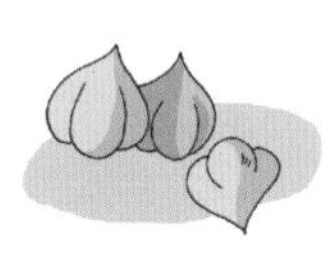

vegetable
蔬菜

pumpkin
南瓜

你一定要會用的英文句型！

Some ______, others ______ and still others ______.

不管是到超級市場、大賣場、購物中心或者是百貨公司，除非是在冷門時段，不然都會有很多人在裡面，然而在那裡的大家也不一定都只是去買菜的，有些可能是去買家電，還有些人是去那邊買一些衣物。像這樣要描述許多不同行為或情況的時候，就可以用到這個句型。

People have different hobbies; some love movies, others enjoy reading and still others like to play sports.
人們的嗜好不同，有人喜愛電影，有人喜歡閱讀，還有些人喜歡運動。
There are many people in the park; some are jogging, others are sitting and still others are dancing.
公園裡有很多人，有的人正在慢跑，有的人坐著，還有些人正在跳舞。

are playing dodge ball；are running around；are playing basketball
在打躲避球；到處跑來跑去；在打籃球
like stinky tofu；like durian；like to smell gasoline
喜歡臭豆腐；喜歡榴槤；喜歡聞汽油的味道
don't like math；don't like PE；don't like music class
不喜歡數學；不喜歡體育；不喜歡音樂課
went to the zoo；went to riverside park；went to the museum
去了動物園；去了河濱公園；去了博物館

Some ______, others ______ and still others ______.

你一定會用到的各段佳句 請套用即可

適用第一段 去大賣場的原因和去的路上

我媽媽今天生病了，所以我決定為她準備晚餐。	**Today my mom was sick so I decided to prepare dinner for her.**
今天是我媽媽的生日，所以我想要給她一個大驚喜。	Today is my mother's birthday so I want to give her a big surprise.
爸媽今天晚上都會晚回家，所以我必須買些東西當晚餐。	**My parents are coming home late tonight so I have to buy something for dinner.**
我們坐捷運花了大概半個小時才到。	It took us almost half an hour by MRT.
在去大賣場的路上，我看見許多人拿著袋子或籃子。	**I could see many people carrying bags or baskets on the way to the hypermarket.**

適用第二段 敘述一下那個大賣場

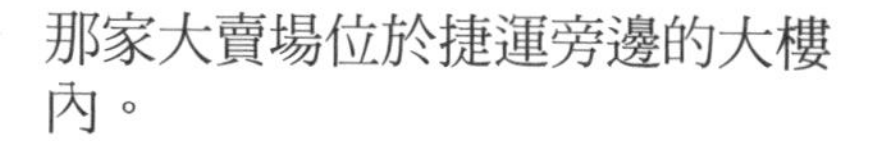

那家大賣場位於捷運旁邊的大樓內。	**The hypermarket was in a building next to the MRT station.**
比我家附近的超市大很多，而我家附近的那一家走五分鐘就到了。	It is much bigger than the supermarket near my house, where it would only take us 5 minutes to go to.
我媽媽說這家大賣場是這座城市裡最大的一家。	**My mother said the hypermarket is the biggest one in the city.**
那是一家位於地下室的大賣場。	It is an underground hypermarket.
在那附近有很多家大賣場。	**There are many hypermarkets around the area.**

適用第二段 在裡面看到什麼、做了什麼

那個時候大概七點了，所以在那邊看得到各式各樣的人。

It was about seven o'clock so I could see many kinds of people there.

像是工人、家庭主婦、學生甚至還有警察伯伯。

They were workers, housewives, students and even some police officers.

有些是來買衣服，有些是來找家具，還有些人是來試吃的。

Some of them were looking for clothes, others were looking for furniture and still others were trying samples.

我被玩具區給吸引了，因為那邊有好多玩具喔！

I was attracted by the toy area because there were so many toys!

最後我們花了大約三小時才把整個地方逛完。

It took about 3 hours for us to walk around there.

適用第三段 分享心得並炫耀一下戰利品吧

我們買的東西多到不得不用上兩台推車。

We bought so many things that we had to use two carts.

回家以後我覺得非常累，但是去大賣場真的很好玩。

I was so tired after I got home, but it was really fun to go to the hypermarket.

真的非常累人，我不會再去大賣場了。

It was too tiring; I will never go to the hypermarket again.

我希望下一次能夠跟我的同學一起去，並且買一些「我想要」的東西。

I hope I can go with my classmates next time and buy something "I want".

該你 練習囉!!

自己再加幾句，
就可以完成一篇
很好的作文喔~

想不出來，
抄前面的也
可以唷！

作文小抄稿

第一段，描寫去大賣場的原因或理由以及去大賣場的路途。	第二段，敘述一下那個大賣場以及在裡面看到了什麼或做了什麼。	第三段，分享最後的結果和感想。
Today is the Moon Festival, so my mother brought me and my sister to a hypermarket to buy something for the BBQ.	The hypermarket was in a building next to the MRT station.	We bought a lot of things like beef, pork, vegetables and some fish. I was so tired after I got home, but it was really fun to go to the hyper-market.

小抄
照著填
作文超簡單

Going Shopping in the Hypermarket

Today ____________ so __________. ____________________________

____

____

The hypermarket was ______________. ____________________________

____

____

We bought ________________. ____________________________________

____

____

（＊請記得回頭檢查時態、第三人稱單數及名詞單複數）

★中文常常這麼說：
我今天晚餐吃了些牛肉和豬肉。

★正確的英文應該是：
I ate some beef and pork at dinner.（O）

★我們常犯的錯誤就是：
I ate some cows and pigs at dinner.（X）

當我第一次看到小朋友寫這個句子的時候，我簡直快笑翻了，覺得這個小朋友真可愛，他大概不知道他的句子是什麼意思吧。他的句子中文的意思為「我今天晚餐吃了幾頭牛和幾頭豬」，這樣也吃太多了吧！

在英文裡會用不同的單字來說牛肉、豬肉、雞肉等各種「肉類」，你可以參考前面提到的食材單字部分，這樣才不會寫出「吃幾頭牛」這種可怕的句子喔！

I ate some cows
at dinner. 我晚
餐吃了牛肉。

逛大賣場

今天是中秋節，所以媽媽帶我和姊姊一起去大賣場買烤肉要用的東西。我們坐捷運花了大概半個小時才到，當我們一下車我馬上伸了個懶腰、打了個哈欠，因為花了些時間。

那家大賣場位於捷運旁邊的大樓內，比我家附近的超市大很多，而我家附近的那一家走五分鐘就到了。那個時候大概七點，所以在那邊看得到各式各樣的人，像是工人、家庭主婦、學生甚至還有警察伯伯，有些是來買衣服，有些是來找家具，還有些人是來試吃的。我跳來跳去、到處摸摸看看，因為所有的東西看起來即新奇又有趣。最後我們花了大約三小時才把整個地方逛完。

我們買了許多東西，像是豬肉、牛肉、蔬菜還有一些魚。我幫我媽媽拿一些比較重的東西。回家以後我覺得非常的累，但是去大賣場真的很好玩，我希望下一次能夠跟我的同學一起去，並且買一些「我想要」的東西。

Going Shopping in the Hypermarket

Today is the 1.______ so my mother brought me and my sister to a 2.______ to buy something for the BBQ. It took us almost half an hour by MRT. When we got off the MRT, I just 3.______ a little bit and 4.______. Because it really took some time.

The hypermarket was in a building next to the MRT station. It was much bigger than the supermarket near my house, where it would only take us 5 minutes to go. It was about seven o'clock so I could see many kinds of people there, like workers, housewives, students and even some police officers; 5.______ were looking for clothes, 6.______ were looking for furniture, and 7.______ were trying the samples. I jumped, touched, and looked around because everything looked so fresh and interesting. It 8.______ about 3 hours for us to walk around there.

We bought a lot of things like 9.______, 10.______, vegetables and some fish. I helped my mother carry some heavy things. I was so tired after I got home, but it was really fun to go to the hypermarket. I hope I can go with my classmates next time and buy something "I want".

看隔壁的範文填單字，順便訓練一下自己的單字能力！

ANSWERS

1. Moon Festival 2. hypermarket 3. stretched
4. yawned 5. some 6. others
7. still others 8. took 9. pork 10. beef

Chapter 24

難忘的一天
What a Wonderful Day

Ch24.mp3

談到難忘的經驗，你會想起什麼？

1 你有什麼難忘的經驗嗎？

去遊樂園玩（go to an amusement park）、驚喜的生日派對（surprising birthday party）

2 你去了哪裡或者是你做了什麼事呢？

坐雲霄飛車（rollercoaster ride）、看夜景（see the night view）、看馬戲團（see the circus）

3 你看到了些什麼東西？

魔術表演（magic show）、野生動物（wild animals）、人山人海（a lot of people）

4 你的感想是什麼呢？

美好的（wonderful）、很刺激（so exciting）、很開心（very happy）

想要介紹景點，先從自己難忘的經驗開始

挑一個令你最難忘的經驗，然後細心的用文字和大家分享。藉由描述這次難忘的經驗，不但可以再次回想那美好的一天，也可以學習到如何介紹一個地方，還有和你一起去的人的感受也可以一併描寫喔！這樣下次換個題目，要介紹別的地方也不會有問題囉！

寫作技巧Tips

如何開始？ 說出你最難忘的經驗所發生的地點和原因。

建議開頭句：**__________ I went to ______ because _________.**

________我去________，因為________。

接下來呢？ 描述接下來的行程。

建議開頭句：**When _________, I was shocked by _________.**

當________，我被_________給震懾住了。

怎麼結束？ 帶出最令你難忘的一刻。

建議開頭句：**At the end of the day, _________.**

在這一天的尾聲，_________。

套用超簡單 任何題目都可以輕鬆寫！

Go to See the Circus（去看馬戲團表演）這個題目也可以輕鬆套用喔！

套用實例

Yesterday, I went to see the circus because my friend had two free tickets. 昨天我去看馬戲團表演，因為我朋友有兩張免費的票。

When the acrobats jumped off the platform, I was shocked by their fantastic skill.

當特技演員跳下平台時，我對於他們精湛的技巧感到非常驚訝。

At the end of the show, the acrobats were playing some rare tricks. 在節目尾聲，特技演員們開始表演一些罕見的招式。

的基本單字片語

怎樣都要背下來的單字

marvel 是令人感到驚奇的人事物，加上 ous 就變成形容詞。

marvelous 驚奇的

[`marvələs]

遊樂園裡面的設施

rollercoaster
雲霄飛車

haunted house
鬼屋

Ferris wheel
摩天輪

go-kart
卡丁車

merry-go-round
旋轉木馬

pirate ship
海盜船

bumper cars
碰碰車

freefall
自由落體

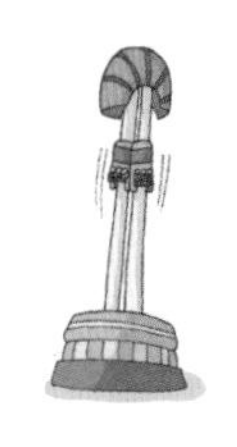

bumper boats
碰碰船

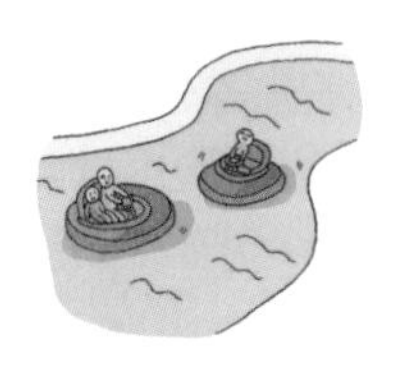

spinning tea cups
旋轉茶杯

你一定要會用的 英文句型！

How＋形／副＋主＋動

在第七章的部分已經學過用來強調名詞的感嘆句句型，現在就讓我們來試試看另外一種句型，也就是使用形容詞或副詞的句型，用來強調修飾語並加強語氣。

How wonderful it is! 這多麼美妙啊！
How smart she is! 她多麼聰明啊！

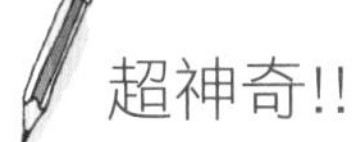

超神奇!! 換個單字 也能寫其他句子!!

How beautiful you are! 妳多麼漂亮啊！
How strong you are! 你多麼強壯啊！

strong 強壯；fast 快速；fancy 高級；clever 聰明；stupid 愚蠢；big 大；strange 奇怪；magical 神奇；weak 軟弱；unique 獨特；pretty 漂亮

How beautiful you are!
How strong you are!

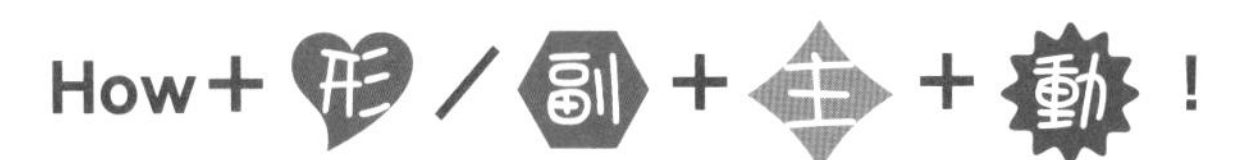
How＋形／副＋主＋動！

you are 你；I am 我；she(he) is 她／他；we are 我們；they are 他們；it is 它／牠

你一定會用到的各段佳句 請套用即可

令你難忘的地方以及去的原因

上個月我去遊樂園玩，因為我期末考考得很好。

Last month I went to an amusement park because I had an excellent grade on my final exam.

因為我爸爸贏得了遊樂園的入場卷。

Because my father won tickets to the amusement park.

因為我爸爸答應我，如果我贏了畫畫比賽就帶我去那裡。

Because my dad promised me we would go there if I won the drawing contest.

令你難忘的人事物

剛開始，我們開車經過大門，我心想「這門可真是壯麗啊！」

At the beginning, when we drove through the gate, I thought "What a magnificent gate!"

那扇門十分的巨大，上面還用許多精緻的小東西來裝飾，像是一些假珠寶和亮晶晶的玻璃。

The gate was huge and decorated with many fancy things, such as fake jewelry and shining glass.

在抵達入口的途中，可以看到有許多野生動物在一旁遊走，像是獅子、大象或者是河馬。

On the way to the entrance, I could see some wild animals wandering around the place, such as lions, elephants and hippos.

當我們進入遊樂園的時候，我被映入眼簾的一切給震懾住了。

When we entered the amusement park, I was shocked by what appeared to my eyes.

適用第二段 最令你難忘的人事物

在這一天的尾聲，我們在一家很漂亮的餐廳用餐。	**At the end of the day, we were having dinner in a stylish restaurant.**
店員們女的漂亮；男的帥氣，而且食物也相當的美味。	The waiters and the waitresses were beautiful and handsome and the food was awesome, too.
我和他拍了一張合照，我簡直是樂翻了。	**I took a picture with him and I was so happy.**
那真是場完美的演出。	The show was perfect.
我們是坐在靠窗的位置，所以可以看到整個遊樂園的夜景。	**We sat next to the window so we could see the night view of the whole amusement park.**

適用第三段 對於這難忘經驗的感想

就連回家以後我都還是可以清晰的回想起我們所看到的夜景。	**After I came home, I could still remember the moment clearly when I saw the night view.**
我看了我們照的相片，身體似乎還殘留著雲宵飛車所帶來的刺激感。	I took a look of the pictures we took and I could still feel the excitement of the roller coaster.
雖然門票很貴，不過我覺得很值得。	**Although the tickets are expensive, I think they are worth the price.**
我會和我所有的朋友推薦這個地方，因為這裡太好玩了！	I will recommend this place to all my friends because it's so much fun playing there!
我想我會在部落格上面和大家分享我的經驗。	**I think I will share my experience with everyone on my blog.**

自己再加幾句，就可以完成一篇很好的作文喔~

想不出來，抄前面的也可以唷！

作文小抄稿

第一段，說出你最難忘經驗發生的地點和原因。	第二段，描述接下來的行程。	第三段，帶出最令你難忘的一刻。
Last month I went to an amusement park because I got an excellent grade on my final exam.	When we entered the amusement park, I was shocked by what appeared to my eyes.	At the end of the day, we were having dinner in a stylish restaurant.

小抄照著填 作文超簡單

What a Wonderful Day!

________ I went to ______ because ____________________. ____________

____

____

When _________, I was shocked by ____________________. ____________

____

____

At the end of the day, ____________________. __________________

____

____

（＊請記得回頭檢查時態、第三人稱單數及名詞單複數）

★中文常常這麼說：
這台車真是有夠快！

★正確的英文應該是：
How fast the car is!（O）　What a fast car!（O）

★我們常犯的錯誤就是：
How fast is the car!（X）

糟糕啊！老師剛剛不是才教過你強調修飾語（形容詞或副詞）的感嘆句句型嗎？怎麼還會犯這種粗心大意的錯誤呢？仔細看前面句型的地方，最後面是「名詞＋動詞」，可是這邊卻相反了，咦！這不就變成了疑問句的句型了嗎？這樣就不對啦！所以要小心喔，要是搞錯強調修飾語的感嘆句型中的名詞和動詞位置的話，就會變成疑問句句型，那麼意思可就完全不同了呢！

例句

How beautiful she is! 她可真漂亮呀！
How beautiful is she? 她有多漂亮呢？

How old are you?妳幾歲？
How old you are!妳好老喔！

難忘的一天

上個月我去遊樂園玩，因為我期末考考得很好。剛開始，我們開車經過大門，我心想「這門可真是壯麗啊！」那扇門十分的巨大，上面還用許多精緻的小東西來裝飾，像是一些假珠寶和亮晶晶的玻璃。在抵達入口的途中，可以看到許多野生動物在一旁遊走，像是獅子、大象或者是河馬。雖然它們都被柵欄隔開，可是我還是覺得十分興奮。

當我們進入遊樂園的時候，我被映入眼簾的一切給震懾住了：小販們身穿奇裝異服；紀念品店裡面賣的都是一些我沒看過的東西；雲霄飛車既驚險又刺激。我們幾乎玩遍遊樂園裡面所有的設施，沒有一樣不好玩的。

在這一天的尾聲，我們在一家很漂亮的餐廳裡用餐，店員們女的漂亮、男的帥氣，食物也相當美味。店裡所有的東西都是精心設計過的，像是桌椅或者是餐具。我們坐在靠窗的位置，所以可以看到整個遊樂園的夜景，我心裡不禁想著「這也太美了吧！」。就連到家以後，我還是可以清晰地回想起我們所看到的夜景。這真是令人難忘的一天！

What a Wonderful Day

Last month I went to an amusement park because I had an 1.______ grade on my final exam. At the beginning, when we drove through the gate, I thought, "What a magnificent gate!" The gate was huge and decorated with many fancy things, such as fake jewelry and shining glass. 2.______ the way to the entrance, I could see some wild animals wandering around the place, such as lions, elephants and hippos. Although there were iron fences to block them, I still felt 3.______.

When we entered the amusement park, I was 4.______ by what appeared to my eyes. The vendors were dressed in colorful and funny costumes. The souvenir shops were selling things that I've never seen before. The 5.______ was so scary and exciting. We tried almost everything in the amusement park and none of them was boring.

At the 6.______ of the day, we were having dinner in a stylish 7.______. The waiters and the waitresses were beautiful and handsome and the food was awesome, too. Everything in the restaurant was well designed, such as the tables, chairs and utensils. We sat 8.______ the window so we could see the night 9.______ of the whole amusement park. "How beautiful it is!" I thought. After I came home, I could still 10.______ the moment clearly when I saw the night view. It was such a wonderful day for me!

ANSWERS

1. excellent 2. On 3. excited 4. shocked
5. roller coaster 6. end 7. restaurant 8. next to
9. view 10. remember

Chapter 25 如果我撿到一隻狗 If I find a dog

Ch25.mp3

想一想 如果你撿到一隻狗你會怎麼做呢？

1 你會去找牠的主人嗎？

會（I will）、主人會擔心（the owner will be worried）、緊張（nervous）

2 如果你找不到主人怎麼辦？

去警察局（to the police station）、在網路上發文（post the information of the dog online）

3 你會自己養嗎？

我有狗了（I have a dog）、很喜歡（like it very much）、送朋友（give it to my friend）

4 你會怎麼對待牠呢？

對牠好（treat it well）、帶牠散步（walk the dog）、餵很多食物（feed a lot of food）

從回想過去的回憶，描寫出未來

在寫這篇文章的時候，試著想如果你撿到一隻狗，你會怎麼做？藉由這篇文章回想以前養寵物的點點滴滴，或是和寵物之間的互動，就是這個題目的重點。接下來我們就來想想看，如果哪一天你真的看到一隻走失的小狗，你會怎麼做呢？這是很有可能發生的喔！

寫作技巧Tips

如何開始？　寫出如果你撿到一隻狗你會怎麼做。
建議開頭句：**If I find a dog, I will ______________.**
　　　　　　如果我撿到一隻狗，我會__________。

接下來呢？　寫出其他的可能性。
建議開頭句：**If I find a dog, I will ______________.**
　　　　　　如果我撿到一隻狗，我會__________。

怎麼結束？　寫出你最有可能會做的事情。
建議開頭句：**If I find a dog, I will ______________.**
　　　　　　如果我撿到一隻狗，我會__________。

套用超簡單 任何題目都可以輕鬆寫！

其實這個題目都在繞著一個句型打轉（假設語氣現在式），所以只要題目是單純地探討未來有可能會發生的事情，那麼就可以套用這個模式。

套用實例

If I win the lottery, I will buy a lot of toys.
如果我中了樂透彩，我會買很多玩具。
If I win the lottery, I will eat all the candy in the world.
如果我中了樂透彩，我要把全世界的糖果都吃完。
If I win the lottery, I will donate it to the people who really need it.
如果我中了樂透彩，我會把它捐給真正需要的人。

還有其他更多類似的題目也可以套用這種寫法喔！例如：
If I am the President（如果我是總統）、If I have a child（如果我有了小孩）。

介紹寵物 的基本單字片語

怎樣都要背下來的片語

walk 是走路，蹓狗
就是帶狗走路。

蹓狗

各種寵物

dog
狗

cat
貓

mini pig
迷你豬

rabbit
兔子

squirrel
松鼠

hamster
倉鼠

fish
魚

bird
鳥

snake
蛇

parrot
鸚鵡

你一定要會用的 英文句型！

If+主+動（現在），主+will+動

這篇寫的是與未來可能會發生的事情有關的題目，就英文句型來說就是「假設語氣」的一種。基本意思是「如果……那麼……」，前面的子句用現在式來表達某種特定的條件，也就是「如果怎麼樣……」，而後面的子句則用未來式來表達可能的結果，也就是「那麼就會……」。

If I have a bad grade, my father will be mad.

如果我分數很糟的話，我爸爸會生氣。

If you find a wallet, you should give it to the police.

如果你撿到錢包，你應該要把它拿給警察。

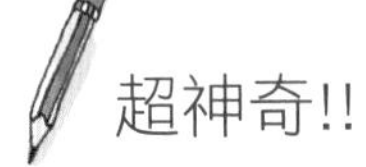

超神奇!! 換個單字 也能寫其他句子!!

If I am a veterinarian, I will cure the dog.

如果我是獸醫，我會把這隻狗治好。

will travel around the world 去環遊世界；will buy a house 買一間房子；will sell many models 賣很多模型；will drive wildly 去飆車；will invite all my classmates and friends 邀請我所有的同學和朋友

If I 動, I ______.

have a plane 有一架飛機；have a lot of money 有很多錢；have a store 有一間商店；have a Ferrari 有一台法拉利 ；have a villa 有一棟別墅；have a bank 有一家銀行

你一定會用到的各段佳句 請套用即可

適用第一段 寫出如果你撿到一隻狗你會怎麼做以及原因

如果我撿到一隻狗，我會盡我所能找到牠的主人。	**If I find a dog, I will try my best to find its owner.**
牠的主人一定心急如焚。	**The owner must be worried about the dog.**
或許牠的主人會擔心得晚上睡不著覺。	**Maybe its owner will be too worried to sleep at night.**
牠的主人一定找遍了所有地方。	**Its owner must be looking everywhere for the dog.**
我小的時候養過一隻狗叫賓果。	**When I was a child, I had a dog named Bingo.**
兩年前我養過兩條狗。	**I had two dogs two years ago.**

適用第二段 寫出其他可能性及原因

如果我撿到一隻狗卻又找不到牠的主人，我會把牠送到警察局去。	**If I find a dog and can't find its owner, I will take it to the police station.**
警察可以幫人們找回遺失的東西。	**A police officer can help people to find missing things.**
有很多人撿到東西以後都會拿去警察局。	**Many people go to the police station when they find something.**
我還記得我弄丟我第一台腳踏車的時候。	**I can still remember the time when I lost my first bike.**
我還記得我把狗給弄丟的時候是六歲。	**I can still remember when I lost my dog, I was six years old.**

適用第三段 寫出你最有可能會做的事情與原因

如果我撿到一隻狗，而且我也喜歡牠的話，或許、只是或許啦，我會把牠帶回家養。	**If I find a dog and like it, maybe, just maybe, I will bring it home.**
我現在有一隻狗，我想要替她找一個新朋友。	I have a dog now and I want to bring her a new friend.
或許我可以把牠送給我一個家裡已經養很多狗的朋友。	**Maybe I can give it to my friend who already has many dogs.**
我真的很喜歡狗，而且自從賓果走失以後，我就一直夢想著要再養一隻狗。	I really love dogs and I have always dreamt about having another dog, ever since Bingo was lost.
我們家人都喜歡動物，要是我帶一隻可愛的狗回家，他們會很開心的。	**My family likes animals and they will be happy if I bring a cute dog back home.**
我會對牠跟對賓果一樣好。	I will treat it as well as I treated Bingo.
我會每天帶牠去散步。	**I will walk it every day.**
我會餵牠吃很多的食物，把牠養得跟一隻小豬一樣。	I will feed it a lot of food and make it look like a little pig.
我不會再把牠給弄丟了。	**I will not lose it again.**
如果我撿到一隻我喜歡的狗，我會讓牠成為全世界最幸福的狗。	If I find a dog I like, I will make it the happiest dog in the world.
我會幫牠買一個又大又好的狗屋，並把牠的名字寫在屋頂上。	**I will buy a big and good dog house for it and put its name on the roof.**

自己再加幾句，
就可以完成一篇
很好的作文喔~

想不出來，
抄前面的也
可以唷！

作文小抄稿

第一段，寫出如果你撿到一隻狗你會怎麼做以及原因。	第二段，寫出其他的可能性以及原因。	第三段，寫出你最有可能會做的事情與原因。
If I find a dog, I will take it to its owner because the owner must be worried about the dog.	If I find a dog and can't find its owner, I will take it to the police station.	If I find a dog and like it, maybe, just maybe, I will bring it home.

小抄
照著填
作文超簡單

If I Find a Dog

If I find a dog, I will ____________. ______________________________

____

____

If I find a dog and can't find its owner, I will __________. __________

____

____

If I find a dog and like it, I will ____________. ______________________

____

____

（＊請記得回頭檢查時態、第三人稱單數及名詞單複數）

★中文常常這麼說：
我家的狗叫賓果，牠很可愛。

★正確的英文應該是：
My dog's name is Bingo and he is cute. （O）

★我們常犯的錯誤就是：
My dog's name is Bingo and it is cute. （?）

乍看之下，你一定會說「老師，動物要用 it 才對啦！你是不是寫反了？」不，其實我並沒有寫反，而是你的觀念還停留在比較傳統的文法觀念上。其實現在如果你看電視，像是動物星球等常常介紹動物的頻道，你就會發現除了 it 以外，也常常會使用 he 或 she 來代稱寵物。

換句話說，使用 it 的時機是在你不是很清楚牠的性別或者你跟牠不是很「熟」的狀況下，如果是自己家的寵物或者是朋友家的寵物，用 it 聽起來一點感情也沒有，有些外國人聽了反而會覺得你怎麼這麼冷漠，所以對於和自己比較有感情的一些動物就可以使用 he 或 she 來表達。

如果我撿到一隻狗

如果我撿到一隻狗，我會把牠還給牠的主人，因為牠的主人一定心急如焚。我小的時候也養過一隻狗叫賓果。我真的很愛牠，總是處處小心不要讓牠受傷，但是有一天，我整個心都碎了。那一天跟平常一樣，我帶牠出去走走，忽然，繩子斷掉了，而牠也就這樣跑掉，再也沒有回來了。所以要是我撿到一隻狗，我一定會盡我所能地找到牠的主人。

如果我撿到一隻狗卻又找不到牠的主人，我會把牠送到警察局去，因為警察伯伯可以幫人們找回遺失的物品。我還記得我弄丟第一台腳踏車的時候，我覺得好像是世界末日一樣，一路哭著回家。我媽媽先是安慰我一番，然後就帶我到警察局去，警察伯伯的態度既親切又溫柔，更令人驚喜的是，我的腳踏車一個星期之後就找回來了。所以要是我撿到一隻狗，而我自己又找不到牠的主人，我一定會把牠帶到警察局去。

如果我撿到一隻狗，而且我也喜歡牠的話，或許、只是或許啦，我會把牠帶回家養。我真的很喜歡狗，自從賓果走失以後，我就一直夢想著要再養一隻狗。我會對待牠跟對待賓果一樣好，我會每天帶牠出去散步，並且檢查繩子夠不夠牢固。或許我會對牠比賓果來得更好，如果哪一天繩子又不小心斷掉的話，牠就會回到我身邊了。如果我真的撿到一隻喜歡的狗，我會讓牠成為全世界最幸福的小狗。

If I Find a Dog

If I find a dog, I will take it to its owner because the 1.______ must be worried about the dog. When I was a child, I had a dog named Bingo. I loved him so much and I always 2.______ him 3.______ getting hurt. But, one day, my heart was broken. On that day, I was walking him as usual when 4.______, the leash broke and he ran away and never came back. So, if I find a dog, I will try my best to find its owner.

If I find a dog and can't find its owner, I will take it to the police station. Police can help people to find missing things. I can still remember when I lost my first bike I felt like it was the 5.______ of the world and cried 6.______ home. My mother comforted me first and took me to the police station. The police officer was kind and gentle. 7.______, the police officer found my bike a week later. So if I find a dog and can't find its owner by myself, I will take it to the police station.

If I find a dog and like it, maybe, just maybe, I will bring it home. I really love dogs and I have always dreamt about having another dog 8.______ Bingo was lost. I will treat it as well as I treated Bingo. I will walk it every day and make sure the leash is good enough. Maybe I will treat it 9.______ than Bingo so next time if the leash breaks again, he will come back to me. If I find a dog I like, I will make it the happiest dog in the world.

ANSWERS

1. owner	2. protected	3. from
4. suddenly	5. end	6. all the way
7. Surprisingly	8. since	9. better

Chapter 26 如果我是一隻鳥 If I Were a Bird

Ch26.mp3

想一想 如果你可以變身，你想要變成什麼？

1 你想要變成一隻鳥嗎？

想（I want）、不想（I don't want）

2 那你會想要飛去什麼地方呢？

天空（sky）、火山（volcano）、森林（forest）

3 變成鳥以後你想要做些什麼事情？

飛到世界盡頭（fly to the end of the world）、飛到山上（fly to the mountains）

4 你會想飛到什麼特別的地方嗎？

天堂（heaven）、法國（France）、環遊世界（fly around the world）

從幻想開始，描寫不可能達成的夢

如果你能變成一種動物，你想變成什麼呢？很多人都會想變成一隻鳥，因為小鳥可以在天空無拘無束的飛翔。雖然我們不是鳥，但我們也可以憑著自己的想像力來想像小鳥的生活喔！

寫作技巧Tips

如何開始？　寫出變成鳥以後你想做的事情和原因。

建議開頭句：**If I were a bird, I would ________ because ________.**
如果我是一隻鳥，我會__________，因為____________。

接下來呢？　寫出其他的可能性和原因。

建議開頭句：**If I were a bird, I would ___________.**
如果我是一隻鳥，我會__________

怎麼結束？　寫出一個最瘋狂的可能性吧！

建議開頭句：**If I were a bird, I would ___________ because ________**
如果我是一隻鳥，我想__________，因為____________。

套用超簡單　任何題目都可以輕鬆寫！

相較於上一篇的題目是單純地探討未來有可能會發生的事情，這一篇則是比較注重「不太可能發生」或者是「不可能發生」的事情。

套用實例

If I were the president, I would add more holidays because everybody would love it.
如果我是總統，我會增加更多國定假日，因為大家都喜歡放假。
If I were the president, I would give poor people money.
如果我是總統，我會發錢給窮人。
If I were the president, I would build a space ship to fly to the moon because it's my dream.
如果我是總統，我要建一艘太空船飛去月球，因為這是我的夢想。

介紹幻想內容的基本單字片語

怎樣都要背下來的單字

impossible 不可能的

[ɪm`pɑsəbl̩]

拿掉 im 就變成 possible「有可能的」。

人常會想要變成的人事物

bird
鳥

fish
魚

lion
獅子

king
國王

movie star
電影明星

God
神

Buddha
佛

dinosaur
恐龍

Spider-Man
蜘蛛人

Superman
超人

你一定要會用的 英文句型！

If＋主＋動（過去）＋主＋would＋動

這種題目的文章，內容會和「不可能發生」的事情有關，也就是要用表達純粹假設的「假設語氣」句型來寫。就文法而言，這個句型叫做「與現在或未來事實相反的假設」句型，不過只要記得，如果你要做的假設是「不（太）可能發生的事情」或「與事實相反」，那麼就可以使用這個句型。

If I were you, I would not go to the party.
如果我是你的話，我就不會去那個派對。→ 不過我不可能會是你。
If I were the boss, I might fire you.
如果我是老闆的話，我可能會開除你。→ 不過我不會是老闆。

超神奇!! 換個單字 也能寫其他句子!!

If I were Harry Potter, I could make you do my homework.
如果我是哈利波特，我就能讓你幫我寫功課。

would not give any one any test 不會給大家考試； would buy a house 買一棟房子；would pick up some rocks 撿一些石頭；would eat lots of bananas 吃很多香蕉；could stand for a very long time 站很久的一段時間

If I 動（過去）, I ______.

were the teacher 是老師；were a movie star 是電影明星；went to the moon 能去月球；were a monkey 是一隻猴子；were a tree 是一棵樹

你一定會用到的各段佳句 請套用即可

適用第一段 寫出變成鳥以後你想做的事情和原因

如果我是一隻鳥，我會在空中飛翔，因為我一直以來都夢想著能飛。	**If I were a bird, I would fly in the sky because I have always dreamed about flying.**
我會飛到很高的地方來看我所居住的城市，一定很漂亮。	**I would fly up high and view the city I live in and it must be awesome.**
我想要飛到火山的上頭。	**I would want to fly above a volcano.**
我會飛往山區或是森林，去欣賞美麗的景色。	**I would fly to the mountains or woods to see the beautiful scenery.**
我會飛到世界的盡頭。	**I would fly to the end of the world.**

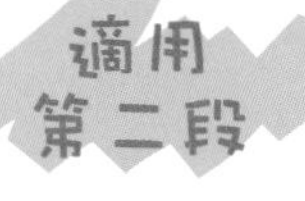

適用第二段 寫出其他的可能性和原因

如果我是一隻鳥，我會住在樹上。	**If I were a bird, I would live in a tree.**
當我還是個小孩的時候，我會納悶鳥兒們都在樹上做些什麼。	**When I was a kid, I wondered what birds do on trees.**
牠們會覺得無聊嗎？	**Are they feeling bored?**
牠們會怕人類嗎？	**Are they afraid of humans?**
颱風天的時候牠們該怎麼辦呢？	**What do they do when a typhoon is coming?**
如果我是一隻鳥，那麼所有的問題將會得到答案。	**If I were a bird, all of these questions would have answers.**

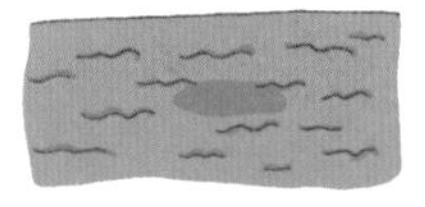

適用第三段 寫出一個最瘋狂的可能吧！

如果我是一隻鳥，我想要飛到天堂去看我的爺爺和奶奶。我真的好想念他們喔！	**If I were a bird, I would like to fly to heaven to see my grandparents because I miss them so much.**
我要飛去法國拜訪我的親戚們。	I would fly to France to visit my relatives.
我總是夢想著能夠飛到月亮上面。	**I always dream about flying to the moon.**
我想要飛著環遊世界。	I would like to fly around the world.
雖然我知道這是不可能的，但我還是想要這麼做。	**Although I know it's impossible, I would still like to do it.**
我幼稚園的時候，我們還住在一起，而且他們真的很愛我。	When I was in kindergarten, we still lived together and they loved me so much.
他們總是陪我玩，而且給我很多糖果。	**They always played with me and gave me a lot of candy.**
晚上睡不著覺的時候，奶奶會說故事給我聽直到我進入夢鄉。	When I couldn't fall asleep at night, my grandma would tell me stories until I fell asleep.
但是我知道在那邊沒辦法呼吸。	**But I know I can't breathe there.**
所以如果我是一隻鳥的話，我想要去見爺爺奶奶，並告訴他們我還是很愛他們。	So, if I were a bird, I would like to go to see them and tell my grandparents I still love them very much.
我會飛到天堂看看是不是真的有天使在那裡。	**I would fly to heaven to see if there are angels there.**

自己再加幾句，
就可以完成一篇
很好的作文喔~

想不出來，
抄前面的也
可以唷！

作文小抄稿

第一段，寫出變成鳥以後你想做的事情和原因。	第二段，寫出其他的可能性和原因。	第三段，寫出一個最瘋狂的可能性以及原因。
If I were a bird, I would fly in the sky because I always dream about flying in the sky.	If I were a bird, I would live in a tree. When I was a kid, I usually wondered about what the birds do in a nest.	If I were a bird, I would like to fly to heaven to see my grandparents because I miss them so much.

小抄
照著填
作文超簡單

If I Were a Bird

If I were a bird, I would ____________ because __________. ________
____
____

If I were a bird, I would ____________ because __________. ________
____
____

If I were a bird, I would ____________ because __________. ________
____
____

（＊請記得回頭檢查時態、第三人稱單數及名詞單複數）

★中文常常這麼說：
如果我是你，我就不會這麼做了。

★正確的英文應該是：
If I were you, I wouldn't do that.（O）

★我們常犯的錯誤就是：
If I was you, I wouldn't do that.（X）

「老師上一篇你說你沒錯，聽你解釋以後好像是真的這麼一回事，不過這一次你真的寫錯了吧？ I 怎麼樣都不會配上 were 吧？」很遺憾的，老師這一次還是對的！

這算是一個特殊的用法，要記住，只要是在假設語氣過去式 if 子句裡面該用 be 動詞的地方，不管主詞是誰，一律都是用 were，沒有任何例外，這一點在使用假設語氣句型的時候，一定要特別注意，不然就會發生文法上的錯誤，那就太可惜了！

如果我是一隻鳥

如果我是一隻鳥，我會在天空飛翔，因為我一直以來就很想這樣做。我會飛到很高的地方來鳥瞰我所居住的城市，看起來一定會很漂亮。我會飛往山區或是森林，去欣賞美麗的景色。我也想飛到日月潭的上面，看看它看起來是不是真的像太陽和月亮。如果我是一隻鳥，我想飛去親近大自然。

如果我是一隻鳥，我會住在樹的上面。我小的時候，常常就在想鳥都在鳥巢裡做些什麼呢？牠們會覺得無聊嗎？住在枝頭上的感覺如何呢？颱風天的時候牠們該怎麼辦呢？我想，如果我是一隻鳥的話，我就可以知道這些問題的答案了！

如果我是一隻鳥，我想要飛到天堂去看我的爺爺奶奶，因為我真的好想念他們喔！（雖然我知道這是不可能的！）幼稚園的時候，我們還住在一起，而且他們真的很愛我，總是陪我玩而且給我很多糖果吃。晚上睡不著覺的時候，奶奶會說故事給我聽，一直到我進入夢鄉為止。他們在我一年級的時候上天堂了，我記得我那個時候哭了一個多月，我真的很難過。所以如果我是一隻鳥的話，我想飛去告訴爺爺奶奶，我還是很愛他們。

If I Were a Bird

If I 1.______ a bird, I would fly in the sky because I always dream about flying in the sky. I would fly up high to view the city I 2.______ in and it must be 3.______. I would fly to the mountains or woods to see the beautiful scenery. I would also want to fly above 4.______ to see if it really looks like a sun and a moon. If I were a bird, I would like to fly through nature.

If I were a bird, I would live in a tree. When I was a kid, I usually 5.______ about what the birds do in a nest. Are they feeling bored? How do they feel about living on a 6.______? What do they do when a typhoon is coming? I think I could figure out all these questions if I were a bird.

If I were a bird, I would like to fly to 7.______ to see my grand-parents because I miss them so much. (8.______ I know it's 9.______ !) When I was in kindergarten, we still lived together and they loved me so much. They always played with me and gave me a lot of candy. When I couldn't sleep at night, my grandma would tell me stories 10.______ I fell asleep. They went to heaven when I was in the first grade and I remember I cried for a whole month. I was so sad. So, if I were a bird, I would like to fly to my grandparents and tell them I still love them very much.

ANSWERS

1. were
2. live
3. awesome
4. Sun Moon Lake
5. wondered
6. branch
7. heaven
8. Although
9. impossible
10. until

Chapter 27

故事一則
A Story

Ch27.mp3

想一想 你有聽過什麼好故事嗎？

1 故事裡面有哪些人？

王子（prince）、公主（princess）、神（God）、精靈（elf）、怪獸（monster）

2 故事的發展為何呢？

神出現（God appeared）、迷路（get lost）、發現一個盒子（find a box）、發現寶藏（find treasure）

3 故事的結局是什麼呢？

他沒有說謊（He didn't tell a lie）、幫助很多人（help a lot of people）、過著很好的生活（have a wonderful life）

4 你從這個故事中學到了什麼？

誠實為上策（Honesty is the best policy）、有志者事竟成（Where there is a will, there is a way）、欲速則不達（Haste makes waste）

從寫故事開始來完成一篇作文

你一定聽過許多故事吧！五花八門的劇情也教導著我們各式各樣做人處事的道理。現在試著用自己的話，把一篇篇動人的故事用英文呈現出來吧！在寫作的過程中，故事裡面讓人回味無窮的情節，將是這篇作文的精華喔！

寫作技巧Tips

如何開始？ 先寫出故事的背景。
建議開頭句：**Once upon a time in ________, there __________.**
很久很久以前，在______之中，有____________。

接下來呢？ 劇情之後的發展。
建議開頭句：**Then, ______________.** 然後，________________。

怎麼結束？ 最後的結局。
建議開頭句：**At the end of the story, ____________.**
故事的最後，____________________。

套用超簡單 任何題目都可以輕鬆寫！

既然題目都開宗明義的說這篇作文要寫的就是故事一則，那麼就可以套用在其他的故事上面，但是要特別注意，除非你能夠很簡明扼要的把故事情節表達清楚，不然最好不要套用在一些篇幅太長的故事上喔！

套用實例

Once upon a time, the north wind and the sun were arguing about who was stronger. 很久很久以前，北風和太陽在爭論誰比較強。
Then, the north wind blew so hard that the person couldn't stand upright. 然後，北風吹到那個人連站都站不穩。
At the end of the story, the sun showed he was stronger than the north wind. 在故事的最後，太陽證明了自己比北風還要強。

其他更多類似的題目也可以套用這種寫法喔！例如：
龍的故事（The Tale of a Dragon）、祕密寶藏（The Secret Treasury）。

的基本單字片語

怎樣都要背下來的單字

複數時要記得去y加上ies喔!

故事

故事中常出現的角色

fairy
仙女

monster
怪物

witch
巫婆

fortune teller
算命師

dragon
龍

knight
騎士

woodcutter
樵夫

carpenter
木匠

miner
礦工

fisherman
漁夫

你一定要會用的 英文句型！

Either＋名 or 名＋動

在故事中，主角常常會在善與惡、好與壞之間遇到一些抉擇，當你要描述這樣的劇情時，就可以使用這個句型。可連接對等的單字、片語或是子句，要注意的是連接主詞時，動詞要隨最近的主詞做變化喔。

Either he or I have to save the princess. 不是他就是我要去拯救公主。
= Either I or he has to save the princess. （請注意動詞的變化）
Can you speak either English or Spanish? 你會說英文或西班牙文嗎？

超神奇!! 換個單字 也能寫其他句子!!

can kill the devil 能殺掉惡魔；can save the kingdom 能拯救王國 ；cure the wound 能治療傷口；is the answer to the riddle 是謎題的解答；is guarding the exit 在看守著出口；can protect the village 能夠保護村莊；can get the treasure（能得到寶藏）

Either I or he has to save the princess.
沒關係，我讓給你！

Either 名 or 名＋動 .

the dragon 龍，sword 劍；monster 怪物；magic 魔法；spell 咒語；crystal 水晶；power 力量；shield 盾牌；treasure 寶藏；amulet 護身符；jewelry 珠寶

你一定會用到的 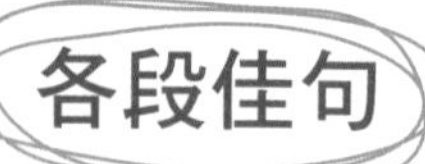

請套用即可

說明故事的背景和發展

很久很久以前，在一座森林之中，有一位貧窮的樵夫正在湖邊砍柴。

Once upon a time in a forest, there was a poor woodcutter cutting wood by the lake.

很久很久以前，河邊的小屋中住著一位老婦人。

A long long time ago, there was an old woman who lived in a house by the river.

很久很久以前，住著一個有三個兒子的國王。

Once upon a time, there lived a king who had three sons.

人們都說寶藏被藏在城堡裡的一個祕密的房間裡。

People all said that the treasure was hidden in a secret room in the castle.

適用
第二段

故事接下來的發展

有一天，他的斧頭不小心掉到了湖裡去。

One day, his axe accidentally fell in the lake.

過了一會，女神從湖裡面拿出了一把金子做成的斧頭。

After a while, the goddess brought up an axe made of gold from the lake.

仙女被邪惡的巫師給抓走，而她的神奇水晶球也被拿走。

The fairy was caught by the evil wizard and her magic crystal ball was taken away.

忽然間，大門打了開來，一個老人出現了。

Suddenly, the huge gates opened and an old man showed up.

國王沒有其他選擇，為了救他的兒子們，只好把毒藥給喝了下去。

The king had no other choice but to take the poison to save his sons.

故事的結局

故事的最後，女神深深的被樵夫的誠實所感動。

At the end of the story, the Goddess was pleased with the woodcutter's honesty.

因為他並沒有說謊來騙取金斧頭或銀斧頭。

He didn't tell a lie so that he could get the gold or silver axe.

王子把寶藏帶回村落，並且把寶藏分送給窮困的人們。

The prince brought the treasure back to the village and gave it to the poor.

仙女拿回了她的水晶球，並且把邪惡的巫師變成了石頭。

The fairy took her crystal ball back and turned the evil wizard into stone.

村民們都很開心，並且建了一座雕像來紀念這件事情。

The villagers were so happy and built a statue to remember the story.

適用
第三段

故事的意義

這個故事告訴我們：誠實為上策。

The moral of this story is: Honesty is the best policy.

做人若誠實，幸運將隨之而來。

Be honest, the fortune will be yours.

有志者事竟成。

Where there is a will, there is a way.

今日事，今日畢。

Never put off till tomorrow what may be done today.

欲速則不達。

Haste makes waste.

失敗為成功之母。

Failure is the mother of success.

該你 練習囉!!

自己再加幾句，
就可以完成一篇
很好的作文喔~

想不出來，
抄前面的也
可以唷！

作文小抄稿

第一段，先寫出故事的背景。	第二段，劇情之後的發展。	第三段，最後的結局。
Once upon a time in an old forest, there was a poor woodcutter cutting wood by the lake.	Then, the Goddess glanced at the woodcutter, "Very well", she answers.	At the end of the story, the Goddess is pleased with the woodcutter's honesty.

小抄
照著填
作文超簡單

A Story

Once upon a time in ________, there was ______________________________

____

____

Then, ____

____

____

An the end of the story, ____

____

____

（＊請記得回頭檢查時態、第三人稱單數及名詞單複數）

★中文常常這麼說：
你會說日文或是英文嗎？

★正確的英文應該是：
Can you speak either Japanese or English?　（O）

★我們常犯的錯誤就是：
Can you either speak Japanese or English?　（X）

注意喔！either 這種對等連接詞所連接的必須是「相同詞性」或者是「起相同作用」的單字、片語或子句。這也就是說，放在 either 和 or 間的兩個字應該是相互對應的，像第二句的第一個項目是 speak Japanese 而第二個項目是 English，那它們就沒有相互對應了，如果你硬要把 either 放在 you 的後面，那也至少要說 Can you either speak Japanese or speak English?，但何必要這麼費事呢？還有像是 neither...nor 和 not only...but also 也是照著同樣的規則，使用的時候一定要特別注意喔！

故事一則

很久很久以前，在一座森林之中，有一位貧窮的樵夫正在一個大湖旁邊砍柴。有一天，他的斧頭不小心掉到湖裡面去。可憐的樵夫不會游泳，所以他只能坐在湖邊向湖之女神祈禱。女神聽到他的祈禱之後就出現在他的面前。她說：「先生，請問發生了什麼事情嗎？」樵夫回答說：「幫幫我呀！我的家境貧困，而我卻弄丟了唯一的一把斧頭，如果我找不回來的話，全家人都會餓死，求求你幫幫我！」說著說著，他就哭了出來。

然後，女神看了他一眼，就說：「好！你可以拿回你的斧頭」過了一會，女神從湖裡面拿出一把金做成的斧頭，並且問說：「先生，請問這是您的斧頭嗎？」樵夫回答：「不，這不是我的斧頭。」接著女神又拿出一把銀做成的斧頭，然而樵夫依舊否認。第三次的時候，她拿出了樵夫掉的那一把斧頭，樵夫看了很高興的說：「就是這一把，真的非常感謝妳！」

故事的最後，女神深深的被樵夫的誠實所感動，因為他並沒有說謊來騙取金斧頭或銀斧頭，他只拿他所應得的東西。所以女神就決定把金斧頭和銀斧頭也一起送給樵夫。樵夫後來把斧頭拿去賣掉，並且成為一位好心的有錢人。這個故事告訴我們：誠實為上策。

A Story

1.______ in an old forest, there was a poor 2.______ cutting wood by the lake. One day his axe accidentally fell in the lake. The poor woodcutter didn't know how to swim. So he could do nothing but sat by the lake and prayed to the lake 3.______. The lake goddess heard his prayer and appeared before him. "What's wrong, 4.______?" she asked. "Help me," said the woodcutter. "I am very poor and I lost my only axe. If I don't get my axe back, my family will starve to death. Please help me!" he cried.

Then, the goddess glanced at the woodcutter. "Very well," she answered, "you should have your axe back." After a while, the goddess brought up an axe made of 5.______ from the lake. "Is this your axe, my good man?" she asked. "No," said the woodcutter, "that is not my axe." Then the goddess brought out a 6.______ axe. The woodcutter said that it was not his axe again. The third time she brought up the woodcutter's axe. The woodcutter was very happy and said, "This is my axe. Thank you very much!"

At the end of the story, the goddess was pleased with the woodcutter's 7.______. He didn't tell a lie so that he 8.______ get the gold or silver axe; he just wanted what he deserved. So she decided to give both the gold and silver axes to him. The woodcutter sold the axes and became a kind rich man. The moral of this story is: Honesty is the best 9.______.

ANSWERS

1. Once upon a time　2. woodcutter　3. goddess
4. my good man　5. gold　6. silver
7. honesty　8. could　9. policy

Chapter 28 給媽媽的一封信 A Letter for Mom

Ch28.mp3

想一想 你有什麼話想跟媽媽說嗎？

1 你會幫媽媽做家事嗎？

有時候（sometimes）、從來沒有（never）、經常（often）

2 你會對媽媽頂嘴嗎？

會（yes）、從不（never）

3 你希望媽媽怎麼對待你呢？

稱讚我（praise me）、煮美味的餐一（cook a delicious meal）、給我零用錢（give me allowances）

4 你要怎麼報答媽媽呢？

幫忙打掃家裡（help to clean the house）、用功讀書（study hard）、幫忙準備晚餐（help with dinner）

練習寫書信，就從給媽媽的第一封信開始

就一般家庭而言，媽媽跟孩子的關係通常是最密切的，媽媽從懷孕開始，就和小孩產生了難以割捨的情感。藉這封信表達你和媽媽的互動、你想跟媽媽說的話、你對媽媽的感動等等，最後再加上你想報答媽媽的方法，就能完成一篇動人的書信囉！

寫作技巧Tips

如何開始？　寫出要對媽媽說的事情。
建議開頭句：**Today I'm going to tell you something really special.**
今天我要跟妳說一件非常特別的事情。

接下來呢？　寫出心中的一些感受。
建議開頭句：**I also want to tell you one thing: ________________.**
我還想告訴妳一件事情：______________。

怎麼結束？　寫出報答媽媽的方法。
建議開頭句：**I've made up my mind that I ______________.**
我已經下定決心要______________。

套用超簡單　任何題目都可以輕鬆寫！

這種類型的題目，是要對於某個人物（或團體）表達出感謝之情。前面先用一些生活瑣事來鋪陳，接著用情感來切入主題，並且提出具體的答謝方法。所以只要是要表達感謝之意的題目，都可以使用這個寫作模式。

套用實例

Today I'm going to tell you something special.
今天我要跟你說一件非常特別的事情。
I also want to tell you one thing: I really love you.
我還想告訴你一件事情：我真的很愛你。
I've made a decision that I will win the competition for you.
我已經下定決心要為你贏得這場比賽。

怎樣都要背下來的單字

書信開頭的常用語喔！

親愛的

[dɪr]

可以幫忙媽媽做的事

cook
煮菜

wash dishes
洗碗

set the table
擺碗筷

hang clothes to dry
曬衣服

mop the floor
拖地；擦地板

throw out the garbage (trash)
丟垃圾

water the flowers
澆花

massage
按摩

make tea
泡茶

wipe the window
擦窗戶

你一定要會用的
英文句型！

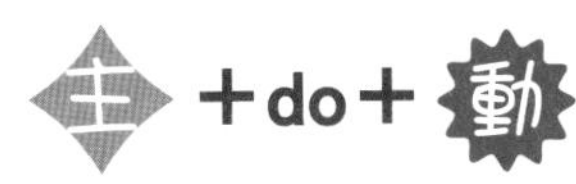
主 +do+ 動

就像前一頁所提到的，在這種文章裡面，你常常會下定決心做好某件事情。下定決心之後，若你覺得還是不夠，還想要再強調語氣的話，這個強調句型就可以派上用場了。這個句型是為了加強一個句子的表達程度，在意義方面就是加上「真的」兩字，是個好用的加強語氣句型。

I returned the book to him. 我把書還給他了。
I did return the book to him. 我真的把書還給他了！

超神奇!!
換個單字
也能寫其他句子!!

remember the movie 記得這部電影；
study hard 認真念書；
feel bad today 覺得今天很糟；
try my best 盡自己的全力；
finish my homework 做完功課；
take the medicine 吃藥

I do (did) 動 .

你下午在做什麼？
I study hard.
我很認真念書。
我可以作證。
do

你一定會用到的 各段佳句 請套用即可

我一直很想幫妳，可是我回家功課真的很多。

適用第一段 寫出要對媽媽說的事情

今天我要跟你說一件非常特別的事情。
Today I'm going to tell you something really special.

我今天要告訴妳一個藏在我心裡已久的祕密。
Today I'm going to tell you a secret that has been in my heart for a long time.

其實我也一直很想幫你，但是我的回家功課真的很多。
I always want to help you but I have so much homework to do.

每當我想整理家裡的時候，我就會莫名其妙的全身無力。
Whenever I want to clean the house, my energy just goes away for no reason.

我真的很想幫忙，但是我也覺得好累喔！
I really want to help you but I'm so tired, too.

適用第一段 寫出媽媽平日的辛苦

我知道妳每天都很辛苦的工作而且覺得很累。
I know you work very hard and feel tired every day.

有時我半夜起來上廁所的時候，我會看到妳還在努力工作。
Sometimes when I go to the restroom at midnight, I see that you are still working hard.

每當我看到妳熬夜到很晚，我就覺得難過。
I feel sad whenever I see you staying up late.

我知道妳在餐廳辛苦了一天之後都很累。
I know you are weary after a tough day at the restaurant.

每當妳回家看到家裡一團亂的時候，我知道妳一定很生我的氣。
Every time you come home and see the messy house, I know you are very angry with me.

適用第二段 寫出心中的一些感受

我還想告訴妳一件事情：我真的很愛妳。

I also want to tell you one thing: I really love you so much.

對我而言，妳是世界上最重要的人。

You are the most important person in the world to me.

我一定會盡我所能地得到好成績，並且受到老師的讚揚。

I will try my best to get good grades and get praise from my teacher.

所以不要再因為我的成績而感到沮喪了，好嗎？

So, don't feel frustrated about my grades, OK?

事實上，我只是想要妳再多稱讚我一點。

In fact, I just want you to praise me more.

為什麼我要幫你寫功課?

適用第三段 寫出報答媽媽的方法

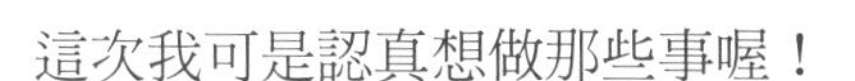

這次我可是認真想做那些事喔！

I do want to do those things this time!

我會盡快地把作業完成，這樣我才能有更多的精力整理家裡。

I will have my homework done faster so that I can have more energy to clean up the house.

我再也不會做那件事了。

I will never do that again.

我會成為這一學期的模範生。

I will be a model student in this semester.

我會贏得比賽的冠軍。

I will win the first prize of the competition.

我會減少花在電視上的時間，並花更多時間來念書取得好成績。

I will cut the time I spend on TV, and I will spend more time studying hard to get good grades.

自己再加幾句，
就可以完成一篇
很好的作文喔~

想不出來，
抄前面的也
可以唷！

作文小抄稿

第一段，寫出要對媽媽說出的事情。	第二段，寫出心中的一些感受。	第三段，寫出報答媽媽的方法。
Today I'm going to tell you something really special. I know you work very hard and feel tired every day.	*I also want to tell you one thing: I really love you so much.*	*I've made up my mind that I will study harder and help you to clean up the house.*

小抄
照著填
作文超簡單

A Letter for Mom

Today I'm going to tell you something really special. ______________

____

____

I also want to tell you one thing: ______________________________

____

____

I've made up my mind that I ______________. ______________

____

____

（＊請記得回頭檢查時態、第三人稱單數及名詞單複數）

常犯的寫作錯誤

★中文常常這麼說：
耶！我做完功課了！

★正確的英文應該是：
Hooray! I've done my homework. （O）

★我們常犯的錯誤就是：
Hooray! I've done homework. （X）

耶！功課好不容易做完了，終於可以幫媽媽做家事了。什麼？這樣說竟然不對！喔～原來是文法沒有弄清楚。表示做功課要用 do one's homework，就算時態改成完成式也不能亂省略喔！

別忘了
我喔！
do one's homework
my
your
his
her
its
我們都是
所有格喔！

給媽媽的一封信

親愛的媽咪：

今天我要跟妳說一件非常特別的事情，我知道妳每天都很辛苦地工作，也感到很疲憊，每當妳回家看到家裡一團亂的時候，我知道妳一定很生我的氣。但是妳總是一句話也不說地把房子給整理乾淨。其實我也一直很想幫妳，但是我的回家功課真的很多，每次把功課寫完以後都覺得快要死掉了。我真的很想幫忙，但是我也覺得好累喔！

我還想告訴妳一件事情：我真的很愛妳。雖然每次妳唸我不夠用功的時候我都會頂嘴，但事實上，我只是想要妳再多稱讚我一點。我一定會盡我所能地得到好成績，並且受到老師的讚揚。所以不要再因為我的成績而感到沮喪了，好嗎？

我已經下定決心要更努力的用功讀書，並且幫妳把家裡整理乾淨。這次我可是認真的喔！我會盡快地把作業完成，這樣我才能有更多的精力幫妳整理家裡。我也會盡量少看一點電視，這樣我才有更多的時間用功讀書，得到好成績。而這所有的事情都只為了一個原因：媽咪，我想要讓妳開心，我愛妳。

非常非常愛你的

彼得

A Letter for Mom

1.______ Mom,

Today I'm going to tell you something really 2.______. I know you work very hard and feel tired every day. Every time you come home and see the 3.______ house, I know you are very angry with me. But, you always say nothing and 4.______ the house. I always want to help you but I have so much homework to do. 5.______ I finish my homework, I feel like dying. I really want to help you, but I'm so tired, too.

I also want to tell you one thing: I love you so much. I usually 6.______ to you when you say that I don't study hard enough. But in fact, I just want you to 7.______ me more. I will try my best to get good grades and get praise from my teacher. So don't feel frustrated about my grades, OK?

I've 8.______ that I will study harder and help you to clean the house. I am serious this time. I will have my homework done faster so that I can have more 9.______ to clean up the house. I will watch TV less so that I can have more time to study and get good grades. All these things are for one reason: I want to make you happy, Mom. I love you.

With lots of love
Peter

ANSWERS

1. Dear	2. special	3. messy
4. clean up	5. After	6. talk back
7. praise	8. made up my mind	9. energy

Chapter 29

賀年卡 Happy New Year

Ch29.mp3

你會寫賀年卡給誰？

1 你們上一次聯絡是什麼時候？

去年（last year）、昨天（yesterday）、中秋節（The Moon Festival）、上個月（last month）

2 自己最近在忙什麼呢？

準備期中考試（prepare for my midterm exam）、社團（club）、學畫畫（learn how to draw）

3 你會想知道對方的什麼消息呢？

最近如何（How's it going?）、心情好不好（happy or not）、健康狀況（health condition）

4 你會想什麼時候再碰個面呢？

生日（birthday）、下星期（next week）、12 月（December）

透過卡片聯繫情感

每當逢年過節的時候，是不是就會開始想起一些許久沒聯絡的親朋好友呢？卡片中可以詢問他們現在過得如何？再描述一下自己的近況，方便的話可以約下次碰面的時間，一張卡片的祝福不僅勝過千言萬語，也可以讓收信者感到開心喔！

寫作技巧Tips

如何開始？　先來噓寒問暖一下。
建議開頭句：**It's been a long time, hasn't it?** 真是好久不見了！

接下來呢？　描述一下自己的近況。
建議開頭句：**Recently, I've been so busy because ___________.**
最近我很忙，因為________________。

怎麼結束？　約定下次見面的時間。
建議開頭句：**I really want to visit you someday soon.**
How about _____________?
我真的很想趕快找一天拜訪妳，_____________可以嗎？

任何題目都可以輕鬆寫！

只要是要寫給好一段時間沒有碰面的人，都可以套用這樣的寫作模式。

套用實例

It's been a long time, hasn't it? 真是好久不見了！
Recently, I've been so busy because I have to help my family business. 最近我很忙，因為要幫忙家裡面的生意。
I really want to visit you someday soon. How about next month?
我真的很想趕快找一天拜訪妳，下個月可以嗎？

其他還有更多類似的題目也可以套用這種寫法喔！例如：
教師節快樂（Happy Teacher's Day）、生日快樂（Happy Birthday）。

的基本單字片語

怎樣都要背下來的單字

還可以替換成 faithfully, truly。

真誠地

[sɪn`sɪrlɪ]

常會寄卡片的節日

Teacher's Day
教師節

Valentine's Day
情人節

Christmas
聖誕節

New Year
新年

birthday
生日

其他節日

Dragon Boat Festival
端午節

Father's Day
父親節

Mother's Day
母親節

Tomb Sweeping Day
清明節

Lantern Festival
元宵節

你一定要會用的英文句型！

肯定句＋否定式助動詞＋主

附加問句是一種反義的疑問句，它的特點是：第一部分是肯定句，第二部分就用否定句。這樣的意思有點類似中文的「不是嗎？」的味道。有兩個地方需要特別注意：首先，直述句的主詞是名詞時，附加問句的主詞要用代名詞代替：it 代替 this、that、不定詞當主詞或動名詞主詞等；they 代替 these、those、people 等。接著，以下這些助動詞的否定縮寫比較容易弄錯，要特別注意喔！

will not ▸▸ won't
would not ▸▸ wouldn't
should not ▸▸ shouldn't
could not ▸▸ couldn't
can not ▸▸ can't

You are a boy, aren't you? 你是個男孩，不是嗎？
They will go to Japan, won't they? 他們會去日本，不是嗎？
Mike has a computer, doesn't he? 麥克有一台電腦，不是嗎？
We should study hard, shouldn't we? 我們該用功讀書，不是嗎？

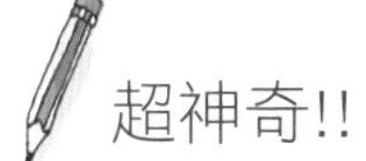

超神奇!! 換個單字也能寫其他句子!!

It's a hot day 今天真熱，不是嗎？
It's so cheap 這真便宜，不是嗎？
It's so hard 這真難，不是嗎？

__________, isn't it?

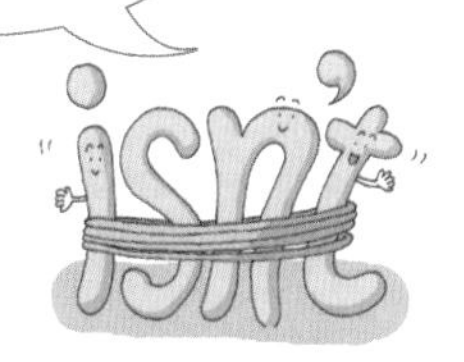

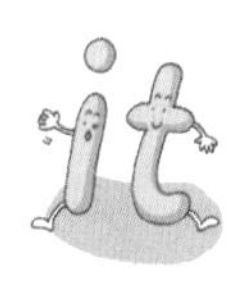

你一定會用到的
各段佳句
請套用即可

噓寒問暖一番

真是好久不見了！	**It's been a long time, hasn't it?**
你記得我嗎？	**Do you remember me?**
自從上次拜訪妳之後，大概有一年沒有看到妳和妳的家人了。	**Since the last time I visited you, I haven't seen you or your family for a year.**
一切還順利嗎？	**How's everything going?**
最近如何呢？	**How's it going?** **= How have you been?**

問候對方近況

這是我寄給你的第一封信喔！	**This is the first letter I sent you!**
那邊的天氣如何呢？	**How's the weather there?**
你會想念台灣嗎？	**Are you missing Taiwan?**
那邊一切都還好吧？	**Is everything OK there?**
我一直很想念妳，很想趕快跟妳見面。	**I missed you so much that I really want to see you soon.**
你還在同一個學校教書嗎？	**Are you still teaching at the same school?**

適用第二段 描述一下自己的近況

最近我很忙，因為要準備段考和科展。

Recently, I've been so busy because I have to prepare for my midterm exam and a science project.

我在這邊交到了許多新的朋友。

I've made many new friends here.

我參加了一個很有趣的新社團。

I joined a new club and it's so fun.

你知道嗎？我的科展晉級到全國比賽了耶，而且我覺得很有機會可以得獎喔！

You know what? My project was advanced to the national contest and I think I can win a prize!

到時候我一定會第一個通知妳。

You will be the first to know.

我真的很想趕快找一天拜訪妳。妳兒子生日的前一天可以嗎？

I really want to visit you someday soon. How about the day before your son's birthday?

等你收到這封信的時候，請打個電話給我。

Please give me a call when you get this letter.

我在五月二十一號的時候會回去。

I will go back on May 21st.

我們可以在電話上談談這件事。

We can talk about it on the phone.

一定要趕快回我信喔！（或打電話給我）我真的很想聽到妳的消息！

Please reply as soon as possible. (Or call me!) I really want to hear some news from you!

祝妳新年快樂！

Wish you a happy new year!

自己再加幾句，
就可以完成一篇
很好的作文喔~

想不出來，
抄前面的也
可以唷！

作文小抄稿

第一段，嘘寒問暖。	第二段，描述一下自己的近況。	第三段，約定下次見面的時間。
It's been a long time, hasn't it? How's everything going?	*Recently, I've been so busy because I have to prepare for my midterm exam and a science project.*	*I really want to visit you someday soon. How about the day before your son's birthday?*

小抄
照著填
作文超簡單

Happy New Year

It's been a long time, hasn't it? ______________________________

____

____

Recently, I've been so busy because ________________________

____

____

I really want to visit you someday soon. How about ____________

____

____

（＊請記得回頭檢查時態、第三人稱單數及名詞單複數）

常犯的寫作錯誤

★中文常常這麼說：
我已經有好一陣子沒有看到他和他弟弟了。

★正確的英文應該是：
I haven't seen him or his brother for a long time.（O）

★我們常犯的錯誤就是：
I haven't seen him and his brother for a long time.（X）

不仔細看還真看不出來這兩句有什麼不一樣呢！原來問題是出在連接詞的身上啊！在否定句中，對等連接詞一般不用 and，而是會用 or，這一點一定要記住，下面這個句子也是常常會犯錯的地方！

我沒帶原子筆和鉛筆。
I don't have any pens and pencils. (X)
I don't have any pens or pencils. (O)

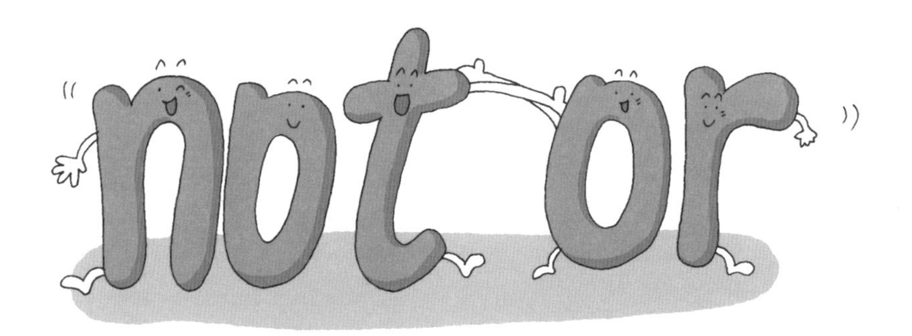

賀年卡

親愛的李老師：

真是好久不見了！自從上次拜訪妳之後，大概有一年沒有看到妳和妳的家人了。一切還順利吧？我一直很想念妳，很想趕快跟妳見面。

最近我很忙，因為要準備段考和科展。妳知道嗎？我的科展晉級到全國比賽了耶，而且我覺得很有機會可以得獎喔！到時候我一定會第一個通知妳。妳的兒子還好吧？會說話了嗎？他真的是一個很可愛的小嬰兒。那妳的女兒呢？她還在戴牙套嗎？我真是迫不及待地想看到她把牙套拿下來的笑容！

我真的很想趕快找一天拜訪妳。妳兒子生日的前一天可以嗎？這樣我還可以帶些玩具給他。一定要趕快回我信喔！（或打電話給我）我真的很想聽到妳的消息！祝妳新年快樂！

珍妮敬上

Happy New Year

Dear Mrs. Lee,

It's been a long time, hasn't it? 1.______ the last time I visited you, I haven't seen you 2.______ your family for a year. How's everything going? I 3.______ you so much that I really want to see you soon.

4.______, I've been so busy because I have to prepare for my midterm exam and a 5.______. You know what? My project was 6.______ to a 7.______ contest and I think I can win a prize! You will be the first to know if I get it. How is your son? Can he speak now? He's such a cute little baby. How's your daughter? Is she still 8.______ 9.______? I can't wait to see her smile without it.

I really want to visit you someday soon. How about the day before your son's birthday? So I can bring him some toys. Please 10.______ as soon as possible. (Or call me!) I really want to hear some news from you. Wish you a happy new year!

Your Sincerely,
Jenny

看隔壁的範文填單字，順便訓練一下自己的單字能力！

ANSWERS

1. Since
2. or
3. miss
4. Recently
5. science project
6. advanced
7. national
8. wearing
9. braces
10. reply

Chapter 30 我的 E-mail My E-mail

Ch30.mp3

想一想 你有自己的 e-mail 嗎？

1 你用英文寄 e-mail 過嗎？

有（yes）、經常（usually）、有時候（sometimes）、很少（seldom）

2 你回過別人的 e-mail 嗎？

每天（every day）、每晚（every night）、只在週末（only on weekends）

3 e-mail 的內容是什麼？

有趣的遊戲（funny games）、英文文章（English articles）、感謝別人（to say "Thank you"）

4 寫 e-mail 的目的是什麼？

祝賀（congratulation）、預約（reservation）、邀約（invitation）

用英文寫信就從簡單的 e-mail 開始

到了本書的最後一章，就來介紹一點特別的東西吧！我相信大家都聽過 e-mail，也就是電子郵件，現在的人寫 e-mail 不會像寫書信那麼正式，不管英文還是中文都一樣，不過也不代表你可以亂寫一通。還是要遵循一些模式，以最精簡的文字來傳遞訊息！

寫作技巧Tips

如何開始？　說明寫信的原因。
建議開頭句：**I've got your e-mail.** 我已經收到你的郵件了。

接下來呢？　討論上次信件的內容。
建議開頭句：**About the e-mail you sent to me, ________________.**
關於你寄給我的郵件，____________________。

怎麼結束？　感謝對方。
建議開頭句：**Thank you very much.** 非常地感謝你。

套用超簡單　任何題目都可以輕鬆寫！

雖然說標題是「我的 E-mail」，不過實際上重點是要如何回別人的 e-mail。所以以後不管是用英文還是中文回信，都可以參考這個模式。不過要特別注意的一點是，在內容上應該要越精簡越好，不要提到太多無關緊要的事情，但要把重點說清楚，這樣才能有效溝通！

套用實例

I've received the product and it's good!
我已經收到產品了，它很棒！
I have received your e-mail and checked the attachments as you requested.
我已經收到你的電子郵件了，也照你所說的查看了附加檔案。
Thank you very much. Hope to see you soon!
非常感謝你。希望能很快見到你！

書寫 e-mail 的基本單字片語

怎樣都要背下來的單字

寫 e-mail 時
一定要寫的！

主旨

[ˋsʌbdʒɪkt]

寫e-mail常會看到的單字

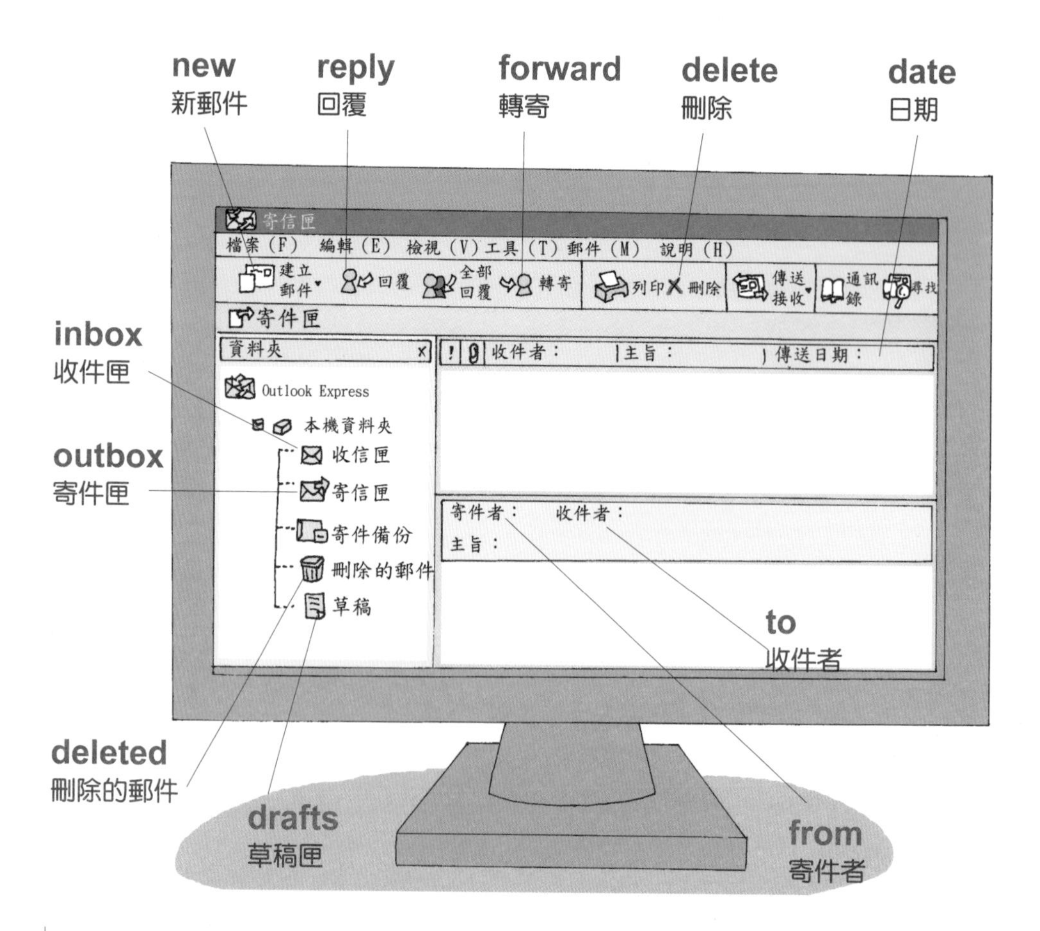

你一定要會用的
英文句型！

It's＋形＋of＋人＋to動

這句話的意思是「某人做某事很……」，唯一要注意的地方是這種句型通常是用來形容人。也就是說要注意形容詞的選擇喔！

It's very kind of you to send me the e-mail.
你能寄這封 e-mail 給我真好。
It's cruel of him to say such things.
他說出這種話真是殘忍。

超神奇!!
換個單字
也能寫其他句子!!

It's good of you to yield the seat to me. 妳人真好還讓位給我。

take her home 帶她回家；tell a lie 說謊；solve the problem 解決問題；beat the kids 打小孩；do that 做那件事情；keep the money 留住那筆錢

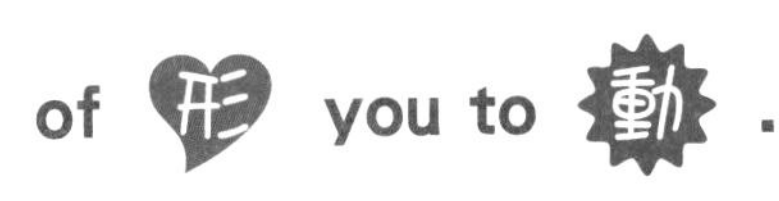
of 形 you to 動 .

kind 仁慈的；good 好的；stupid 不智的；foolish 愚蠢的；clever 聰明的；wise 有智慧的；cruel 殘忍的

It's good of you to yield the seat to me.

你一定會用到的各段佳句 請套用即可

希望你早日康復。

適用第一段 說明寫信的原因

我已經收到你的郵件了！謝謝你這麼快就回我信。	**I've got your mail. Thank you for replying rapidly.**
我想要告訴你作業的內容。	I want to tell you about the homework.
你知道嗎？那是我寫的第一封e-mail，這真的很有趣耶！	**You know what? That was my first time to write an e-mail and it was so fun.**
謝謝你讓我在府上叨擾。	Thank you for letting me stay at your house.
希望你早日康復。	**I hope you will recover quickly.**

適用第二段 討論信件的內容

關於你寄給我的郵件，我在附加檔案裡面沒有看到任何東西。	**About the e-mail you sent to me, I didn't see anything in the attached file.**
我沒有收到你的信。你可能要再寄一次給我。	I don't get your mail. You probably have to send it again.
我沒有辦法開啟附加檔案。	**I can't open the attached file.**
因為那個小遊戲非常有趣，所以我把它轉寄給我的同學了。	The flash game is very interesting, so I forwarded it to my classmates.
請記得要附加檔案上去。	**Please remember to attach the file.**

適用第二段 邀約或想交代的事項

對了，你這個星期六想要跟我一起去看個電影嗎？	**By the way, would you like to see a movie with me this Saturday?**
記得要把我的書帶來給我。	Remember to bring my book to me.
你星期四想去遊戲展嗎？	**Would you like to go to see the game exhibition on Thursday?**
如果星期五下雨的話，我們就取消約會吧。	If it rains on Friday, we'll cancel the date.
記得餵貓，飼料放在櫃子的最底下。	**Remember to feed the cat, and the feed is in the bottom of the cabinet.**
鑰匙放在第三個抽屜裡面。	The key is in the third drawer.
PS. 你能告訴我可以去哪裡找到更多有趣的遊戲嗎？謝謝！	**PS. Can you tell me where I can find more interesting games? Thanks!**
請把課表也一起附上。	Please attach the class schedule, too.

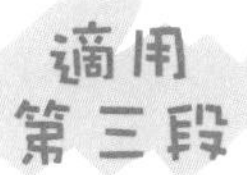

感謝對方

非常感謝你。	**Thank you very much.**
真是感激不盡！	I can't thank you enough!
謝謝你的回信！	**Many thanks for your reply!**
謝謝你的祝賀。	Thank you for your congratulations.

自己再加幾句，就可以完成一篇很好的作文喔~

想不出來，抄前面的也可以唷！

作文小抄稿

第一段，說明寫信的原因。	第二段，討論上次信件的內容。	第三段，感謝對方。
I've got your e-mail.	About the e-mail you sent to me, I've found some typos in the article.	Thank you very much.

小抄照著填 作文超簡單

My e-mail

I've got your e-mail. ______________________________

____

____

About the e-mail you sent to me, ______________________________

____

____

Thank you very much. ______________________________

____

____

（＊請記得回頭檢查時態、第三人稱單數及名詞單複數）

常犯的寫作錯誤

★中文常常這麼說：
非常謝謝你。

★正確的英文應該是：
Thank you very much. （O）

★我們常犯的錯誤就是：
Very thank you. （X）

這個錯誤可以算是中文直翻英文的經典範例。像 very 和 much 這樣的程度副詞通常必須放在句子的後半部，可不能跟中文的語序一樣，把它們放在最前面喔！下面這個例子也是大家常會犯的錯誤，一定要特別注意！

我很喜歡這個玩具。
I very like the toy. (X) **I like the toy very much. (O)**

我很想去參加那個派對。
I would very like to go to the party. (X)
I would like to go to the party very much. (O)

我的 E-mail

哈囉，艾倫：

我已經收到你的信了，謝謝你這麼快就回信。你知道嗎？那是我寫的第一封 e-mail 呢！真的很有趣耶！而且我第一次的時候還寫錯位址呢！真是笨！

關於你上一次寄來的 e-mail，那個小遊戲真的好好玩喔！我把它轉寄給我的同學，結果每個玩過的人都說那是他們玩過最棒的遊戲了。你能夠寄給我這個遊戲實在是太棒了，你是在哪裡找到那個遊戲的啊？

對了，你這個星期六想要跟我一起去看電影嗎？我聽說有一部電影很好看，而且我有兩張電影票。可以的話在星期五之前給我答覆好嗎？這樣我好決定行程。

PS. 你可以告訴我怎麼破這個遊戲嗎？或者是給我攻略，謝謝！

最關心你的

彼得

My E-mail

Hello Alan,

I've 1.______ your e-mail. Thank you for your 2.______ reply. You know what? That was my first time to write an e-mail and it was so fun! I even wrote the wrong 3.______ at the first time. How silly I am!

About the e-mail you sent me, the flash game is so interesting and I 4.______ it to my classmates. Everybody says it's the best game they've ever played. It's so nice of you to send me the game. Where did you find the game?

5.______, would you like to see a movie with me 6.______ Saturday? I hear that there is a cool movie and I have two tickets. Please give me the answer before Friday so that I can 7.______ the plan.

PS. Can you tell me how to 8.______ the game or give me the 9.______? Thanks!

Best 10.______,
Peter

看隔壁的範文填單字，順便訓練一下自己的單字能力！

ANSWERS

1. got 2. rapid 3. address 4. forwarded
5. By the way 6. this 7. make 8. beat
9. walkthrough 10. regards

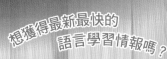

台灣廣廈 國際出版集團
Taiwan Mansion International Group

國家圖書館出版品預行編目（CIP）資料

我的第一堂英文寫作課 / 李宗玥, Paul O'Sullivan,高旭銶著. -- 初版. -- 新北市 : 國際學村, 2020.05
面； 公分
ISBN 978-986-454-125-6
1.英語 2.作文 3.寫作法

805.17 109003744

國際學村

我的第一堂英文寫作課

只要從造句開始！單字、句子、文法融會貫通，自然練出英文寫作力！

作　　者／李宗玥、高旭銶、Paul O'Sullivan
編輯中心編輯長／伍峻宏・**編輯**／徐淳輔
封面設計／張家綺・**內頁排版**／東豪印刷事業有限公司
製版・印刷・裝訂／東豪・弼聖・明和

行企研發中心總監／陳冠蒨
媒體公關組／陳柔彣
整合行銷組／陳宜鈴
線上學習中心總監／陳冠蒨
產品企製組／黃雅鈴

發 行 人／江媛珍
法 律 顧 問／第一國際法律事務所 余淑杏律師・北辰著作權事務所 蕭雄淋律師
出　　版／國際學村
發　　行／台灣廣廈有聲圖書有限公司
地址：新北市235中和區中山路二段359巷7號2樓
電話：（886）2-2225-5777・傳真：（886）2-2225-8052

代理印務・全球總經銷／知遠文化事業有限公司
地址：新北市222深坑區北深路三段155巷25號5樓
電話：（886）2-2664-8800・傳真：（886）2-2664-8801
網址：www.booknews.com.tw（博訊書網）
郵 政 劃 撥／劃撥帳號：18836722
劃撥戶名：知遠文化事業有限公司（※單次購書金額未達500元，請另付60元郵資。）

■出版日期：2023年1月2刷
ISBN：978-986-454-125-6

史上
大的
推
銷
員

王球八位頂級銷售大師中，他排行第一！

THE GREATEST SALESMAN
IN JAPANESE HISTORY

保險業連續15年業績第一
百萬美元圓桌協會（MDRT）終身會員
是購買商品，而是購買推銷商品的人！—推銷之神 原一平

前言

推銷是什麼？

——謀生的手段？

——不斷與自己的勇氣和忍耐搏鬥的過程？

——把自己的尊嚴廉價典當、低聲下氣求人的行為？

——獲得豐厚的物質回報和閃耀成就，以此笑傲人生的本錢？

對推銷的不同理解，決定推銷員之間績效的差距。把推銷視為乞討行為，硬著頭皮拜訪客戶，戰戰兢兢地詢問客戶是否購買，遭到拒絕以後立刻放棄，必定是成交無望，佣金寥寥，以失敗告終。相反地，把推銷視為與客戶共贏的過程，透過對客戶的百般攻心而獲得成交，可以賺取不菲的佣金，也可以累積人脈關係，進而邁向事業巔峰。

原一平，日本「保險界推銷天王」，曾經露宿公園，三餐不繼，只能透過一場美夢來體驗吃到午餐的感覺——進入推銷領域以後，他連續保持十五年全國推銷冠軍，連續十七年銷售業績高達百萬美元，財富滾滾而來。

與推銷結緣，使原一平結束潦倒的日子，告別庸碌無為的人生，走上成功的輝煌大道。事實上，推銷不是把產品或服務賣給客戶那麼簡單，它表示全面改變自我，不斷挑戰生命極限，對有進取心的推銷員來說：只要不斷付出，就可以獲得成功。這種成功沒有上限，如果進取有道，就可以成為百萬富翁。

本書匯集原一平的推銷秘訣，總結出最偉大推銷員快速成長的自我修煉術，所有的條目都指向一點：打造獲得成交的推銷員，打造金牌推銷員。

如果覺得蒼天無眼，總是為自己製造苦難，不妨讀這本書，因為原一平會告訴你：苦難是銷售成功的必經之路，只要熬過苦難，就是銷售成功的黎明。

如果曾經立志成為一個年薪百萬的推銷員，但是因為客戶拒絕而決定放棄，不妨讀這本書，因為它會告訴你：推銷的成功開始於拒絕，只要不放棄，就可以打動客戶。

……

每日辛苦奔波的推銷員，希望這本書可以幫助你們將自己快速打造為「世界上最偉大的推銷員」，進而實現自己百萬年薪的夢想——這是本書編者最虔誠的祝願！

目錄

任何客戶，都有其一攻就破的弱點！

任何客戶，都有其一攻就破的弱點！

第二篇 每天進步一點點——最偉大推銷員快速成長自我修煉術

第一篇

從「不良少年」到「保險界推銷天王」

——原一平的財富傳奇

原一平簡介

三十二歲的時候，他的銷售業績位列明治保險公司之首，並且奪取全日本的亞軍。

三十六歲的時候，他成為美國百萬美元圓桌協會成員，協助成立日本壽險推銷員協會，多年擔任會長一職。

五十八歲的時候，他被日本政府授予「四等旭日小綬勳章」，在日本可以獲得這種榮譽實屬不易，當時擔任日本總理大臣的福田赳夫羡慕不已，感嘆地說：「身為總理大臣的我，只有得過五等旭日小綬勳章！」

六十歲的時候，世界權威機構美國國際協會為表彰他在推銷業做出的成就，隆重地為他頒發全球推銷員最高榮譽——學院獎。

這就是「推銷之神」原一平，曾經因為少有惡名，被鄰居視為無可救藥的不良少年，但是後來他在保險業打出一片天地，連續保持十五年全國推銷冠軍，連續十七年銷售業績高達百萬美元。

此外，他還是明治保險公司的終身理事，業界的最高顧問。

被別人貶低的時候，告訴自己「我可以」

原一平在報紙上看到明治保險公司應徵業務員的廣告，認為那是一份好工作，準備去面試，這個決定影響他的一生。

一九三〇年三月二十七日，原一平去明治保險公司面試。二十七歲的原一平，身高一百四十五公分，體重五十二公斤，又瘦又小，其貌不揚。面試官是高木金次，以下是當時原一平與高木金次對話的情形：

高木金次不屑一顧地看著原一平，一面看著桌上的文件，一面對他說話。由於說話的聲音太小，原一平聽不清楚。

「你是說……」原一平努力地側著耳朵。

「太困難了！」

「什麼太困難了？」

任何客戶，都有其一攻就破的弱點！

「推銷保險對你來說……」高木金次話中有話，似乎帶有譏諷意味地說。

「我還是聽不懂你的意思。」原一平滿臉狐疑，急切地尋根問底。

「我說，推銷保險的工作太困難了，你無法勝任。」高木金次直截了當地說。

突然之間，原一平覺得心口一絲窒息。隔了一會兒，他結巴地說：「何……何以見得？」

高木金次以輕蔑的口氣說：「老實對你說吧！推銷保險的工作非常困難，我看你不是這塊料。」

「真是狗眼看人低！」原一平差點罵出聲音，幸好又嚥了回去，這位看起來很瘦小的面試官（高木金次比原一平略高），竟然敢說原一平這個剛卸任的營業部經理沒有資格擔任保險業務員，他當然很生氣。

此時，原一平那股「永遠不服輸」的氣概，在幾秒鐘之內充滿全身。

他漲紅了臉，像一隻勇猛的鬥雞，張牙舞爪地問：「好！請問進入貴公司，究竟要做多少業績？」

「一個月一萬日圓。」高木金次依然輕蔑地說。

高木金次的回答，讓傲慢的原一平感到一陣冰冷，尤其是在那個空蕩蕩的房間裡。

「每個人都要做到一萬日圓的業績嗎？」原一平還是不死心地問。

「當然。」

原一平賭氣似地說：「既然這樣，我只要達成這個目標就可以了！」

高木金次狠狠地瞪他一眼，把手中的文件放在桌上，慢慢地抬頭看著天花板，發出「嘿！嘿！嘿！」的笑聲。

這就是原一平進入推銷保險生涯的時候，聽到的第一聲嘲笑。他雖然非常難過，但還是咬緊牙關，暗自發誓——就算自己粉身碎骨，也要把那個笑聲送回去，否則寧願與這個笑聲同歸於盡。

就這樣，三月二十七日這一天，烙在原一平的內心深處。這是他進入社會以後最氣憤的一天，也是他漫長的推銷生涯中最關鍵的一天。就是這個笑聲，點燃他生平第一把「永遠不服輸」的火焰，沒想到那個笑聲，竟然成為他邁向成功的動力。

此後，在數不清的日子裡，只要他遭遇挫折或是意志消沉的時候，就會以這段「被別人瞧不起」的際遇來鼓舞自己，重新整裝，再往前衝刺。

由於明治保險公司不想錄用他，所以只給他一個「見習推銷員」的頭銜，並且提出非常苛刻的條件：沒有薪水，沒有辦公座位。原一平都答應了，並且從自己住處搬一張桌子到公司。

任何客戶，都有其一攻就破的弱點！

他沒有想到，為了這件事情，又和公司發生衝突：

「喂！先生，不要開玩笑，怎麼可以隨意搬來桌子？」

「公司不給我桌子，我只好自己把它帶來啊！」

「那樣太礙事了。」

「不管多麼礙事，也要給我一個擺桌子的地方啊！」

在一陣激烈的爭論之後，公司答應讓他擺一張桌子，但是有一個條件，那就是——必須擺在不礙眼又不礙事的地方。

原一平在公司裡找了很久，終於找到一個理想的地方——就在辦公室的入口靠門的地方。那裡不礙眼也不礙事，從此開始自己見習推銷員兼服務生的生活。

忍常人所不能忍

「原一平，幫我買早餐。」

「是！」

「喂！快去幫我買菸，還有……」

「好的！」

就這樣，原一平被當作服務生般地使喚，並且受到同事們的冷嘲熱諷。為了爭取一個座位，與公司大吵一架以後，勉強有一席之地，現在又被一些同事認為精神有問題！

雖然在高木金次的面前誇下海口，但是沒有薪水，「一個月一萬日圓業績」確實遙不可及，原一平只好借債度日，他的生活非常淒慘。

性格固執的原一平，想要把那個「嘿！嘿！嘿！」的笑聲擊碎，那把永遠不服輸的火焰依然熊熊燃燒，他一定要為「三月二十七日」復仇。就這樣，他持續堅持著。

一般而言，新進的員工都會受到公司的歡迎，並且被告知人際關係的重要。原一平雖然沒有鬧到大打出手，但是一直吵鬧不休，風波不斷。然而，由於這些奇特的際遇，從第一天開始，他立刻聲名遠播，成為公司的「知名人物」。

之後，詢問原一平為什麼這麼執著地對待自己的座位，他有聲有色地描述如下：「不管別人怎麼說，全世界獨一無二的原一平的座位就在此地，這是我的據點，也是我的城堡。因為這個座位是我花費九牛二虎之力爭取而來，所以我非常珍惜。」

「或許各位也有相同的經驗：我們年幼之時，都喜歡玩積木，然後如癡如醉地堆積木，堆砌自己夢裡的王國。有時候，儘管父母罵我們，我們還是把積木當作心肝寶貝。」

「我搬到公司的桌子，對我來說，相當於心愛的積木。因為那是我心愛的積木，所以我非常珍惜。這些積木堆砌的夢想，會引導我走向成功之路。」

「我已經超過古稀之年，但是保有赤子之心。因為我確信，赤子之心與夢想是每個業務員的動力，我依靠它們不僅爭取到一個小城堡，隨後更由此建立我的保險王國。」

「從此之後，我經常對自己說：『我就是原一平，原一平是獨一無二的，舉世無雙的。』」

「我日後的成就，就依靠這句肯定自己的話，再加上日積月累的推銷經驗，使自己歷經磨難，逐漸成熟。」

推銷保險並非一蹴而就，沒有業績就沒有收入，但是原一平仍然保持樂觀態度，他對自己說：「一個人在面臨困難之時，如果從消極方面去想，就會越想越糟，最後變得萎靡不振，陷入萬劫不復之地；如果從積極方面去想，這是難得的磨練機會，這是黎明之前的黑暗，也是攀登高峰必須承受的苦難。」

這樣做的結果是：那些困苦與辛酸的事情，不僅沒有打擊原一平，反而帶給他許多溫暖。為了省錢，原一平不搭電車，不吃午餐，在一個只有兩坪的房子容身。不是他不想吃午餐，也不是他不想搭電車，而是真的身無分文。可是為了鼓舞自己，在這種不得已的情境下，他把「沒錢吃飯」改為「我不吃飯」，把「沒錢搭車」改為「我不搭車」。

別人吃午餐的時候，他用這些時間來工作；別人搭電車的時候，他用這些時間來拜訪客戶。這並非唱反調，而是說服自己不吃午餐、不搭電車的最佳理由。

從一九三〇年開始，大約有三年的時間，原一平不吃午餐、不搭電車。

在這段時間裡，中午時分經過餐廳的時候，他都會面帶笑容，嘴裡哼著歌曲，邁出輕快的步伐。

但是不吃飯也不行，他總是吃一些非常便宜的晚餐，半夜饑餓的時候，就到附近一個中學去跑步，累了以後立刻睡覺，藉此把「餓魔」驅走。

有一天，他到處推銷保險，走了一天的路，疲憊不堪，回到住處就睡著了。在夢裡，他夢見自己在吃午餐，而且吃得津津有味。有時候，他甚至夢見自己在電車裡大吃大喝。夢醒之後，還會舔著嘴巴，覺得很過癮！

相信自己是最優秀的

雖然原一平每天努力工作，拼命做了七個月，但是沒有任何業績。由於毫無收入，他拖欠七個月的房租。有一天吃早餐的時候，他想要再吃一碗飯，房東太太和顏悅色地說：「你已經欠了七個月的房租，還要再吃一碗飯嗎？」原一平羞愧萬分，當天晚上，他實在無處可去，只好露宿在公園裡，但是他仍然鼓勵自己：

「今天很淒慘，但是公園還不錯，安靜又清涼。不能怨恨和責怪自己，一定要堅強。總而言之，一定要撐下去！」

他握緊雙拳，大聲地喊叫：「原一平是頂天立地的！原一平是不會屈服的！原一平是永遠打不倒的！」

從此以後，公園變成他的「家」，公園的長椅就是他的「床」。

每天清晨五點，他會從長椅上爬起，利用公園廁所的自來水迅速盥洗之後，徒步去上班，吃一頓兩分錢的早餐，不到六點就到公司，開始一天的工作，晚上又走回公園，有時候沒有吃晚餐就睡著了。

有一次，他實在太勞累，就把自己的鞋子脫掉，躺在長椅上睡覺。半夜的時候，一個乞丐把他的鞋子拿走了。第二天早上，他睡醒以後開始找鞋子，找了很久還是找不到。他嘲笑自己：「我真笨，連一個乞丐也鬥不過。現在，我還不如乞丐！起碼不如拿走我鞋子的那個，因為他現在腳上有鞋子。」然後，他像乞丐一樣，赤著腳，走到距離自己最近的一個垃圾筒旁邊，心想：「既然那個傢伙拿走我的鞋子，他一定把自己的鞋子扔到這裡。」

於是，他在骯髒的垃圾筒裡摸著。果然，一雙破爛的鞋子出現在眼前，他有些激動。

隨後，他穿上這雙鞋子，匆忙地直奔市場，花了五分錢買了一雙鞋子，並且欣喜若狂地對老闆說：「真是天無絕人之路！就是浪費五分錢……」

老闆惡狠狠地瞪他一眼，隨後給他一句「神經病」。

機會蘊藏在始終如一的堅持中

「有心栽花花不開，無心插柳柳成蔭。」原一平咬緊牙關，度過自己最困窘的日子以後，幸運終於到來了。

那個時候，他每天清晨起床以後，都會遇到一位中年紳士在公園運動。可能是每天清晨都會碰面的緣故，所以日子一久，他們很自然地打招呼。

有一天，他們打招呼之後，這位紳士叫住原一平，並且說：「你的精神飽滿，全身充滿活力，日子一定過得很好！」

「託你的福，還可以。」

「你每天很早起床，是一個難得的年輕人。我請你吃早餐，有空嗎？」

「謝謝你！我已經吃過了。」

「哦！那就改天吧！請問你在哪裡上班啊？」

原一平聽到「上班」以後，想要大笑。

「我在明治保險公司做推銷員。」他只是說出自己公司的名字，沒有說自己在公園「上班」。

「既然你沒有時間吃早餐，我就跟你買保險好啦！」

聽到這句話，原一平愣住了。那個瞬間，他深刻感受到「喜從天降」這句話的滋味。

「早起的鳥兒有蟲吃。」沒想到，這句諺語竟然應驗在自己身上。

「山重水複疑無路，柳暗花明又一村。」在他窮困潦倒而無處容身的時候，這個喜訊掃除他的霉氣，並且使他得到巨大的鼓舞。

原來，這位中年紳士是附近一家飯店的老闆，也是三業聯合商會的理事長。經過他的介紹，原一平與三業聯合商會的許多公司聯絡，獲得許多客戶。

這是他與窮困鬥爭的過程中，最令人振奮的一件事情，這位紳士成為他的第一個貴人。

從這一天開始，否極泰來，原一平的命運在悄悄地改變。

感謝打擊自己的人

在三月二十七日那一天，原一平對高木金次承諾：一個月做到一萬日圓的業績。換言之，到年底為止總共有九個月，要做到九萬日圓的業績，結果他做到十六萬八千日圓的業績，超出七萬八千日圓。

在業績公布以後，他興奮地大叫：「原一平是打不倒的！」

九個月做到十六萬八千日圓的業績，對於原一平而言是一件喜事。隨後，他準備一些禮物，在除夕夜去拜訪高木金次。

「高木先生，在三月二十七日的時候，我答應你一個月做到一萬日圓的業績，你笑了三聲。如今，年度結算出來，我不僅達成目標，並且超出七萬八千日圓，我覺得你的笑聲價值十六萬八千日圓。」

還有一句話，原一平不好意思說出口：「當時，為了你的笑聲，我想要揍你一頓。沒想到，我經歷的痛苦把你的笑聲粉碎了，我是打不倒的。」

高木金次尷尬地笑著說：「對不起！同時，恭喜你。」

回想面試的時候高木金次冰冷的語氣，原一平覺得他此刻的笑容非常溫暖。

高木金次邀請原一平在家裡過年，原一平婉言謝絕。他現在覺得，沒有高木金次的嘲笑，自己不可能成功。於是，他發現高木金次的嘲笑非常有價值。離開的時候，他對高木金次說：「謝謝！」

深夜拜別高木金次，原一平在路上仰望天空，百感交集，淚流滿面地想起父母和朋友，他們好像都在齊聲叫好：「原一平，你這個不吃午餐、不搭電車、露宿街頭、喜歡做夢的『乞丐』，幹得好！」

擒賊先擒王

原一平的推銷生涯，就是不斷地開發自己的客戶。他對每個公司或是部門主管，都有自己獨特的應對方式。他到一家公司推銷保險的時候，總是直接找公司負責人，從來不跟沒有決定權的員工糾纏，因為他知道即使糾纏下去，可能還是無法見到負責人，等於浪費時間。所以，他使用「擒賊先擒王」的戰術，經常得到巨額保單，用中國俗語來說就是：「閻王好見，小鬼難纏。」

有一次，為了拜訪一家公司的總經理，原一平在他的車子旁邊等了四個小時。見到這位總經理以後，他立刻施展自己的銷售技巧，全方位出擊，最後這位總經理被他說服了。

原一平見到沒有決定權的人，會編出一些善意謊言來蒙混過關。這樣一來，就可以直接拜訪有決定權的人。「擒賊先擒王」的戰術，一般用在大量銷售或是團體保險上，在必須由對方負責人出面的情況下運用。

善用讚美發揮功效

原一平認為，遇到難纏的客戶，就要讚美他們。他說：「不管什麼樣的人，都喜歡別人讚美。」

每個人，包括難纏的客戶，都喜歡別人讚美。

原一平說：「讚美是暢行全球的通行證。」

因此，懂得讚美的人，一定是會推銷自己的人。

有一次，原一平去拜訪一家商店的老闆。

「先生，你好！」

「你是誰？」

「我是明治保險公司的原一平，今天我到這裡，想要請教你這位遠近聞名的老闆幾件事情。」

「什麼？遠近聞名的老闆？」商店老闆有些驚訝，驚訝之餘就是高興。

「是啊，根據我的調查，很多人說這個問題就要請教你。」

「哦？很多人在說我啊！真是不敢當，是什麼問題？」

「實不相瞞，是……」原一平向屋裡看了一眼。

「站在這裡說話不方便，請進來吧！」

就這樣，原一平順利通過第一關，也取得商店老闆的信任和好感。

讚美幾乎是屢試不爽，沒有人會因此而拒絕你。

原一平認為，以讚美對方開始訪談的方法，特別適用於推銷個人健康保險。訪談究竟要請教什麼問題？一般而言，可以請教商品優劣、市場現況、家庭和親人。

對於商店老闆而言，有人誠懇求教，一定會熱心接待。這些寶貴的經驗，正是業務員需要學習的，可以拉近彼此的關係，又可以提升自己，何樂而不為？

記住，下次見到客戶，以讚美對方開始訪談。

不管多麼難纏的客戶，只要以讚美開始訪談，遇到的麻煩一定很少。

與客戶保持同步

原一平在推銷生涯中，總結出與客戶同步的重要性，這個方法有利於多元化地發掘客戶。

原一平認為，與客戶同步就是模仿客戶：

（1）情緒同步。掌握客戶的情緒，可以使談話輕鬆。

（2）共識同步。與客戶有共識同步，可以建立友善的談話氣氛。

（3）生理狀態同步。這種同步的建立，可以使客戶看到你就像看到自己一樣，就會喜歡你，有利於自己進行工作。

（4）語調和速度同步。親和力的建立，關鍵在於與客戶的語調和速度同步。

（5）文字語言同步。觀察客戶的用語習慣，然後達成同步。

上述五種同步方法是原一平根據多年的推銷經驗而總結出來，現在很多年輕人都在使用這些方法。

客戶是推銷員真正的主管

無論從事什麼職業，首先要讓自己的主管信任自己。原一平認為，業務員的工作是為自己工作，不要以為是為公司工作。業務員沒有主管，如果有，主管只是客戶。

所以關鍵是，一個業務員如何才可以讓「主管」信任？尤其在保險行業，更應該先讓客戶信任。

對客戶曉之以理，動之以情，站在客戶的立場，為客戶考慮，就可以找到讓客戶信任的方法。

原一平認為，先瞭解客戶，進而找出客戶的「拒絕點」。可以想像，自己說出一個「拒絕點」以後，這個拒絕就會自然地轉化為信任。

原一平曾經拜訪一位退役軍人，軍人有軍人的脾氣，說一不二，剛正而固執，說再多也是白費口舌。所以，原一平直截了當地對他說：「保險是生活不可缺少的保障。」

「年輕人確實需要保險，但是我不一樣，不僅老了，也沒有兒女，所以不需要保險。」

「你這種觀念有偏差，就是因為你沒有兒女，我才會勸你買保險。」

「道理何在？」軍人用剛正的語氣反問。

「沒有什麼特別的理由。」

原一平的答覆出乎軍人的意料，他露出詫異的神情。

「哼，要是你可以說出令我信服的理由，我就投保。」

原一平故意壓低聲音說：「我經常聽別人說，為人夫者，沒有兒女承歡膝下，並非是人生最大的遺憾。如果不善待自己的妻子，才是人生最大的遺憾。你說對嗎？」

原一平接著說：「如果有兒女，即使丈夫去世，兒女還可以安慰傷心的母親，盡撫養的責任。一個沒有兒女的婦人，如果丈夫去世，留給她的只有不安與憂愁。你覺得沒有兒女所以不用買保險，如果你發生什麼狀況，請問你的妻子怎麼辦？你贊成年輕人買保險，還是沒有兒女的夫妻買保險？當然，你的妻子可以再嫁，你的情形就不同了。」

軍人默不作聲，過了一會兒，終於說：「你說得有道理！好，我買保險。」

從「以退為進」到「反敗為勝」

如果遇到一個非常難纏的客戶，只能以退為進。有時候，這一招特別奏效。如果只是盲目推銷，就會猶如逆水行舟，不進反退。

每個人都有犯錯的時候，問題是犯錯之後，要懂得隨機應變，要有靈敏的反應，以便挽回劣勢，反敗為勝。

以下是原一平使用「以退為進」戰術的例子：

有一天，原一平去菸酒店拜訪。

這家菸酒店是前次投保的客戶，但是投保的金額很小。由於已經成為客戶，今天是第二次拜訪，原一平比較隨便，以致把自己的帽子戴歪了。

原一平一邊打招呼，一邊拉開大門，應聲而出的是菸酒店的小老闆，雖然是小老闆，但是年紀已經不小了。

小老闆見到原一平，立刻生氣地大叫：「喂！你這是什麼態度，你懂不懂禮貌？歪戴著帽子來拜訪客戶嗎？你這個大混蛋。我信任明治保險公司，也信任你，沒想到我信任的公司員工，竟然那麼隨便。你出去吧！我不投保了。」

聽到這句話，原一平恍然大悟，立刻雙腿一屈，跪在地上。

「唉！我實在非常慚愧，因為你已經投保，就把你當作自己人，所以任性隨便，抱歉！」

原一平繼續道歉：「我的態度實在太魯莽，我是帶著向親人的問候來拜訪你，絕對沒有輕視你的意思，所以請你原諒我。千錯萬錯，都是我的錯，我太魯莽了。」

小老闆突然轉怒為笑：「喂！不要跪在地上，站起來吧！其實，我大聲責罵你是為你好，我不會介意。但是你想，如果你用這副模樣去拜訪別人，別人一定會以為你沒有誠意。」

接著，他握住原一平的雙手，說：「慚愧！慚愧！我不應該這樣對你，我們是朋友，我也太無禮了。」

兩個人越談越投機。小老闆說：「我對你發脾氣，實在太過分，我不是投保五千日圓嗎？就增加到三萬日圓吧！」

推銷員隨時要有心理準備，如果遇到類似的情況，要及時觀察客戶的心理反應，扭轉頹勢，反敗為勝。

用激將法攻克個性孤傲的客戶

原一平認為，面對客戶的時候，如何吸引其注意力是最重要的。因為在這個階段，業務員經常處於被動地位，如果沒有吸引客戶注意，無論說得多麼好，也是對牛彈琴。

所以，在適當的時候應該設法刺激客戶，引起客戶的注意，取得談話的主動權，然後進行下個步驟。特別是對那些個性孤傲的客戶，他們總是抱持愛理不理的態度，就可以用語言刺激他們。

有一次，原一平去拜訪一位個性孤傲的客戶。

由於他性情古怪，儘管原一平已經拜訪三次，並且不斷轉換話題，他還是沒有任何興趣。

第三次拜訪的時候，原一平有些沉不住氣，說話速度突然變快，客戶因為他說話太快，所以沒有聽清楚。

客戶問：「你說什麼？」

原一平大聲回答：「你很粗心。」

客戶本來看著牆壁，聽到這句話之後，立刻轉過來，看著原一平。

「什麼？你說我粗心，你來拜訪我這個粗心的人幹嘛？你可以出去了。」

「不要生氣，我只是跟你開玩笑，千萬不要當真啊！」

「我沒有生氣，但是你竟然罵我是傻瓜。」

「唉，我怎麼敢罵你是傻瓜？因為你一直不理我，所以跟你開玩笑，讓你輕鬆一下。」

「伶牙俐齒，真是缺德。」這位客戶笑著說。

「哈哈哈……」

使用激將法的時候，一定要半真半假，否則激將不成反而傷害感情，那個時候就麻煩了。

客戶越是冷淡，越要以明朗動人的笑聲對待他們。這樣一來，就可以在氣勢上佔據優勢，容易壓倒他。此外，「笑」是可以傳染的，我們的笑聲往往會感染別人和自己一起笑，剩下的事情就好辦了。

想要得到客戶的支持，就要學會冷靜地刺激他們。

迫切地讓客戶做出決定，反而容易失去客戶

業務員遇到難纏的客戶，總是逼迫他們立刻做出決定，希望短時間以內可以簽定合約。其實，這種做法是錯誤的。

原一平的銷售技巧是：讓客戶自己決定，從來不勉強客戶投保。

原一平已經多次拜訪一位客戶，但是從來不介紹保險的內容。

有一次，客戶問他：「我們認識的時間不算短，你也幫了我很多忙，我一直不明白，你作為保險業務員，為什麼從未向我介紹保險的詳細內容，這是什麼緣故？」

「這個問題嘛……暫時不告訴你。」

「喂！你為什麼吞吞吐吐的？難道你對自己的保險工作不關心嗎？」

「怎麼會不關心？我就是為了推銷保險，才會經常來拜訪你！」

「既然如此，為什麼你從未向我介紹保險的詳細內容？」

「坦白告訴你，那是因為我不想勉強你，我都是讓別人自己決定是否要投保，強迫別人投保是錯誤的。因此，無法使你感到迫切需要，是我努力不夠。在這種情形下，我怎麼可以強迫你投保？」

「嘿，你的想法跟別人不同，很特別，真是有意思，請你繼續說。」

「所以，我對每個客戶都會不斷拜訪，直到他們感到自己需要的時候為止。」

「如果我現在就要投保……」

「先不要著急，投保之前還要進行身體檢查，身體有問題無法投保。身體檢查通過之後，我有義務向你說明保險的內容，而且你可以詢問任何有關保險的問題。」

「我知道了，我現在就去進行身體檢查。」

記住，客戶的決定永遠是正確的。迫切要求客戶做出決定，是不切實際的。

針對客戶拒絕的原因，各個擊破

面對自己的客戶，他們拒絕的時候，我們是否可以觀察到背後到底隱藏什麼原因？如果可以找到他們拒絕的原因，問題就可以迎刃而解。

原一平面對不同的客戶，細心詢問，讓他們拒絕的原因水落石出，然後各個擊破。

客戶為什麼會拒絕，有以下幾種情況：

防衛型拒絕

原一平曾經對三百七十六個銷售人員進行調查，調查的問題是「在進行銷售拜訪的時候，你是如何被拒絕的？」根據調查結果，可以得出以下結論。

客戶沒有明確拒絕理由佔七〇・九％，表示有七成的客戶只是想要找藉口打發銷售人員。

這種拒絕的實質是拒絕「銷售」這個行為，我們將其稱為防衛型拒絕。其中，條件反射式拒絕佔四七．二％；沒有明顯理由，隨便找藉口拒絕佔十六．九％；以忙碌為理由拒絕佔六．八％；有明顯理由拒絕佔十八．七％；其他情況佔一〇．四％。

行為科學理論告訴我們：人類行為的外在表現，往往是內在心理活動的結果。按照學者的觀點，人類的原始欲望是「追求快樂」，主要表現為不願意受別人約束，按照自己的意願行事，對外界的強制反其道而行。「追求快樂」的心理只有經過接受教育和人生經驗的累積以後，才會受到限制。對於作為不速之客的銷售人員的到來，客戶本能的反應是：保護自己，不受別人意志的支配，拒絕銷售。這種拒絕經常是不真實的，只要銷售人員耐心對客戶進行說服和教育，使其克服心理上的障礙，銷售活動就可以順利進行。成功的銷售，正是從克服這種拒絕而開始。

不信任型拒絕

這種拒絕不是拒絕銷售行為，而是拒絕銷售行為的主體——銷售人員。許多人認為，銷售的成敗取決於產品的優劣，雖然有一定的道理，但是不能一概而論。有時候，同樣是很好的產品，在不同的銷售人員身上的銷售業績卻不同，原因何在？許多證據顯示，在其他因素相同的情況下，客戶更願意從自己信任的銷售人員那裡購買。因此，想要成為一個成功的銷售人員，必須在如何獲得客戶的尊重和信任方面多下功夫。

無需求型拒絕

客戶拒絕購買的一個重要原因，可能是他們不需要這些產品，這種拒絕的實質是對產品的拒絕，而不是對銷售人員的拒絕。當然，「不需要」的真實性值得分析，因為有時候客戶很難說出自己需要什麼。銷售人員要憑藉敏銳的觀察力，或是提出一些問題讓客戶回答，瞭解客戶的需要，以便設法滿足他們的需要。

無幫助型拒絕

客戶尚未瞭解產品的功能和價值之前，銷售人員如果試圖達成交易，得到的回答很有可能是「不」。因為客戶不願意隨便購買而被人們當作傻瓜，最初「不」的含義是「多說一些，提供一些有價值的資訊，讓我有充分理由放心購買」。在這種情況下，客戶缺少的不是苦口婆心的勸說，而是真心實意的幫助。銷售人員應該向客戶伸出援手，幫助客戶瞭解產品的功能和價值，進而下定決心購買。

不急需型拒絕

這是客戶利用拖延購買方式進行的一種拒絕。一般而言，客戶提出推遲購買時間的時候，表示有一定的購買意願，但是這種意願尚未達到促使自己立刻採取購買行動的程度。客戶經常想：「我一定要今天買嗎？下個月再買不是也可以嗎？」對付這種拒絕的最好辦法是：讓客戶意識到立刻購買帶來的利益和延誤購買造成的損失。

無論多麼艱難，也要矢志不渝

想要獲得巨大的成功，無論做什麼事情，千萬不要半途而廢，尤其是在自己創業期間。

原一平指出，如果擁有堅定的成功信念，每個人都可以成為優秀的推銷員，誰也不例外。想要獲得巨大的成功，就要堅持自己的信念，千萬不要半途而廢，否定自己的正確想法。

許多業務員已經到達成功的邊緣——幾乎觸手可及——卻轉身離開。對於這些業務員而言，真是非常可惜，雖然在這個期間可能會發生意外，但是也要堅持下去，距離目標已經近在咫尺，只要堅持下去就可以達到目的。

經常半途而廢的人如果失敗，就會以失敗者定位自己，並且對自己說：「我已經做過努力，可是根本無法獲得成功。」

最可悲的是，一些業務員從成功的門前撤退，因為他們覺得成功不實際。其實，成功對於每個人都是公平的，只要付出就會成功。不要懷疑成功的機率，不要害怕失敗的到來。做某些事情的時候，要用假設成功的方法，切勿半途而廢。

原一平指出，擁有成功的信念，才可以維持動力，因為信念會衍生關注和樂觀，由信念產生的積極態度會充滿活力。

信念的長處在於：不管自己對與錯，都可以保持不達目的誓不甘休的想法，並且可以加強自己的動力。

嚴格執行自己的拜訪計畫

原一平到明治保險公司不久，有一個業務員對他說：「你可以推銷十五份保險，已經非常厲害。這裡有一張畫了一百個格子的卡片，不是要你現在全部塗掉，而是推銷一份保險以後塗掉一格。這個計畫是你自己的，沒有必要告訴公司，你要試試看嗎？」

就像原一平所說：「並非為了推銷而推銷，也不是為了錢而推銷，我是為意志而推銷的推銷員。」

制定這樣的計畫，畫有格子的卡片不是目的，而是達到目的的手段。此後是否可以實現，就要依靠鋼鐵般的意志。

業務員就需要這種鋼鐵般的意志，不達目的誓不甘休的信念，才有機會走向成功。

原一平認為，「面對拒絕，不能逃避，更不能認輸」，因為推銷員都是單獨行動，無論公司要求自己如何做，怎麼行動還是要看自己。

想要取得推銷的成功，以下兩個條件對於戰勝自己非常重要：

（1）制定使自己不能偷懶、退卻、辯解的計畫。

（2）這個計畫必須要有鋼鐵般的意志去加以完成和實行。

面對推銷失敗，要鍥而不捨

「鍥而捨之，朽木不折；鍥而不捨，金石可鏤。」這句話說明成功需要一種精神。

原一平告訴我們：「如果可以全力以赴地推銷，最後就可以達成目標。要有無論如何也要完成的堅定信念，像這樣的業務員佔二〇％，但是他們創造八〇％的業績，這就是八〇／二〇法則。」

許多業務員害怕如果要求客戶成交的時間過早，就會失去做成生意的機會。然而，這種在客戶做好準備之前就提出成交要求的錯誤，不像表面上看來那樣可怕。如果發現客戶還沒有準備好，可以重新推薦商品，再次爭取成交，這樣並不困難。

也就是說，我們必須不斷地爭取成交。在精心準備推薦活動的時候，應該設計幾種成交方法，如果第一次努力沒有成功，下一次努力可能就會做成生意。

一個業績卓越的業務員，一次拜訪就可以獲得成功的生意，在他做成的所有生意中，只佔不到五％。原一平曾經簽下一百萬美元的保單，很多人說他非常幸運，其實幸運背後隱藏一個秘密，那就是：他曾經拜訪這個客戶十五年。

所以，九九％的汗水才可以換回一％的機會。只有那些對所有客戶鍥而不捨的業務員，才有可能遇到上述情況。懶惰的業務員會說幸運並非絕對不存在，抱持這種心理的總是等待原本不屬於自己的機會。

優秀的業務員遭遇挫折的時候不會放棄，而是說：「對不起！我可能還沒有說明白。」然後，展開另一個推銷要點，掃除自己眼前的問題。

原一平認為，只要業務員在推銷產品的時候，感覺已經引起客戶的購買欲望，就應該嘗試去爭取成交，並且數次嘗試，鍥而不捨，直到簽定合約為止。

幸運的條件是：持續的努力

原一平認為，自己的業績可以不斷成長，或許是「幸運」幫忙，但是這個「幸運」是自己以實力爭取而來。

舉一個例子：如果你買彩券中了頭獎，這是幸運；破壞性的地震來臨，只有少數人存活，這是幸運。你付出的努力比別人更多，得到比別人更多的業績，難道可以稱為幸運嗎？

其實，因為生活有很多變化，令人難以捉摸，所以有些人會用一些尋常之事來預測自己的運氣。看到別人的業績比自己好，就說別人幸運，這是不正確的做法。

再說，推銷工作坎坷難行，就算有任何問題，也要自己去克服，別人無法提供協助。但是，感到彷徨的時候可以相信幸運，因為它可以讓自己產生挑戰的勇氣。

所以，真正的幸運之神永遠在有實力和耐力的人身邊。

選擇成功還是失敗？

成功與失敗不會選擇對象，只有自己才可以決定成功與失敗，所以業務員的素質非常重要。

原一平說：「如果一個業務員總是失敗，只能從自己的身上尋找原因。」

業務員不同於商店店員，除了具備店員應該具備的條件之外，還要具備其他方面的特殊素質。這裡所說的特殊素質，就是決定自己是否可以成功的素質，可以分為內在素質和外在素質，內在素質是指心理方面的若干因素，外在素質是指處理銷售業務的能力。

業務員心理調節的原則

作為一個優秀的業務員，經常進行心理調節是十分重要的，因為它可以決定自己是否可以永遠保持成功的紀錄。為了達到這個目的，應該遵守以下這些原則：

培養積極的態度

態度是決定人生方向的主要因素，自己的人生是成功還是失敗，自己的態度決定了大半。態度有兩種，一種是積極態度，另一種是消極態度。態度的不同，可以使自己萬事如意，也可以使自己困難重重。所有成功人士都有積極態度，他們經常在困境中，以積極態度和堅強毅力打敗敵人，進而獲得成功。

樂觀

陷於困境，在失望無依的情況下，更需要樂觀。樂觀是積極態度的表現，以戰爭為例：如果敵人的兵力是七成，我方只有三成，當然是處於劣勢。可是士氣激發以後，即使無法勝過對方，也可以頑強抵抗，敵方在我方的猛擊下也會深受困擾，在雙方對峙的時候，形勢可能會改觀，甚至獲得勝利。反之，如果士氣低落，軍心渙散，不等敵人攻擊，自己的陣容就會崩潰了。

意志堅強

堅定地達到目的，在成功以前，對所有事物都要忍耐。相信自己一定會成功，這就是業務員的精神支柱。即使在通往成功的道路上會面臨許多問題，只要有忍耐的精神，就可以順利解決這些問題。

善於調劑

變換工作的內容，保持充沛的體力。反覆做同樣的工作，容易使人們感到厭倦，工作效率就會逐漸降低。例如：跑步、閱讀、記錄書稿、接聽電話、進行研究、複雜判斷的工作，這些單調乏味的工作，確實會令人生厭。在這種情形下，不妨從事其他工作，作為調劑身心的滋養品。

自我鼓勵

就是要有雄心壯志和奮鬥目標。無論是誰，只要受到鼓勵，就會充滿活力，自己鼓勵自己也是不可缺少的。自我鼓勵的原則主要是：理想和目標的實現。

業務員的心理素質

對業務員的內在素質或是心理素質的描述，許多著作中都做出歸納，但是大同小異。

美國心理學家的歸納：

■ 對公司竭盡忠誠地服務

任何客戶，都有其一攻就破的弱點！

- 有良好的道德習慣
- 有識別別人的能力
- 有幽默感
- 有良好的判斷力和常識
- 對客戶的要求感興趣，並且予以滿足，真誠地關心客戶
- 悟性甚高
- 具有可以用動聽的語言說服客戶的能力
- 機警善變，並且可以隨機應變
- 忍耐力強，精力充沛，勤勉過人
- 見人所愛，滿足其所需
- 有獨具慧眼的見識
- 富有創造性，保持樂觀
- 具有可以記憶客戶的面貌和名字的能力

英國心理學家的歸納：

- 適應力強

- 有良好的記憶力
- 有廣泛的知識
- 有高雅的行為
- 舉止充滿魅力
- 有嚴謹的禮貌
- 悟性甚高
- 有堅強的忍耐力
- 談吐有分寸，流利動聽
- 給人良好的印象或好感
- 有敏銳的觀察力和獨到的見識

業務員的業務素質

外在素質，即處理銷售業務的能力或是業務素質，可以歸納如下：

必須有能力去接近一個潛在客戶，引起他的注意並且保持他的注意，不這樣做是無法銷售成功的，因為接近潛在客戶的機會很少。

必須有能力將樣品或是要講解的內容技巧地呈現出來，除非可以使客戶對其產品產生興趣，否則無法使客戶接受自己的建議。

必須有能力去激發客戶對自己的信任感，想要達到這個目的，最重要的因素是：對於自己銷售的產品及其對客戶可以產生的利益有充分的瞭解。

必須有能力使客戶對自己銷售的產品產生一種佔有欲。業務員可以利用示範等方式，告訴客戶這種產品會對客戶發生什麼作用，以及這些作用對客戶的重要性，才可以達到銷售的目的。業務員有很多方法可以達到這個目的，例如：介紹其他客戶對這種產品的評價。只要可以成功，什麼方法都可以採用。

必須可以把握客戶對其產品佔有的欲望已經到達何種程度，才可以進一步提升客戶的滿意度，使之成為一筆真正的生意。

此外，良好的體態、儀容、服飾，也是業務員必須具備的基本素質。

業務員應該具備的能力和素質不是與生俱來的，也不是只有少數傑出人物才可以具備，就像游泳和打籃球一樣，這些技術是透過訓練和自我調適而形成。有些人可能比另一些人學得更快，但是只要願意嘗試，任何人都可以獲得成功。

習慣是到達成功的階梯

在百萬美元圓桌會議上，有人問原一平：「你好！我想要請教你，你是如何成功的？」原一平立刻回答兩個字：「習慣。」

會議上，每個人都在思考這兩個字的重要性。是啊！成功就等於習慣。對於每個人來說，成功都是習慣性的。

如果我們每天堅持做某件事情，持續三年，三年以前的自己和現在的自己，一定是判若兩人。無論我們的職業是什麼，無論我們在學習什麼，都可以把成功複製到自己身上。

美國潛能大師安東尼・羅賓曾經問一個業務員：「請問你每天真正浪費的時間是多少？這個時間是客觀的。」

「老師，是這樣的。我工作很認真，我的名字經常在公司業績的排行榜上，我不會浪費一秒鐘。」業務員回答。

「是啊！我聽說了。你是否想要更優秀？」

「當然！」

「你告訴我，有沒有非主觀的時間流逝？」羅賓繼續問。

「當然！我每天在電車上三個小時，吃飯兩個小時。但是沒辦法，我早上六點就會起床，還是無濟於事，我家距離公司很遠……」

「優秀的小夥子，你說得很正確，每個人都有浪費時間的客觀原因。但是我想要問你，你在電車上三個小時，都在做什麼？」

「沒有事情可以做，在電車上只能睡覺，又不能拜訪客戶。」

「你每天都在浪費幾個小時的生命，很可惜。」這個業務員有些愕然。

「如果你每天在電車上學習某個事物，一年下來，就多出四十幾天的時間，而且比別人多學到很多東西。」

安東尼・羅賓向這個業務員闡述一個簡單道理：成功等於習慣。

美滿的家庭，是事業成功的助力

家庭是通往成功的綠色通道，它扮演非常重要的角色。

原一平說：「推銷是夫妻共同的事業。」

夫妻之間的愛情，就像狄更斯的名言：「愛，不是彼此注視，而是注視同一目標。」

原一平指出，對於事業型的人來說，家庭是事業的支柱。原一平的妻子，不僅是他的工作夥伴，也是負責監督他進步的人。原一平去拜訪客戶的時候，妻子就在家中整理和分析客戶資訊。

原一平的妻子久蕙，不僅是他的表妹，也是他幼年時期的同伴，他們從小就是青梅竹馬。

原一平二十三歲的時候，由於聲譽太壞，沒有人要和他交往，只好獨自到東京工作。在露宿公園的那幾年，根本沒有人關心他，唯一關心他的只有久蕙。

在那段時間，思念他的只有久蕙，並且一直鼓勵他。

原一平性格暴躁，又矮又瘦；久蕙溫柔賢慧，清麗動人。不管怎麼看，都是不相配的兩個人。

沒想到，他們竟然在一九三七年，也就是原一平三十四歲的時候，結為夫妻。

結婚以後的久蕙，每天在看報紙和雜誌的時候，如果發現有參考價值的資料，就會用紅筆做上記號，以便原一平回家以後閱讀。電視上報導與工作有關的資料，她也會記下來向原一平報告。

久蕙為原一平制定每日行程，而且經常都是極限，促使原一平努力工作。有一次，她請來自己的朋友，假裝要向原一平詢問保險事宜，而且故意想出許多問題來刁難。原一平不知是計，詳細回答所有問題。在妻子的幫助下，原一平的推銷技巧日漸純熟。

原一平和妻子經常相互鼓勵，使得他充滿力量促使自己前進。原一平說：「我一輩子的恩人就是我的妻子，我的成功可以說多半都是她的功勞。我實在很感謝上天給我一個好妻子，一個幸福的家庭。」

由此，原一平體會到：妻子、父母、兒女，這些親密的人，取得他們的支持和關心是最重要的。作為一個業務員，想要增加自己的客戶，首先應該評估自己與家庭的關係是否融洽？在人際關係的計分上，婚姻生活與家庭生活就是每個人的第一個「考場」。原一平認為，婚姻生活中的首要條件是：夫妻是否可以朝著同一目標努力？在家庭生活中，如果發生意見不同的情形，是否可以站在對方的立場上思考，以求得彼此之間的和睦相處？如果可以這樣做，就可以得到對方的回報。

有家庭的支持，就有事業上的支持，事業的成功無法脫離家庭的支持。

集眾人所長，善以人為師

成功也是學以致用的經驗，善於從別人身上學習，可以建立良好的人際關係。把別人奮鬥三十年的經驗拿來運用在自己身上，就可以少奮鬥十年，聰明的人一定會選擇這個方法。

所以，善於從別人身上學習，是一個非常重要的品格。

在原一平從失敗到成功的生涯中，有很多人影響他——有他崇拜的名人，還有他的同事。明治保險公司的總經理阿部章藏，就是其中一個人。

阿部章藏是原一平的長輩，也是原一平的恩師，待人寬厚，嚴於律己。原一平可以有如此輝煌的成就，除了自己的努力以外，也是因為經常受到他的栽培，使自己從別人身上學到很多東西。

有一天，阿部章藏和原一平去拜訪小泉信三。小泉信三是日本著名的作家和經濟學家，也是一所大學的校長，他跟阿部章藏有深交。

阿部章藏對小泉信三說：「這位是我的同事原一平，他以後必定是大人物！」

接著，阿部章藏向小泉信三表示今天來拜訪的目的。

「今天我特地來拜訪你，請你把好朋友介紹給原一平。」

小泉信三說：「既然你這麼說，我應該立刻答應，可是有一段隱情。」

「什麼隱情？」

「你或許知道，大磯凶殺案的凶手就是帶著前慶應大學校長的介紹信去見被害人。這件事情之後，我再也不寫介紹信。」

阿部章藏說：「原來如此！但是，別人我不敢說，對於原一平，我以人格保證，所以你必須幫忙。」

小泉信三沉思一會兒，然後說：「既然你這麼說，我只有照辦了。」

一九四〇年三月二十三日，阿部章藏因病去世，享年五十四歲。

原一平的學習能力很強，他從阿部章藏身上學到自律和謹慎，甚至禮節、廉潔、慈祥、幽默。

後來，他回憶阿部章藏的言行，彷彿歷歷在目。確實，阿部章藏給他很大的啟示。

原一平善於學習別人的經驗，三十三歲的時候，就獲得巨大的成功。

他只用十年的時間來學習別人留下的成功經驗，我們不是也用這種方法來學習他的成功經驗嗎？

任何客戶，都有其一攻就破的弱點！

選定奮鬥之路，努力到達成功彼岸

如果在我們的面前有兩條路：一條成功之路、一條失敗之路，我們一定會選擇成功之路，但是也有可能誤入歧途，這就是選擇一條路的結果。

原一平指出，想要到達成功彼岸，必須選擇一條路，那就是：衝刺！就像一百公尺賽跑，冠軍和亞軍只差零點幾秒的時間，這個零點幾秒的瞬間，就有可能塑造一個世界冠軍！所以，我們必須有勇氣去衝刺，絕對不要退縮。

正是被原一平的勇氣和頑強所感動，明治保險公司才會給他一個「見習推銷員」的頭銜。

原一平選擇這條路沒有錯，儘管這條路上有許多坎坷，他始終樂觀而堅強地走下去。

這就像中國人所說：「天將降大任於斯人也，必先苦其心志，勞其筋骨，餓其體膚……」想要獲得成功，就需要這種信念。

對於原一平，總而言之，一定要堅持下去，這是通往成功的唯一道路，放棄就等於選擇失敗。有時候，我們的面前沒有其他的路可以選擇，只有一條路，只要堅強地走下去，就可以獲得成功。

記住整理儀容的九個原則

原一平曾經拜訪美國大都會保險公司，公司副總經理問他：「你認為，在拜訪客戶之前，最重要的工作是什麼？」

「在拜訪客戶之前，最重要的工作是照鏡子。」

「照鏡子？」

「是的，面對鏡子與面對客戶的道理是相同的。在鏡子的反映中，你會發現自己的表情與姿勢；從客戶的反應中，也會發現自己的表情與姿勢。」

「我從未聽過這種觀點，願聞其詳。」

「我把它稱為鏡子原理。站在鏡子前面，鏡子會把映現的形象全部還給我們；站在客戶前面，客戶也會把映現的形象全部還給我們。我們的內心希望客戶有某種反應的時候，就會把這個希望反映在如同鏡子的客戶身上，然後爭取讓這個希望回饋給自己。為了達到這個目標，就要把自己磨練得無懈可擊。」

注意自己的外表，讓自己容光煥發、精神抖擻，給客戶留下良好的第一印象，不要為了追求時尚而穿著奇裝異服，那樣只會使自己的銷售走向失敗。只有穿著與自己的職業相稱的服裝，才可以給客戶留下良好而深刻的印象。

原一平根據自己的銷售經驗，總結出「整理儀容的九個原則」：

- 外表決定別人對我們的第一印象。
- 外表會顯現出我們的個性。
- 整理儀容的目的，就是讓別人看出我們是哪個類型的人。
- 別人會根據我們的外表，決定是否與我們交往。
- 外表就是我們的魅力表徵。
- 站姿、走姿、坐姿是否正確，決定我們是否讓別人看得順眼。無論何種姿勢，基本要領都是脊椎挺直。
- 走路的時候，腳尖要伸直，不可往上翹。
- 小腹往後收，看起來有精神。
- 整理自己的儀容，會使自己的優點更明顯。

把客戶的利益放在第一位

有一次，原一平的朋友告訴他，自己認識一家建築公司的經理，這家建築公司實力雄厚，生意做得非常大。於是，原一平請朋友寫一封介紹信，自己帶著這封信去拜訪那位經理。不料，這位經理不買原一平的帳，看了他帶來的介紹信一眼，說：「你是想要叫我買保險吧？我沒有興趣，你還是回去吧！」

「山田先生，你還沒有看我的計畫書！」

「我一個月以前在另一家保險公司投保，你覺得我還有必要浪費時間來看你那份計畫書嗎？」

山田先生斷然拒絕的態度，沒有把原一平嚇走。他鼓起勇氣，大聲地問：「山田先生，我們的年紀差不多，你可以告訴我，你為什麼如此成功嗎？」

「你想要知道什麼？」

「你是怎樣投身於建築行業？」

原一平的誠懇語調和求知欲望，讓山田先生不好意思再拒絕他。

於是，他開始向原一平講述自己的創業過程。他說到自己如何克服挫折和困難的時候，原一平就會伸出手，拍著他的肩膀，對他說：「所有不幸都過去了，現在好了。」

三個多小時過去了……突然，山田先生的秘書敲門進來，因為有文件要請山田先生簽字。等到秘書離開之後，他們相互對望一眼，都沒有開口說話。

最後，還是山田先生打破沉默，輕聲地問：「你需要我做什麼事情？」

「你只要回答我幾個問題就可以。」

「什麼問題？」

山田先生好奇地問，他原本以為原一平會直接叫他買保險。

原一平提出幾個關於山田先生在建築行業方面的問題，以瞭解他今後的計畫和目標。

山田先生詳細地做出說明，後來又自言自語：「真是搞不懂，我怎麼會告訴你那麼多關於自己的事情，我甚至沒有告訴妻子這些事情！」

原一平笑著起身告辭：「山田先生，謝謝你對我的信任，我會對你告訴我的那些事情做出回饋。再見，下次再來拜訪你。」

兩個星期之後，原一平帶著一份計畫書，又來拜訪山田先生，這份計畫書是他花費三天三夜做出來的。在計畫書中，他詳細擬定山田建築公司在未來發展方面的一些計畫。

山田先生看見原一平，親切地走上前握住他的手，說：「歡迎光臨。」

「謝謝你的招待，請你看一下這份計畫書。如果有不適當的地方，請你多多指教。」

山田先生坐在沙發上仔細翻閱計畫書，臉上露出欣喜的表情。

「真是太棒了，就算是我們也無法想得這麼周全！實在非常感謝你，原一平先生。」

「呵呵，不要客氣，我怎麼可以跟你們公司的專業人士相提並論？」

兩個人坐下來，又談了很久。原一平離開山田先生辦公室的時候，他買了一百萬日圓的保險，副理買了一百萬日圓的保險，秘書買了二十五萬日圓的保險。

這只是第一次的保險金額，接下來的十年中，他們的保險金額總共高達七百五十萬日圓。

原一平和山田先生的友誼越來越深厚，成為一對非常有默契的夥伴。

學會「透視」自己

有一天，原一平來到東京日本橋小傳馬町一個名字叫做「村雲別院」的寺廟。由於職業的關係，他步入寺內準備向住持推銷保險。就是這個舉動，使他遇到寺廟的住持，進而影響自己的一生。那一年，原一平二十七歲，是他進入明治保險公司的第一年。

「村雲別院」的住持是吉田勝逞和尚，他是一位高僧。

「請問有人在嗎？」原一平問。

「哪位啊？」

「我是明治保險公司的原一平。」

原一平被帶進寺內，與住持吉田和尚相對而坐。

原一平開門見山，利用自己的保險知識，面對眼前的高僧，開始口若懸河地介紹，勸說吉田和尚投保。

原一平說完以後，吉田和尚的表情如初，他對原一平說：「你的介紹，絲毫沒有引起我對保險的興趣。」

吉田和尚又說：「人與人之間，可以像現在這樣相對而坐，應該算是緣分和造化，所以要具備一種強烈吸引對方的能力。如果你無法做到這一點，就算說得口若懸河，也是無濟於事，將來沒有什麼前途可言，倔強的年輕人。」吉田和尚微微顫著白眉。

依照原一平的習慣，面對這種情況，一定會立刻反擊回去。奇怪的是，他似乎被吉田和尚的氣勢震懾住，竟然沒有動怒。

他逐漸體會那句話的意思，只覺得傲氣全失，冷汗直流，呆呆地望著這位白眉過目、和藹又神秘的和尚。

吉田和尚又說：「年輕人，先努力改造自己吧！」

「改造自己？」

「是的，想要改造自己，首先必須認識自己，你認識自己嗎？你事業上最大的敵人是誰？」

至此，原一平已經失去談話的主動權。他把保險的事情忘得一乾二淨，專心聆聽吉田和尚的教誨。

「為別人考慮保險之前，必須先考慮自己，認識自己。」

「考慮自己？認識自己？」原一平有些驚愕。

「是的，赤裸裸地注視自己，毫無保留地徹底反省，然後才可以認識自己。」

「請問高僧，我應該如何做？」

「要認識自己，說起來簡單，做起來困難，去請教別人吧！」

「請教別人？要如何請教？」原一平急切地問。

「好！我告訴你。你現在有多少已經投保的客戶？」

「有一些。」

「就從這些客戶開始。誠懇地請教他們，請他們協助你認識自己。我覺得你有慧根，如果依照我的話去做，他日必有所成。切記，不可欺騙！」

談話至此，原一平非常佩服這位高僧。

在此之前，原一平只知道埋頭苦幹，永遠不認輸，也從來不低頭，完全憑藉自己的韌性，咬緊牙關過日子。

吉田和尚的一席話，就像當頭棒喝，把他點醒了。

臨別，吉田和尚給他一封介紹信，要他去拜見另一位高僧——伊藤道海和尚。

聆聽吉田和尚的一番教誨，原一平的想法完全改觀，思想的醒悟引導行動的模式，從此嶄新的原一平出現了。

從客戶的批評中發現自己，改造自己

自從原一平得到吉田和尚的指點以後，就努力地認識自己和改造自己。「要認識自己，去請教你的客戶吧！」吉田和尚的這句話，還在原一平的耳邊迴響。於是，他策劃一個別開生面的「原一平批評會」。集會的目的是為了讓客戶可以坦率地批評他，所以要求客戶集會的時候暢所欲言，人數限制為五人，每次邀請的客戶不能相同，以聽取更多批評自己的意見，也可以拉近彼此的關係。

為了成功舉辦「原一平批評會」，原一平制定一些規定：

- 集會名稱：原一平批評會。
- 時間：每個月舉行一次。
- 地點：在安靜的餐廳裡，以晚餐方式（每個人一瓶酒、一塊牛排）舉行。
- 邀請人數：每次五人，並且請其中一人擔任會議主持。

■參加限制：已經參加過的人，最少一年以後再邀請。

■禮物：為了感謝客戶的意見，會贈送一個可以讓客戶記住的禮物。

剛開始的時候，原一平總是覺得彆扭，但是他沒有改變自己的決定，仍然去拜訪一些關係比較好的客戶。

他誠懇地對客戶說：「我才疏學淺，又沒有上過大學，因此不知道如何反省，所以決定召開『原一平批評會』，懇請閣下抽空參加，對我的缺點加以指正。謝謝！這是邀請函。」

原一平拜訪的客戶，覺得這種性質的集會很有意思，所以爽快地答應。

面對這些客戶的應允，原一平又喜又憂。高興的是：「原一平批評會」竟然順利組成；擔心的是：自己要接受客戶的批評，不知道自己是否可以承受，內心十分惶恐。

第一次集會，就使原一平原形畢露：

——你的個性太急躁，經常沉不住氣。

——你的脾氣太壞，而且粗心大意。

——你非常固執，經常自以為是，這樣容易失敗，應該聽取別人的意見。

——對於別人的託付，你從來不會拒絕，要改正這個缺點，因為「輕諾者必寡信」。

——面對各種各樣的人，必須有豐富的知識。你的知識不夠豐富，必須加強進修。

——待人處世不能太現實，也不能耍手段。人與人之間的關係，只有誠實才會長久。

面對眼前這種情景，原一平覺得自己好像被別人剝光，一絲不掛地展現於客戶面前。他把這些意見全部記錄下來，隨時反省以激勵自己。

在這樣的情況下，「原一平批評會」按月舉辦，從未中斷。

原一平認為，一個人不可能沒有缺點。有缺點並不可怕，可怕的是自己無法發現自己的缺點，進而讓這些缺點擴大。人生的關鍵在於認識自己，剷除劣根。隨著劣根的消除，自己就會逐漸進步和成長。

原一平學會改進缺點的最好方法，那就是：發揮潛能——把自己的缺點變成優點，也學會如何「拒絕」以取得客戶的信任，還有與客戶之間不卑不亢的態度，以及笑容的重要性。

他把自己獲得的改進，表現在每天的工作上，於是他的業績直線上升，每個星期的業績排行榜獨佔鰲頭，這就是他日後成為「推銷之神」奠基的正式開始。

從一九三一年到一九三七年，「原一平批評會」連續舉辦六年。

在六年的時間中，原一平最大的收穫是：他把自己暴烈的脾氣與永遠不服輸的好勝心，引導到一個正確的方向。

「坐禪修行」，自我省悟

在舉辦「原一平批評會」的同時，原一平帶著吉田和尚的介紹信，去向另一位高僧——伊藤道海虛心求教。

伊藤和尚接到介紹信以後，仔細打量原一平，覺得他可以塑造。伊藤和尚建議原一平坐禪修行，如果可以那樣做，一定可以悟出道理，原一平欣然接受。

從那個時候開始，原一平還是做著推銷保險的工作，但是到了星期六傍晚，他就會到總持寺報到，晚上睡在寺廟裡，第二天清晨三點起床，打掃寺廟以後，開始一天的坐禪，赤裸裸地注視自己，徹底地反省。

「原一平批評會」與「坐禪修行」密切配合，原一平清楚地記下兩種情況下的自己。面對「不同」的原一平，他努力把「他們」結合起來，試圖創造一個嶄新的原一平，這是一個艱鉅而浩大的工程。

「兩個原一平」經常發生衝突，讓他難以把持。有幾次，他把無法修改的原一平丟在禪房裡，痛苦地跑出總持寺，躑躅於東京街頭，在大雨中狂奔。

這就是原一平為自己戴上的兩個緊箍咒。可是，每個月的「原一平批評會」與每個星期的「坐禪修行」，讓他感覺自己像一條成長中的蠶，正在逐漸蛻變。

從一九三一年開始，連續六年，原一平排除萬難，堅持做三件事情——推銷保險、舉辦「原一平批評會」、坐禪修行。進入明治保險公司的第一年（一九三〇年），他的業績為十六萬八千日圓，第二年為十八萬日圓，第三年達到六十八萬日圓，到了第七年，即一九三六年，他的業績遙遙領先於其他同事，並且奪取全日本的亞軍。

當然，原一平不會滿足於這些，如果想要「百尺竿頭，更進一步」是難上加難，為了突破自己的極限，還要再下苦功，進一步「修身」。

傾聽更多人對於自己的責罵和批評

連續舉辦六年的「原一平批評會」，已經無法滿足原一平的需要，他想要得到更深入和更客觀的批評。

有一天，原一平靈機一動，邀請一些朋友和客戶幫忙，借用他們的名義，雇用徵信社來調查自己。調查內容由原一平擬定，透過朋友和客戶轉交給徵信社。

調查內容包括：對原一平的評價，對原一平的信用評價，對保險的觀感（客戶的看法和希望，原一平的宣傳工作是否確實），對原一平所在公司的評價。

從上述調查內容來看，原一平想要把這些資訊記錄下來，進行徹底的綜合分析，找出客戶難以發現的問題。

剛開始，原一平覺得這個方法對自己太苛刻，想要放棄這個「愚蠢」的舉動。可是，他還是讓這個想法付諸實行，徵信社開始著手調查他。

無法滿足原一平的「原一平批評會」，從此悄然隱退。此後，每年舉行一次的徵信社調查，就在他以後的推銷生涯中開始，並且從未中斷。

徵信社的調查資料中，有責罵也有讚美。原一平從來不看讚美的東西，他需要的是責罵和批評。因為，讚美只可以給自己短暫的歡愉，只有責罵和批評才可以使自己更進步。

原一平非常珍惜所有的責罵和批評，他「細嚼慢嚥」，直到完全消化為止。

保持飽滿的精神、平和的語氣

原一平從自己的銷售工作中發現，保險業務員的精神狀態是否飽滿，直接影響拜訪客戶和推銷產品的效果。保險業務員在銷售產品的時候，如果神采奕奕、精力充沛，顯得充滿自信，就可以激發客戶購買的欲望，並且可以很快簽定合約；如果萎靡不振、無精打采，就會使客戶反感，不願意繼續交談。

所以，原一平在推銷保險的時候，無論陽光多麼刺眼，也不會戴太陽眼鏡。因為，眼睛是靈魂之窗，可以準確反映自己的內心世界和品格面貌，露出眼睛就是向客戶敞開自己的心扉。只有讓客戶看見我們的眼睛，他們才會相信我們的言行，才會感到我們值得信任，才會願意購買我們的產品。

語言也可以反映出保險業務員的精神狀態。一般而言，低調的語言比高調的語言溫柔，因為前者的聲音比後者的聲音更豐富。原一平為了使自己的聲音有磁性，經常在坐禪修行的時候，拿出一本自己不喜歡看的佛經，一句一句地朗誦。

為了心平氣和、語調適中地為客戶講解保險知識，原一平花費許多精力。有一次，他突然想到，自己經常路過的大樹旁邊，有一隻狗被拴在那裡，自己經過的時候，都會對自己吼叫。他覺得到這隻狗的附近去練習自己的語言能力，效果一定很好。

於是，他走到距離這隻狗兩步的地方，開始對牠講解保險知識。就這樣，他練習兩個多月，終於可以心平氣和、語調適中地為客戶講解保險知識，無論受到任何干擾，依然可以談笑風生、遊刃有餘。

敏銳地觀察和判斷潛在客戶

原一平覺得自己缺乏觀察力和判斷力，在坐禪修行期間，他想要培養自己對客戶的觀察力和判斷力。他不斷地檢討自己，總結出進行陌生拜訪之前首先應該觀察：

- 門前衛生的清潔程度
- 院子的清理狀況
- 房子的新舊
- 家具如何
- 屋裡傳出的聲音
- 家庭的氣氛

然後，發揮判斷力，做出判斷：

- 這個家庭有無規矩，是嚴謹還是寬鬆？
- 這個家庭的經濟情況良好嗎？
- 這個家庭的氣氛良好嗎？
- 這個家庭是否有病人？
- 如果經濟情況良好，對保險有興趣嗎？
- 如果因為經濟拮据或是有病人而無法投保，將來的發展又是如何？

具備這兩種能力以後，原一平如虎添翼。

用誠懇的態度推銷自己

「你對客戶很不誠懇，有時候就像一個痞子。」這是在「原一平批評會」上，一個客戶對原一平的評價。當時，原一平非常生氣，卻還是非常感謝他。

原一平在改正錯誤的同時，也深刻發現誠懇的重要性。保險業務員在推銷保險產品的時候，對待客戶的態度誠懇而熱情，語言就會表達得自然親切，措辭準確得體，文雅謙恭。所以，不管對待什麼樣的客戶，都要以公平而熱情的態度、誠懇而坦率的面貌出現，對位高權重的人不阿諛奉承，對地位低下的人不輕視冷落。這樣一來，保險業務員就可以給客戶留下良好的形象，有利於促進銷售的成交。

有些業務員在客戶面前低聲下氣，客戶離開以後，就在背後對客戶說三道四，奚落客戶；有些業務員在產品賣出之前對客戶笑臉相迎，產品賣出以後對客戶不苟言笑。這種言行不一、表裡不一的行為，會給客戶留下很差的印象。

任何客戶，都有其一攻就破的弱點！

保險業務員不僅在推銷產品，也在推銷自己，推銷自己的公司，推銷自己的國家和地區。客戶從保險業務員的態度上，可以瞭解他們的產品和公司，瞭解當地的風俗民情，這就是原一平改造自己以後對工作態度的深刻體會。

爭取更多的時間

原一平日後的輝煌是用汗水澆灌出來的，是憑藉其艱苦努力得來的。在努力認識自己的時候，原一平總是覺得力不從心，主要問題就是出在時間上。雖然他每天很早起床，但是浪費在交通上的時間太多，他一直在思考，怎樣才可以節省這段時間。

有一天，他在電車上看到一個女孩拿著畫冊津津有味地看著。他突然覺得：這個女孩不就是在節省時間嗎？

從那天開始，原一平每次搭電車的時候，手裡都會拿著一本客戶資訊，而且走路的時候也會看。

就這樣，原一平擁有自己的「移動辦公室」。

有些人問他，為什麼要這樣折磨自己，他笑著回答：「我現在是在增加自己的壽命，每天向上帝多要一些時間，可以比一般人多活十幾年。」

高超的談話技巧，是推銷成功的必備工具

提高談話技巧，是每個業務員的首要任務。

相信自己說話的「磁力」，每天不斷加強溝通能力。

原一平成為推銷之神，他把成功歸功於自己高超的談話技巧。他認為，說話的時候必須掌握以下幾個要點：

（1）語調要低沉明朗。低沉明朗的語調最吸引人，所以語調偏高的人，應該設法練習使之變為低沉明朗的語調。過於低沉的聲音會讓客戶聽不清楚，所以應該努力把聲音提高至適中程度。

（2）發音清晰，有聲有色。發音要標準，帶有感情。改正說話含混其詞的缺點，最好的方法是朗誦一些詩歌，久而久之就會有效果。

（3）說話的速度要時快時慢，恰如其分。遇到感性的場面，速度可以加快；遇到理性的

場面，速度要相應適中。

（4）做到恰如其分。注意語句的停頓，語句不要太長，也不要太短。有時候，停頓會引起客戶的好奇，或是迫使客戶做出決定。

（5）音量大小的掌握。音量太大，會給客戶造成壓迫感，使之反感；音量太小，會顯得自己信心不足，不夠堅強。

（6）說話與表情相互配合。懂得在什麼時候配上適當的臉部表情，說話就會更有魅力。

（7）談吐高雅，舉止文明，使客戶覺得自己是一個有魅力的人。

（8）笑容的配合。笑是一種藝術，可以使自己更有魅力，有時候也是成功的關鍵。

不要讓客戶有「被迫接見」的感覺

一般而言，客戶會對業務員懷有戒心，利用強硬的手段，不僅沒有效果，反而會增加客戶的反抗情緒。

原一平從來不用這種「被迫接見」的方法，他雖然性格倔強，爭強好勝，但是從未對客戶無理，因為他深知保險業務員的主要任務是發現客戶。他的「被迫接見」不同於其他「被迫接見」，是在尊重別人的基礎上，步步為營，使得客戶在輕鬆的環境下，掉進自己「被迫接見」的圈套。

有一次，原一平打電話約見一位客戶的表哥，也就是間接開發其他客戶。

「你好，是某某公司嗎？請幫我轉接總經理室。」

「請問你是誰？」

「我是原一平。」

「請你稍待片刻。」

電話轉接到總經理室。

「是誰啊，我是總經理。」

「總經理，你好，我是明治保險公司的原一平。我聽說你對繼承權方面的問題很有研究，所以今天冒昧打電話給你。幾天之前，我曾經拜訪你的表弟，與他研究繼承權方面的問題，但是沒有使我真正滿意，所以今天想要向你請教。」

「嗯！」

「事情的經過，你問你表弟就知道，我本來可以請你表弟寫一封介紹信再來向你請教，但是這樣做似乎有強迫意味……我覺得還是順其自然比較好，對你也會比較尊重……」

「嗯！」

同樣一聲「嗯」，但是第二聲比第一聲更親切。

「怎麼樣？」

「既然如此，我們就約個時間吧！」

尊重客戶，重視客戶，談話之中要注意分寸，盡可能避免無形中對客戶的傷害。透過我們的坦誠，客戶會對我們產生一種安全感。

任何客戶，都有其一攻就破的弱點！

原一平認為，對於陌生客戶的開發，不能直接詢問客戶是否投保，這樣永遠無法成功，就算有幸運之神，也會遠離我們。首先，應該談論一些雙方感興趣的事情，建立自己的親和力；其次，在推銷產品之前，要思考應該如何推銷自己。如果我們可以把自己推銷給客戶，還有什麼東西無法推銷？然後，慢慢地進入客戶頻道，發揮自己的口才與潛力，就可以順利成交。

借助禮物，擄獲客戶的心

對方是否有心加入你的客戶群？關鍵在於你是否有能力收買他們的心。從古至今，「得民心者，得天下」，贏得人心非常重要。只要是人就有感情，推銷也要學會「攻心為上」的策略。

原一平曾經用送禮物的方式，擄獲客戶的心。

送禮物給客戶很有學問，送多了自己負擔不起，送少了又顯得太寒酸。最好的禮物是物超所值，並且讓客戶覺得過意不去的禮物。

原一平為了發現新客戶，經常送禮物給他們。原一平的第二次拜訪比第一次規矩，把握「說了就走」的原則，找機會說幾分鐘就走。

問題的關鍵就在第三次拜訪。

有一天，原一平去拜訪一位客戶。

「你好，我是原一平，前幾天打擾了。」

「你的精神很好，今天沒有忘記什麼事情吧？」

「當然，我不是向你推銷保險。但是我有一個請求，可以麻煩你請我吃飯嗎？我今天忘記帶錢，可以嗎？」

「哈哈，你是不是太天真了，今天我的心情很好，進來吧！」

「既然厚著臉皮來了，很抱歉，我就不客氣了。」

感謝對方的款待以後，過沒幾天，原一平立刻寫一封誠懇的致謝信。

「上次貿然拜訪，承蒙熱情款待，特此致函致謝。晚輩十分感動！」

此外，原一平買了一份禮物，連同信件一起寄出。

關於這份特別禮物，原一平自有標準：

如果讓客戶花費一千日圓，就回報他兩千日圓的禮物。

第三次拜訪以後二十天，原一平會做第四次拜訪。

「原一平，你的禮物收到了，真是不好意思，讓你破費！對了，我剛煮好飯，吃完再走吧！」

「謝謝你的邀請，今天另有要事在身，不方便打擾你。」

「喝一杯茶的時間還是有吧！」

人與人之間的感情，正是在日積月累之中逐漸建立。

原一平利用以「禮」換「心」法，贏得龐大的客戶群。

投其所好的客戶攻略

初次拜訪，可以使不認識的人成為自己的客戶。只有這樣，才可以為生意成交進行鋪墊。如何接觸陌生人？這個問題以前也經常困擾原一平。

經過多年的實踐經驗證明，最好的方法就是投其所好。培養自己瞭解客戶的興趣，如果以後有機會接觸客戶，就可以清楚地瞭解對方是否有購買意願。

原一平曾經拜訪一家企業的老闆，由於各種原因，他用盡許多方法還是無法接近老闆。有一天，原一平終於找到靈感。他看到老闆的傭人從老闆家的另一個門出來，靈機一動，立刻朝那個傭人走去。

「大姐，你好！前幾天，我跟你的老闆聊得很開心，今天我有事情請教你。請問，你老闆的衣服是由哪一家洗衣店清洗？」

「從我們家門前走過去，有一個上坡，走過上坡，左邊那一家洗衣店。」

「謝謝你！你知道洗衣店多久會來收衣服嗎？」

「我不知道，大概三天吧！」

「非常感謝你，祝你好運。」

原一平從洗衣店老闆口中得知老闆西裝的布料、顏色、樣式等訊息。

然後，原一平來到西裝店，要求立刻做一套和這個老闆的西裝完全相同的西裝。

西裝店老闆對他說：「你實在很有眼光，某家企業的老闆就是我們的客人。你訂做的西裝，與他的西裝完全相同。」

原一平假裝驚訝地說：「有這回事嗎？真是湊巧。」

西裝店老闆主動提到企業老闆的名字，並且談論這位老闆的興趣。有一天，機會終於來了，原一平穿上那套西裝，站在那位老闆面前。

「老闆，你好！」

正如原一平所料，老闆大吃一驚，一臉驚訝，接著恍然大悟，「哈！哈！哈！哈哈……」

對於重要客戶，可以守株待兔

面對困難的時候，經常有兩種心理：一是立刻放棄，二是等待時機。只要有成功的可能，就不要輕易放棄。

有一次，原一平想要拜訪某公司總經理，這位總經理日理萬機，是一個不折不扣的「大忙人」，很難見到他。

經過再三考慮，原一平決定採用直接拜訪法。

「你好，我是原一平，我想要拜訪總經理，麻煩你為我轉達，只要幾分鐘的時間就可以。」秘書進去辦公室以後，回來對原一平說：「很抱歉，總經理不在，你以後有時間再來吧！」

原一平走到公司門外，問旁邊的警衛：「先生，車庫裡的那輛轎車很漂亮。請問，是總經理的車子嗎？」

「是啊！」

原一平守在車庫鐵門旁邊，竟然睡著了。就在此時，有人推開鐵門，原一平嚇了一跳，回神以後，那輛轎車已經載著總經理離開。第二天，原一平又來拜訪，秘書還是說總經理不在。

原一平決定採取「守株待兔」的方法，他安靜地站在公司門口，等待總經理出現。

一個小時、兩個小時、十個小時過去了，原一平還在等待。

皇天不負苦心人，原一平終於等到總經理的轎車出現，他一個箭步跑過去，一手抓著車窗，另一手拿著名片。

「總經理，你好，請原諒我的魯莽行為。但是我已經來拜訪很多次，每次都不讓我進去。在不得已的情況下，只好用這種方式來拜訪，請你多多包涵。」

總經理連忙叫司機停車，打開車門請原一平上車。

總經理非常欣賞原一平這種敬業的精神，拍著原一平的肩膀說：「如果我們公司的員工像你這樣就好了。」

結果，總經理不僅接受拜訪，並且向原一平投保。

培養與客戶交流的魅力，掃除溝通障礙

想要成為一個業務高手，就要瞭解與客戶交流的重要性。但是，與客戶交流達到爐火純青的地步，可謂是難上加難。

原一平為了與客戶交流暢通無阻，在日常生活中練習很久，甚至一輩子都在塑造這種完美的交際能力。

以下三種方法，是原一平自己多年的經驗：

先肯定對方

原一平說，推銷員經常遇到的狀況，就是遭到客戶拒絕。

這個時候，可以運用「是的，同時」方法——先接受客戶的反對意見，然後說「同時，你覺得這樣是否更好」，重新說明自己的主張。這種方法比直接否定更可以給對方留下深刻印

象。越是優秀的推銷員，越是善於運用此法。

但是，與客戶的意見分歧的時候，不可以說「但是，不可能」的話語。客戶說出完全不同的意見，也要微笑點頭贊同。輪到自己闡述意見的時候，想要反駁客戶，必須要以「同時」做開頭。

如果以「但是」做開頭，客戶會覺得你用生硬的語氣否定他，就不會理你。如果客戶不和你交流，就無法達成目標。

在神經語言程式學上，利用「同時」來否定客戶，使客戶莫名其妙地肯定你，完全符合每個人的神經程式。

直接否定客戶的言論

與客戶接觸的時候，客戶經常會以「沒有錢」、「沒有時間」作為藉口，可以這樣反駁：

「沒有關係，你可以用分期付款的方式，一個月只要一千日圓」、「我只需要一分鐘……」、「你是否聽過忙裡偷閒……」

聆聽客戶的意見很重要，但是不可以因為客戶有反對意見就失去信心，必須婉轉地提出自己的看法。要避免說話的時候教訓意味太重，否則就會破壞愉快的氣氛。

引起拒絕或反對的因素經常取決於客戶，但是在某種程度上，是因為推銷員在銷售現場的說明無法獲得客戶的信任。

不要給客戶拒絕的機會

成功以後的原一平，用什麼方法讓客戶無法拒絕？

問客戶不得不回答「是」的問題，經過多次問答，可以使客戶形成一種「慣性」，無形之中，建立客戶想要回答「是」的心理定式，為最終的成交積蓄力量。

以下是原一平經常使用的問題：

「很可愛的小貓，是波斯貓吧？」

「是的。」（事實如此，不得不這麼回答）

「你看那雙眼睛，真是漂亮！你一定每天照顧牠，這樣很累吧？」

「這是我的興趣，不會覺得累。」（對方高興地回答）

原一平遇到飼養寵物的客戶，總是這樣與客戶談話。這種方法容易引起客戶的共鳴，進而引導客戶做出肯定回答，然後逐漸轉移話題，言歸正傳。

引出容易被客戶接受的話題，是說服客戶的有效方法。進入主題以前，先問客戶六個有肯定答案的問題，可以討論商品以外的問題，然後逐漸進入主題，客戶就會容易接受。

如何與客戶初次打交道？

原一平說，與客戶初次打交道，可以表現一個推銷員的素質高低。

初次見面，對客戶的稱呼

與客戶初次見面的時候，首先要建立親和力，所以必須設法引起客戶的興趣和注意，也就是尋找話題，尋找話題的第一步就是「稱呼」。

稱呼是否得體非常重要，但是不要過於恭敬，開口閉口「××先生」、「總經理」、「董事長」，不見得可以收到良好的效果。

原一平認為，推銷工作最重要的是與客戶建立親近的關係，如果總是採用恭維的稱呼，無法縮短彼此之間的距離。

與客戶熟悉以後，稱呼「先生」或是職位名稱已經很有禮貌，不必過於拘束。

然而，應該注意的是，親近也應該有分寸，不可以無禮地拉近彼此之間的距離。

初次巧問問題

針對如何推銷汽車，原一平曾經指出，目前是普及汽車的時代，推銷員如果用肯定的口吻問：「你已經有汽車吧？」可能意外地得到「沒有」的確定回答。由此可以掌握客戶是否有汽車的真實情況，進而對症下藥。

如果客戶回答「有」，可以再問「什麼品牌」或是「是不是××汽車」，如果回答「不是」，不妨再問「是××品牌嗎？」以這個方法逐次追問，就可以知道客戶擁有的是什麼品牌的汽車。

如果想要知道客戶什麼時候換車，可以先問「將來準備換車嗎？」然後故意把話題扯得更遠，例如：「明年春天吧？」就可以得到「不，今年秋天準備換車」的真實答案。

記住客戶的姓名

原一平在推銷保險生涯中，每次與初次見面的客戶交談以後，就會在工作簿中留下客戶的姓名，並且記下客戶的性格和態度，以便下次見面的時候可以說出客戶的姓名。

如此重視客戶的姓名，使客戶倍感親切和受到尊重，會讓客戶感到驚訝，對自己的工作有很大的幫助。

在推銷界，「記憶姓名法」受到極力推崇，許多傑出的推銷員對姓名的記憶非常驚人。

信任是交易的開始

原一平認為，客戶對自己的信任非常重要，因為信任是交易的開始。

運用恭維的說法

「明天我去拜訪你，方便嗎？」

客戶可能會立刻回答：「不方便。」

你所做的就是無用之功。

「××經理，你有沒有興趣瞭解××，如果有興趣，明天我來拜訪你，但是這樣會耽誤你十分鐘時間，不知道可不可以？」

客戶可能會回答：「二十分鐘也可以。」

這樣一來，就有可能面臨交易。

避免用生硬的語句與客戶說話，這樣客戶會有壓迫感。初次打交道的時候，首先要讓客戶對自己的言辭產生信任感，才是一個合格的推銷員。

學會察言觀色

「察言觀色」在推銷過程中，是進入成交階段的一個關鍵。因為推銷員必須正確把握客戶購買心理的五個階段，促使成交。這五個階段是：

①注意，②興趣，③欲望，④記憶，⑤行動。

「噢！」、「哇！」驚訝的表情——表示可能已經引起客戶注意。

「嗯！」欣賞的表情，拿著說明書——表示已經有興趣。

專心地看說明書，或是提出相關問題——表示產生欲望。

眼神飄移，顯示在思考——無論客戶現在是否與其他公司產品做比較，或是想像使用的快感，客戶內心似乎已經有印象。

對自己的產品有信心

進行推銷以後，客戶的心意轉變，開始對產品表示有興趣，就可以介紹產品。介紹產品的時候，最重要的是：要對自己的產品有信心，才可以引起客戶對產品的信任。

介紹產品的時候，可以運用一些話語，緩和彼此之間的陌生感，例如：「天氣很好」、「孩子很可愛」，進一步引起客戶的興趣，態度輕鬆自然地介紹產品，會讓客戶感覺到我們對自己的產品有信心，隨後客戶就會進入我們的「頻道」中。

持之以恆：被客戶拒絕的時候

業務員在進行推銷的時候，經常會遇到這樣的客戶：

拜訪客戶的時候，客戶會笑著說：「來，來，裡面坐。這麼冷的天氣，你還來拜訪，真是辛苦！」

介紹產品的性能和品質的時候，客戶會推辭：「哦！我明白了。你的口才很好，我們公司需要這種產品，但是最近財務緊張，非常抱歉，耽誤你的時間。過一段時間，我再打電話給你！」

談到優惠條件的時候，客戶會裝作驚訝的樣子說：「這個條件很有吸引力，想不到會有這麼好的條件。唉，可惜我們現在資金有問題，所以無法購買你的產品，謝謝你。」

原一平指出，這類客戶的心理狀態是希望給人們親切隨和的感覺。這些彬彬有禮的客戶，喜歡使用「和藹可親」的言辭，其真實的心態正好相反，大多是高傲自大。他們有強烈的虛榮心，不自覺地採取表現相反而實質不變的方式，表現出自己雖然是一個重要人物，但是非常平易近人。

在很多人看來，業務員為了讓客戶購買產品，經常會說得天花亂墜，其實卻不可信。之所以出現這種情況，就是這些人覺得不要和業務員打交道，以免吃虧上當；自己不要變成這種傻瓜，三言兩語進行推辭，是最安全的方法。

原一平說服這種人的方法是：用自己的恆心，打動他們虛偽的心。另一個方法是：找一個威望比客戶更高的人作為拜訪的介紹人，直接強迫客戶。然而，主要還是與客戶溝通，以融洽的氣氛，讓客戶信任自己。

對專家型的客戶，以守為攻

原一平認為，這種客戶以為自己很厲害，向他們推銷產品的時候，會表現出不屑一顧的態度，有時候甚至提出一些問題，讓業務員無法回答。

這種客戶的心理有兩種情況：

業務員沒有什麼了不起

認為業務員和自己有很大的差距，因此在內心產生優越感，覺得自己是更高層次的人，對業務員不屑一顧。

形成這種心態可能源於非常討厭業務員，特別是登門拜訪的業務員，所以用狂妄的態度來對待業務員。

不要與業務員接近

高高在上的人，不容許別人談論自己的缺點，同時也將自己的弱點隱藏起來。這些人假裝對某個領域很專業，其實可能只是道聽塗說，以高姿態來對待業務員，意思是：我是專家，趕快離開吧！我全部明白，不必再介紹。

這類客戶害怕被糾纏不休，所以不敢讓業務員介紹。他們是在防衛，用某種方式進行自我保護，但是他們也希望引起別人的注意，希望別人給予自己很高的評價。

業務員很難對付這類客戶，但是如果對他們進行研究，你會欣喜地發現，這類客戶其實很好對付，只要採取適當的方式。

「你不要說了，我來說……」

「好的，我向你請教！」

客戶說完以後，你還要加以誇讚：「哇！你對我們的產品非常關注！」或是「不錯，你說得太對了，你真是專家。」

客戶陶醉在自大的感覺中，你可以突然提出問題：「××先生，你知道的還有什麼？」讓他繼續說。如果他說：「我不知道。」你就可以發表自己的意見。

「好，我補充一些想法可以嗎？我覺得你對我的產品很有興趣，你說是嗎？」

任何客戶，都有其一攻就破的弱點！

不讓客戶回到現實，應該繼續恭維，讓他沉浸在自我陶醉中。

他一定會回答：「嗯，你說吧！」

這樣一來，你已經擊破他的第一道防線。

對寡言少語的客戶，揣摩其身體語言

寡言少語的客戶很難對付，因為不管你怎麼介紹產品，他們還是不關心，依然不說話。

原一平指出，只有業務員與客戶溝通以後，才可以知道客戶是否購買。面對那些寡言少語的客戶，要從他們的身體語言中捕捉自己需要的資訊。

有些客戶不喜歡與別人說話，雖然寡言少語，但是態度很好，他們主要是不善言辭。對於你的到來以及你的推銷，他們從始至終報以微笑，表示歡迎。

原一平認為，遇到這種客戶，首先要從他們的身體語言來分析。抓住他們的心理，從外表觀察。如果你是一個觀察力很強的業務員，可以在時機成熟以後，拿出合約向他們展示：「××先生，我已經介紹完畢，如果你還有不明白的地方，可以問我。如果你很有興趣，就不要再猶豫。」這個時候，把你的筆遞給他，讓他簽字。

想要完成對這類客戶的促銷，關鍵看你是否可以察覺他們的真實意圖。「知己知彼，百戰不殆」，掌握客戶的心理動向，是制勝的根本保證。

如何察覺客戶的真實意圖，要講究方法。這類客戶幾乎不開口，唯一的方式就是「察言觀色」。透過對客戶表情和舉動的研究，捕捉那些隱藏在他們身體語言中的資訊。原一平「察言觀色」的能力很強，這是他自己經驗的延伸。所謂「察」，不僅要看客戶的舉動，還要將他們的各種反應結合在一起，進行縱向比較。也就是說，片面地抓住一個舉動，很容易判斷錯誤。例如：這類客戶的一些動作給人們好感，但是不可以因此做出結論，因為他們經常表達的是反意。所以，要多方面考慮各種因素，進行綜合性的判斷，準確率才會比較高。

使用手勢，提升自己的魅力

原一平曾經指出：一個優秀的業務員，不能只會靠嘴巴說，也要運用肢體語言，尤其是手勢，幫助說話更重要。

手勢的目的，是為了進行強調或是解釋某個資訊，比說話更有吸引力和感染力。有效地使用手勢，會讓自己顯得更有魅力。有些業務員說話的時候經常使用手勢，這種表達方式需要其他非語言行為的配合，特別是臉部表情。使用這種方式表達感情，可以提升自己的魅力。

作為一個業務員，一定要記住：手勢是熱情的象徵，也是修養的表現，更是魅力之所在。如果從客戶的身體語言中發現購買的欲望，就要立刻抓住不放。

手勢是說話的輔助，別人可以從你的肢體語言上，看出你與眾不同。

無可爭議，使用手勢是展現自己魅力和權威的最佳方法。看看以下這些手勢，是否可以提升自己的魅力：

用力在空中揮動拳頭，表示「出發！」

伸出一個手指作為指示，向別人指路。

拍打對方的手，表示同意或是祝賀。

豎起大拇指，稱讚對方做得很好。

伸出食指和中指，讓它們形成「Ｖ」字形，其餘的手指聚攏，表示祝福對方的勝利。

把食指放到自己嘴邊，以表示神秘。

輕捏自己的耳朵，表示在認真思考。

希望每個業務員都有自己獨特的手勢，這樣可以促使客戶從你的手勢中信任你。

練就價值百萬美元的笑容

任何業務員都明白推銷這行少了笑是絕對不行的，這就是笑的魅力。

原一平指出，笑容是與人交流的最好方式，對於推銷來說更是重要。他在日常觀察中指出，一個人在發怒之後，必須用笑來中和，如果只怒而不笑，這個人的情緒就會失去平衡，呈現一種焦躁不安的情況，而難以與人相處。因此，作為推銷業務員這個特殊的職業，一定要有使人歡迎的笑容才行。

笑也有笑的藝術，當然也需要不斷練習，加以完善。

日本和美國的推銷界都有一個推銷大師，他們享有「價值百萬美元笑容」的美譽，因為他們都擁有一張令客戶無法抗拒的笑臉，這張笑臉使他們的收入高達百萬美元。美國的是威廉·懷拉，日本的是原一平。他們迷人的微笑並非是天生的，都是長期苦練的成果。

威廉是美國棒球界的知名人士，四十歲退役後想去從事推銷行業，他認為利用自己在棒球界的知名度，一定會順利錄取，沒想到卻遭到淘汰，淘汰的理由竟然是他沒有一張迷人的笑臉。

威廉的倔強性格不僅沒有使他洩氣，反而促使他一定要練就一張笑臉，他每天在家裡大笑百次，弄得鄰居以為他因失業而發瘋。為了避免誤會，他乾脆躲在廁所裡大笑。他搜集許多明星人物迷人笑臉的照片，貼滿房間，以便隨時觀摩學習。

此外，他買了一面與身體同高的鏡子放在廁所內，以便每天進去練習大笑三次。經過多次面試，他終於如願以償。就這樣，又經過幾次磨難，最後終於練就那張價值百萬美元的笑臉。

原一平因為在路上練習大笑，經常被人誤認為精神有問題。認識他的人總是悄悄躲開他，到他的妻子久蕙面前，說他可能是因為工作勞累，精神出了問題。

有一段時間，原一平因為練習太入迷，晚上睡覺的時候，經常因為「笑」而驚醒，也經常在久蕙的面前練習。

「喂！久蕙，這種表情正確嗎？」就在原一平練習的時候，久蕙醒了過來。

「什麼事？你三更半夜不睡覺，爬起來做什麼？」

「噓，輕一點！」

原一平轉過臉對她說：「練習這個呀！」

「哎喲，好難看呀！」

「不要胡說，現在這張臉好看嗎？」

「唔！比剛才好看多了。」

「當然好看啦，這是愉快的笑容嘛！」

「對了，你最近是不是一邊走一邊笑？前幾天，隔壁的鄰居看見你在路上咧嘴傻笑，她提醒我，要我當心，懷疑你可能有精神病。」

「噢！是嗎？太好了，我竟然被別人當作精神病。說實話，我是在路上練習笑啊！」

他曾經假設各種場合與心理，自己對著鏡子，練習各種笑容。因為笑必須從全身發出，才會產生強大的感染力，所以他找了一面可以照出全身的鏡子，每天利用閒置時間，不分晝夜地練習。歷經長期苦練之後，他的笑容達到爐火純青的地步。原一平終於找到世界上最迷人、最美麗、最令人陶醉的嬰兒般的笑容。年過古稀的原一平依然保持天真無邪的笑容，散發誘人的魅力，那種笑容令人如沐春風，無法抗拒。

原一平針對不同的情形，總結面對客戶的時候的三十八種笑法。這就是推銷工作的魅力所在，竟然連笑也那麼講究。

笑是一種藝術，而且是成功的藝術。

經營自己的客戶連鎖超市

原一平經常利用一個熟悉的客戶來介紹另一個客戶作為客戶。利用這個方法，就像正在編織一個大的客戶超市，他曾經有趣地對妻子久蕙說：「其實，客戶群才是世界上最大、最有影響力的超市。」只要會經營這個超市，就會有無盡的財富。

原一平使用的這個方法，也稱為「無限連鎖介紹法」，就是銷售人員請求現有客戶介紹未來客戶的方法。這種方法要求銷售人員設法從每次銷售談話中獲得更多的客戶名單，為下一次銷售拜訪做好準備。

連鎖介紹的具體方法很多，銷售人員可以請現有客戶代為銷售商品、轉送資料，也可以請現有客戶以書信、名片、信箋、電話等方式進行連鎖介紹。

採用連鎖介紹法尋找客戶，關鍵是銷售人員要取信於現有的客戶，也就是要培養最基本的客戶。我們知道，連鎖介紹主要是借助現有客戶的各種社會聯繫，現有客戶沒有一定要介紹幾位客戶的義務。此外，正因為現有客戶與其可能介紹的客戶之間存在著共同的社會聯繫和利害關係，他們之間往往團結一致，互相負責，所以銷售人員想要透過現有客戶連鎖介紹客戶，首先必須取信於現有的基本客戶。銷售人員只有成功地把自己的銷售人格和自己所銷售的商品銷售給現有客戶，使現有客戶感到滿意，才有可能從現有客戶那裡獲得未來客戶的名單。只要銷售人員認識到這一點，建立全心全意為客戶服務的觀點，千方百計解決客戶的實際問題，就可以真正贏得現有客戶的信任，進而取得源源不斷的客戶名單。如果銷售人員急於求成，失信於現有客戶，現有客戶就難於從命，不敢或不願繼續介紹新的客戶，這也是理所當然的事情。

但是這種方法事先難以制定完整的陌生拜訪計畫。透過現有客戶尋找客戶，由於銷售人員根本就不知道現有客戶能介紹哪些客戶，事先就難以做出準備和安排，有時不得不在中途改變拜訪路線，打亂整個拜訪計畫，而且銷售人員經常處於被動地位。既然現有客戶沒有進行連鎖介紹的義務，所以現有客戶是否介紹幾位客戶給銷售人員，完全在於現有客戶的意願。如果銷售人員向現有客戶銷售失利，或是現有客戶出於某種考慮不願意介紹客戶，銷售人員便無可奈何；如果銷售人員對現有客戶寄予重望，就會造成被動的工作局面。

檢討，以丈量自己與成功的距離

原一平把檢討說成是成功之父，此話不為過。

經常檢討自己，設定新的目標，在研究如何成功之前，我們一定要瞭解，一般人為什麼失敗。原一平從失敗到成功，都在研究失敗的原因，隨時檢討自己。

原一平幽默地說：「其實我追求的是我最恨的成功，我一直在擺脫可愛的失敗。因為失敗對我最親近，它每次都在給我力量，所以我對它永遠難以釋懷。」

所以，不妨在和原一平分享成功的同時，先來見見成功之父——檢討。為什麼很多人會失敗？

缺乏目標

一般人失敗的第一個主要的原因，就是缺乏目標。成功以後的原一平經常問來求教的年輕人：「你想不想成功？」每次來求教的人都說：「想啊！我都快想瘋了，真想像閣下一樣，但是想歸想，做什麼還拿不準！」原一平聽後覺得很奇怪，因為一個想要成功的人竟然沒有設定目標。古稀之年的原一平露出依然獨具魅力的嬰兒般的笑容說：「小夥子你希望自己很優秀，我很欣賞你，我很想和你一起討論你如何成功，但是我覺得有行動才有結果，希望你回去後，找出自己要做什麼，我才可以不遺餘力地和你分享成功。」

所以，想要成功必須找準自身定位，有明確的目標。

不願意對自己負責

原一平失敗的時候從不找藉口，而一般人的通病就是說客戶不行，導致自己的業績下降。其實，真正的原因都是不願意為自己負責。

檢討自己，為什麼每天抱怨別人？為什麼不先看看自己？自己是否認識自己？很多問題應該自己細細考慮。

沒有立刻行動

談了這麼多失敗的原因以後，原一平認為導致個人失敗的最大原因，就是沒有立刻行動。

原一平想要拜訪客戶都是立刻行動，失敗者卻是明天再去，後天再去，或是今天好累，先睡個覺，先休息一下，先喝杯茶再說，總之他總是幫自己找一大堆藉口。要相信，藉口與成功無緣。

原一平獲得成功，正是因為從來不和藉口交往。

檢討自己的限度

此外，原一平認為一個人無法成功的最大障礙，就是害怕「被拒絕」，進而害怕失敗。其實，保險業務員遇到的拒絕最多。有一次，原一平在演講會上問一個年輕的業務員：「請問你一天最多拜訪幾個客戶？」「七個。」「哦！是嗎？能不能更多？」原一平追問道。這個業務員正在思考，突然原一平從口袋裡拿出一把玩具槍，對準這個年輕人的頭：「五十個可以嗎？」這個業務員沒反應過來，只覺得有一把槍對著自己的頭，慌張地回答：「當然，當然可以。」

原一平的演講當時轟動全場，特別是這段談話經常被別人模仿。

其實，每個人都要為自己設立一個限度，不斷更新目標。千萬不要在外界壓迫下工作，那樣你的業績是會原地不動的。

檢討時間管理

原一平覺得一般人都缺乏時間管理的習慣與觀念，他們每天都在浪費時間，不知道對自己而言，什麼才是最有生產力的事情。

原一平觀察過許多業績不好的業務員，他們的工作習慣是，早上大概九點出門，九點半到辦公室，然後，整理資料到十點，喝杯牛奶到十點半，而後再跟朋友聊天，十一點才開始打電話，這個時候顧客大部分都已不在了，所以十一點半就準備要吃飯，到了下午覺得太累，先睡個午覺，然後就抱著反正明天再拜訪也無所謂的心情，就這樣結束一天的工作。一個月下來，他說：「咦！怎麼回事？為什麼收入這麼少？」原一平分析，只因為他們都把時間花在休息和聊天上了！他們工作的時候想到玩，玩的時候就忘掉工作，有這樣的習慣是沒有辦法成功的。只有努力工作，合理分配時間的業務員才可以成為精英。

原一平從「乞丐」到「天王」，就是靠不斷地檢討自己，繼而才成為一代「推銷之神」。

始終保持赤子之心

晚年的原一平開始總結輝煌的一生。他非常清楚地認識到，業務員一定要有顆赤子之心。就算年過古稀，原一平依然保持一顆赤子之心，所以他的成功也有這顆「心」的巨大貢獻。

原一平認為，在口是心非、爾虞我詐的經濟社會中，我們經常可以看到各色各樣的手段，如工作上的手段、人際關係上的手段，甚至愛情上的手段等，這些手段或許可以有一時的成效，但絕不可能長期奏效。因為，不管一個人多麼奸詐，他們還是喜歡誠實、率真的人，在業務上更是如此。

我們回頭看看孩童世界，兩個不相識的小孩，在短短幾分鐘內，就玩在一起甚至成為好朋友。這一點永遠是每個人都喜歡的共同點。

為此，原一平指出，業務員首先要對人誠實，真誠面對自己，真誠面對別人。這樣一來，才可以因為尊重自己與別人而贏得對方的敬重。

其實，天下最大的傻瓜就是把別人當作傻瓜的人。試想，你希望別人騙你嗎？假設你是一個騙子，也不會希望另一個人哄騙你。這就是常理，將心比心。請大家保持孩童時的純真，這樣會讓你在以後的業務中得到別人的信任，進而獲得成功。

多年以來，原一平全心致力於改造自己，以便達到率真的境界。經過千辛萬苦的努力和掙扎，終於把自己整合成為一個嶄新的原一平。

每當原一平拜訪客戶，與客戶對坐之時，他都試圖與對方融成一體，以產生強烈吸引對方的魅力。這些行為的秘訣在哪裡？其實全賴體內永不消失的「率真」「純真」「稚氣」而已。

在原一平獲得成功以後的晚年，他仍然秉承：要保持赤子之心，因為它賜給人以率真、純真和稚氣，並形成一股無堅不摧的力量，這種力量正是我們從事任何事業不可缺少的。

在挑戰與征服中成就輝煌

原一平早期推銷保險所持有的理念，為他以後的成功提供很多心得。剛到明治保險公司的原一平就是一個不怕失敗，不向任何人服輸的人，他以一種執著的信念，努力實現著自己的目標。

原一平告訴後起之秀：「我這個人，雖然『海拔』不高，但是我是在風雨中成長過來的。告訴你們，我什麼都不怕，唯一怕的就是自己低頭折腰。」

原一平上述言論被後人總結為「不怕你失敗，就怕你服輸」。

縱觀原一平的成功之道，我們不難發現，他成功的原因除了他的勤奮之外，還有他那倔強的性格——從不服輸，特別是向自己。在別人看來，原一平每天除了推銷保險，沒有其他的娛樂，在公事之暇也不會帶著妻子去玩樂。有人說，原一平的生活呆板得可怕；有人說，原一平的生活沒有什麼樂趣可言。但是，原一平卻在工作中享受到極大的快樂。

他為了超越自己的業績而不斷地創造新業績，面對失敗，他只是輕鬆一笑，繼續努力。他每天的信念就是必須拜訪十五位客戶，若沒拜訪完，就絕不回家。這種不服輸的信念在鼓勵他。

面對這樣的痛苦，有時候原一平也會問自己：

「難道每天不拜訪十五個客戶不行嗎？」

「我到底是為了什麼？錢？」

但無論多麼忙碌，原一平每天一定要回家吃晚餐。有一天他因太疲倦而打瞌睡，在吃晚餐的時候竟然將碗筷都掉落在榻榻米上。妻子忍不住說：「你今夜不能繼續工作，我要你吃完飯立刻去休息。」

其實，原一平已經累得吃飯時都打瞌睡，但是聽到妻子久蕙這句體貼的話，立刻精神一振，回答：「你不要胡說，我只是有點累而已，不礙事。」

「你不要嘴硬，每天拼老命，你會積勞成疾的。」

「你別囉唆了，你應該知道工作就是我的生命，難道你要剝奪我工作的權利嗎？」

「我怎麼會這樣做？但是，難道為了工作就不要命嗎？」

久蕙壓抑已久的情緒終於因原一平的氣話而突然爆發，她淚如雨下，大聲哭了起來。就這樣爭執後，安靜的房中只剩下久蕙的哭泣聲。聽到她的抽泣聲，原一平的心中升起一股莫名的悲哀。原一平想，這股悲哀不是因為久蕙，也不是因為工作，是因自己而發的吧！

原一平坦白地告訴久蕙：「這不是有沒有飯吃的問題，這是我的性格所在，我心中總有一把不服輸的火在燃燒。如果我心中沒有這一團在作怪的火，該多麼舒服啊！可是我絲毫奈何不了它。久蕙，求求你別再哭了，我知道你受了很多的委屈，但這才是真實的原一平！我永遠也改不掉啊！」

面對原一平的倔強與固執，多年以來，久蕙默默地忍受。但是原一平望著久蕙的淚珠，卻頓悟了，他這個時候的財富已經不知道該怎麼花了，而拼老命工作顯然不是為了一日三餐，因為人生就是一連串面臨挑戰與克服挑戰的過程。克服一個挑戰，然後再去面臨一個新的挑戰，再去克服它。在這些連續不斷的挑戰中，征服它們是原一平人生中最大的樂趣。

輝煌一生的原一平在持之以恆中找到世界上真正的成功樂趣。

第二篇

每天進步一點點

——最偉大推銷員快速成長自我修煉術

練就吃苦耐勞的性格

可以吃苦耐勞的銷售員，非常容易引起客戶的喜愛。客戶非常希望不管在什麼時候、什麼地點，銷售員都可以隨叫隨到，因此不管是颳風下雨還是天災人禍，銷售員都要盡力完成任務。

再次，很多客戶不信任剛從學校畢業的新手，很大一部分原因是懷疑業務新手不能吃苦。業務新手如果沒有吃苦的精神，不可能獲得客戶的信任。唯一的方法就是比別人拜訪客戶的時間更長，比別人拜訪的客戶更多，比別人拜訪客戶的頻率更高。只有這樣，個人的銷售能力才可以提升，才有可能得到客戶的認同。

很多業務新手到市場上的時候，可能都會受到不公平的對待——不信任、瞧不起、排斥。如果無法得到客戶的認同與信任，就算自己的能力再強，想法再好，也很難得以發揮，更不可能創造良好的銷售業績。

業務新手只有獲得客戶的認同和信任，在客戶的充分支持下，才有機會展示自己的才華，才有可能創造良好的業績，才有可能展現自己的價值。

永遠充滿自信

成績不佳的銷售員共同的缺點是：缺乏自信和魄力。沒有自信，就沒有魄力；沒有魄力，就沒有業績；沒有業績，更沒有自信，日子就在這種惡性循環中度過。想要成為銷售大師的銷售員，必須鼓起自己的勇氣，因為客戶不會向沒有自信的銷售員購買任何東西，這樣的銷售員令人討厭，會使客戶覺得是在浪費自己的時間。

記住，信心是非常重要的因素。在銷售奢侈品——藝術品、貂皮、珠寶上，信心佔的比例是其他方面無法相比的。具有三十多年銷售經驗的珠寶商古斯洛說：「無論對方付的是一元還是十萬元，他們需要的都是確實有那個價值的東西。珠寶商必須信用可靠，賣出的東西必須貨真價實。現在尤其如此，我們的客戶最主要考慮的因素是價格。在過去，購買珠寶是一種很浪漫的舉止，但是你必須使對方相信，你告訴他們的是實話。」

因此，秘訣是：自我警覺，說話流利，適當地友善，但是這些還不夠。我們必須要認清一個事實，那就是：有時候，要以這種方式與男客戶往來，以另一種方式與女客戶往來，但是過分不同也不行。許多有經驗的銷售員，仍然使用因為性別而不同的方式。「對付女客戶，必須比較拐彎抹角，」古斯洛說，「我總是先誇獎她們，但是我只以事實誇獎她們。每個女人都知道自己起床的時候是什麼模樣，如果我的說法與此不同，她們就會知道我在胡扯。對付男客戶，最好的方式是直截了當，這經常表示討價還價。他們會接受這種方式，因為他們比較習慣這種做生意的方法。」

為此，銷售員應該切記：對自己的工作充滿自信，滿腔熱情地從事銷售工作，克服恐懼心理，不要害怕遭到拒絕。

始終勤勉向上

要成為一位優秀的銷售員，首要條件就是「自律」。我們去觀察一些銷售員的日常生活，就會發現他們的苦惱不是在於工作壓力和挑戰，而是工作太自由，過分的自由滋生糜爛和腐化的生活。

一般而言，銷售員可以分為四類，其中經驗豐富的銷售員分為兩類：第一類人屬於優秀的人才，他們經驗豐富，勤勉向上而且有自律精神，對自己的要求很高，往往不滿意自己的業績。第二類人的經驗豐富，但是由於性格關係，他們的業績普通，但是和客戶的關係很好，滿足公司的要求之後，就會不再努力。

除了經驗豐富的銷售員之外，就是一些經驗不足的銷售員，他們可以分為兩類：第一類人是沒有經驗但是認真學習和努力工作的人，他們知道想要成功就要付出代價，所以甘於接受失敗的打擊，從失敗之中建立人際關係。第二類人屬於銷售行業的過客，他們的意志薄弱，恐懼失敗，害怕陌生人，經常找藉口偷懶。

怎樣才可以成為一位優秀的銷售員？首要的條件就是自律，不要被千奇百怪的東西吸引。什麼是自律？很簡單，做一些自己認為應該做的事情，例如：拜訪客戶、洽談生意，不要因為自己的喜惡偏好而改變目標，做一些不應該做的事情，例如：打麻將。要成為一位優秀的銷售員，就要不求僥倖，同時具備以下三個條件：

第一，如果可以勤勉工作，成功機會可以達到五〇%。

第二，如果沒有不良嗜好，又增加三〇%，即掌握八成的成功機會。

第三，如果願意學習而且有學問，又增加十五%；剩下的五%，要依靠自己的幸運。

維持良好的健康狀態

業務員必須維持良好的健康狀態，因為健康直接影響業務員的外表、態度和談吐。健康的人比較熱誠；健康的人有敏銳的觀察力和縝密的分析力，這兩項都是成功的推銷員必備的能力。健康的人不耽誤工作，因為不必因病而請假。

健康對業務員既然如此重要，究竟如何維持健康的身體？以下介紹五種方法：

內心有希望健康的念頭

醫學上曾經證明，有些生理的疾病經常是心理因素引起的。

人們很容易受到內心暗示的影響。例如：內心總是擔心某個問題，身體就會不舒服；碰到難辨的事，就會感到頭痛；碰到傷心的事，就會引起胃痛。如果多想一些得意的事情，就會覺得很舒服，身體自然也會健康起來。

經常放鬆自己

業務員的生活既忙碌又緊張，假如不養成放鬆自己的習慣，就會像繃緊的橡皮筋一樣，遲早會被拉斷。

放鬆自己應該養成微笑的習慣。微笑不僅是表示友善的最佳方法，也是放鬆自己的好方法。因為，你先對別人笑，別人一定也以笑回報你，然後，彼此的感情溝通就會輕鬆、愉快而且和諧。

避免用緊張的話語也可以放鬆自己。諸如「你錯了」「你連這麼簡單的知識都不知道」「你簡直是胡說八道」等話語絕對不能用。

頂撞的話會使人血壓上升，緊張惱怒，進而損害身體健康

每天至少利用三十分鐘的時間使自己完全進入鬆弛的狀態。找一個安靜的地方，換上寬鬆的衣褲，閉目入靜，把自己的全身——頭、頸、肩、手、背、腳、五臟等全部放鬆。

每天堅持運動

生命在於運動。缺少運動是現代人的通病。人類為何被稱為高等動物，而不是「高等靜物」？因為，人類天生就必須「動」。所以，不運動是錯誤的，也是有礙健康的。

對業務員來說，運動的方法可以多種多樣，例如：做體操、打太極拳、練氣功、打桌球，還有快走與慢跑，甚至以爬樓梯代替坐電梯，都是簡便而有效的運動方式。

吃七分飽

現代人的通病，除了欠缺運動以外，就是吃得太飽了。

醫生們一再告誡我們，不要吃得太飽。因為，除了把我們的肚皮撐大有礙觀瞻之外，還會影響健康。根據醫生的研究和人們的經驗，請記住：早晨要吃好，中午要吃飽，晚上要吃少，即只吃七分飽。

有充分的睡眠

睡眠是恢復精力的最好方法。

業務員經常有應酬，實際上，要完全推掉應酬可能不太容易，可是千萬不可因為應酬而犧牲睡眠時間，甚至熬夜，那樣會把身體搞壞。

培養堅韌不拔的品格

在這個世界上，沒有任何事物可以取代毅力。狼選擇堅韌，朝著自己鎖定的目標，奮勇直前，永不放棄，因為它知道它的生命每天都在接受類似的考驗，如果它堅韌不拔，勇往直前，迎接挑戰，它一定會成功。

一個人開始認為自己有所作為，只是一個起步而已。成功是需要幾個月、幾年甚至幾十年的不懈努力而達到的。克洛克就是一個典型的例子，他永遠不放棄自己的夢想。實際上，他一直到五十二歲的時候，才走上成功的道路。

一九二〇年代初期，克洛克開始出售紙杯，擔負養家的責任。他在杜莉普紙杯公司服務十七年，並且成為這家公司最好的銷售員之一。

後來，他聽說麥當勞兄弟利用八台機器同時推出四十種奶昔，於是放棄這個安定的工作，獨自前往聖貝納迪諾調查。他發現道麥當勞兄弟有一條很好的生產線，可以生產高品質的漢堡、薯條、奶昔。他認為，像這樣的好設備局限在一個小地方，未免太可惜。於是，自己便經營起奶昔機器的業務。

克洛克雖然只是一個銷售員，而且一直到他五十二歲時才從事夢寐以求的新事業，但是他卻在二十二年之內把他所在的公司擴展成為一個擁有幾十億美元的龐大企業。

毅力不是指永遠堅持做同一件事情，它的真正意思是銷售員對目前正在從事的工作，要集中精神，全力以赴，不僅要對工作感到滿意，還要渴求更多的知識與進步。

天道酬勤、堅忍不拔就是最終成功的保障。俗話說，非堅韌不拔者，難得有大成功。

形成良好的性格習慣

「性格」問題是銷售工作的大問題之一。銷售員與客戶之間似乎經常會格格不入。很多困擾及難題的產生均起因於人與人之間不能和諧相處，由於彼此個性的衝突，造成多少家庭的破碎、友誼的決裂。但是作為一個銷售員，應該自己主動去改變一些不良的個性，選擇做一個受歡迎的人。

有一天，富蘭克林突然警覺到他經常失去朋友，他此時才注意到原因在於他太愛爭強好勝，所以始終跟別人處不好。有一天，大概是過年前幾天，當年度計畫大致定好後，他坐下來列了一張清單，把自己個性上所表現的一些缺點全部列在上面，並且從最致命的大缺點開始到不足掛齒的小毛病為止，重新依次排列一次。

他下極大的決心要一一改掉，這些缺點每當他徹底改掉一個毛病，就在單子上把那一條劃去，直到全部刪完為止。結果，他變成美國最得人心的人物之一，受到大家的尊敬和愛戴。當殖民地十三個州需要法國的援助時，他們派富蘭克林去，法國人對他的印象奇佳，他果然也不負使命。

時下所看到的有關「個性塑造」的著作中，幾乎都會引述富蘭克林的例子，而且被公認為是個性自我改造最成功的例子之一。

反過來說，假如富蘭克林的選擇是依舊我行我素，不對自己的個性加以檢討；假如他也像其他許許多多的人一樣，放任自己的個性；假如他仍然不改爭強好勝的毛病，他絕不可能成功地爭取到法國的援助，而整個美國歷史也將被改寫。一個人的性格竟然也可以影響一個國家的命運。可是，還有很多人到處在說：「我能怎麼辦？」其實，你怎麼知道你辦不到？你怎麼知道即使經過數年的努力你仍然不會有所獲？林肯曾經說：「我要準備好自己以待時機來臨。」他果然等到那一天。他深信耕耘一定會有收穫。

作為銷售員，要盡量讓你的客戶感到愉快舒服，為你的下一步銷售除去一個障礙。

以平和的心態面對誤解

一些有經驗的銷售員經常說：「沒有好脾氣，就幹不了推銷。」這種說法不難理解，銷售員每天要面對不同的客戶，可能會遇到各種情況：被人拒絕，被人指責，甚至被人奚落。如果沒有一個好脾氣，恐怕就很難適應推銷的工作，更不要說打動客戶，達成交易。

其實，「好脾氣」就是指與客戶商談時可以適當地控制自己的情緒，不急不躁，自始至終以平和的語氣與客戶交談，即使遭受客戶的羞辱，也不以激烈的言辭予以還擊，反而報之以微笑。這樣一來，客戶往往會被銷售員的這種態度打動，因此好脾氣的銷售員才可以創造出更好的業績。而有些銷售員往往不能控制好自己的脾氣，得罪客戶，生意自然也就做不成。

銷售新人應該明白，做銷售工作，被拒絕如家常便飯，因此作為銷售員不應該亂發脾氣，而應該隨時保持一顆冷靜的心。有些銷售員在憤怒情緒的支配下，往往失去理智，以尖酸刻薄的言辭予以還擊，使客戶的尊嚴受到傷害。這樣雖然可以使心中的怨氣得以發洩，但是最後吃虧的還是自己，因為這筆交易肯定談不成。因此，銷售員一定要學會控制自己的情緒。一旦感到精力難以集中，不能清晰地思考問題時；心情不悅、煩躁不安時；被推銷工作壓力壓得透不過氣時；想從一項推銷任務中得到解脫進入另一項推銷任務時；為了見一位新客戶而做了大量的工作，但卻一直得不到他的訂單時，銷售員就要學會調節情緒，因為亂發脾氣是沒有用的，銷售員要做的就是讓自己隨時保持一顆冷靜的心。

如何消除憤怒情緒、不亂發脾氣？一位資深的銷售員的做法值得銷售員學習和借鑑。

這位銷售員在入行的時候，總是不能擺正心態、踏踏實實地工作。他想早日出人頭地，但現實與理想之間的差距太大了，要挨主管的罵，要受客戶的氣。而他的脾氣本來就不太好，於是他準備辭職，然後找一份適合自己的工作。

在寫辭職信之前，他為了發洩心中的怒氣，就在紙上寫下對公司每個主管的意見，然後拿給他的朋友看。

然而，朋友沒有站在他的立場上和他一同抨擊那些主管的一些錯誤做法，而是讓他把公司主管的一些優點寫下來，以此改變對主管的看法。同時，還讓他把那些成功銷售員的優點寫在本子上，讓他以此為目標，奮力拼搏。

在朋友的開導下，他心中的怒火逐漸平息了，最終決定繼續留在公司裡，還發誓努力學習別人的長處來彌補自己的不足，做出點成績讓自己和他人看看。

從此，這位銷售員學會一種發洩怒氣的方法，凡是忍不住的時候，他就把心中的憤恨寫下來，讀一讀，這樣心中就平靜多了。

無論是頂尖銷售員也好，還是銷售新人也罷，誰都會有發怒的時候，但是少發怒和不隨便發怒卻是能做到的。想要練就好脾氣，不隨便發怒，必須標本兼治。治本方面，是加強個人修養，包括提高文化素養和道德情操，拓寬心理容量，不為一點小事斤斤計較。在治標方面，銷售新人們不妨試試以下方法：

方法一：在自己的辦公桌上放一張寫有「勿怒」二字的座右銘或藝術品，隨時提醒自己不要隨便發怒。

方法二：當有人發怒時，仔細觀察他發怒的醜態，剖析他因發怒造成的不良後果，以此作為反面教材，警示自己。

方法三：一旦遇到惹自己動怒的事情，強迫自己想別的愉快的事情，轉身去做一件令人愉快的事情。

方法四：如果走不開，又怒火中燒時，強迫自己不要立刻開口，或是數數，數到十再開口，以緩和情緒，澆滅怒火。

方法五：不僅要學會自己控制情緒，還要學會接受別人的勸告，將自控和助控結合起來。壞脾氣是銷售工作的天敵，銷售員一定要在工作與生活中慢慢磨練自己，因為只有擁有好脾氣，才可以擁有好業績。

訓練自己的競爭力

現代社會競爭激烈，想要在競爭中立於不敗之地，就要在以下六個方面訓練自己：

在工作中磨練自己

「不進步，就退步」。一個人各方面能力的磨練都可以作如是觀。商人在工作上所受到的磨練往往是多方面的，所以他們常識的豐富，遠非一般從事專門工作者可比。如今一般畢業生，多半投入商業，雖然用非所學，他們卻能在工作中得到磨練。

適時抓住機會

經營商業，在一百年以前，被認為是不高尚的事，但時至今日，隨著世界文明的進步，各國的商業都已呈突飛猛進之勢，其地位尤為重要，已佔全部行業的第一把交椅。

要從事商業，一個知識廣博、經驗豐富的人遠比那些庸庸碌碌的人容易獲得機會。當然，在經營事業之前，準備得越充足越好，經驗積蓄得越多越好。一個初入社會的年輕人，當他的地位逐漸提高時，他一定有許多機會，可以從各方面學得一件事情的精髓。如果他能抓住這些寶貴的機會，他遲早會獲得成功。有位商業界的先輩說：「我的職員沒有一個不是從最基層依次升遷的。俗語說，『有益於職務，就是有益於自己』。任何一個年輕人，如能在開始服務時就記住這句話，他的前途一定希望無窮。凡經我們考試及格而任用的年輕人，只要自己肯上進，都不難逐步獲得良好位置。」

不能淺嘗輒止

一個熟悉商情、經驗豐富的年輕人，在商業界裡，無處不可立足。那些企業家隨時都在向各處訪求勤勉刻苦、敏捷伶俐、意志堅強的年輕人。因為這種人，一旦到手，必千方百計地求得完美，求得發展，求得成功。

一個初出茅廬的年輕人，對於商業情形，必須隨時體察，處處注意，必須研究得十分透徹才好，千萬不可心浮氣躁、學得一知半解就罷手。須知雖小至微塵，也應該仔細觀察；雖千辛萬苦，也應該努力經營，這樣一來，一切中途的障礙，無不可以一掃而盡。

要有不畏艱險的勇氣

我們可以看見許多年輕人做事的時候，都喜歡避繁就簡，對於其中麻煩、困難、乏味的部分，隨意趨避，不願接觸，好像那些打算佔領敵人陣地的士兵，卻不願麻煩手腳去破壞敵人的炮台，結果，必然被敵人轟得東躲西竄、無處安身。所以一個希望成功獲勝的人，必須不分巨細，決心征服，不畏艱險，勇往直前去做才行。

這裡有一句很好的格言，可以寫在無數可憐的失敗者的墓碑上：「只因沒有好好地準備，所以糊裡糊塗地失敗。」有些人，雖然很努力，但因事先沒有準備妥當，因此不得不兜圈子，以致一生都走不到目的地，達不到成功的境界。

做事要用心

有許多人，對於眼前的事物，往往不知不覺。有人即使在一家商店裡已經服務多年，對於經商營業仍然是一個門外漢，原因是他做事總是睜一隻眼、閉一隻眼，從不留心觀察任何與他接觸的事物。但是那些精明幹練的年輕人只做了兩三個月，對於店中的大小事物就瞭若指掌。

不斷充實自己

有些年輕人隨時在磨練自己的工作能力，任何事他都要做得高人一籌，他總是睜大眼睛望著一切接觸到的事物，觀察、思考得完全明白才甘休。他無時無刻不抓住機會學習、磨練、研究。他把有關自己前途的學習機會看得非常重要，遠在財富之上。

他隨時都在學習工作的方法和待人的技巧。一件極小的事情，在他眼裡，總會有學好的必要；對於任何方法，他都要詳細研究考慮，探求成功的奧秘。當他把這許多事情都一一學會之後，他所獲得的比起有限的薪金真不知要可貴多少。他的工作興趣完全繫於學習與磨練上。

那些才智卓越的年輕人，一定會利用晚上的閒暇時間，把白天所見聞所思考的工作方法與應對技巧從頭研究一番。這樣一來，他所獲得的益處真比白天工作所得的薪金多多了。他很明白，這些學識是他將來成功的基礎，是人生的無價之寶。

如果有人強迫你走一公里，就跟他走兩公里

「如果有人強迫你走一公里，就跟他走兩公里。」

這是《聖經》中的一句話，是耶穌在山上傳道的一部分，它如此中肯，對人們有所助益。想要成功地推銷自己，就要做得比別人要求的多。所以，如果有人要求你走一公里，就跟他走兩公里。如果在別人尚未要求之前就可以自動去做，就更好了。加倍地付出，幫助別人，伸出你的手，這樣的伸展對成功只有好處。

有比伸一個舒服的懶腰更美妙的感覺嗎？把身體向上拉，伸展你的脊椎，用腳趾頭支撐你的身體，壓力從頸部、肩膀、背部釋放出來，全身都放鬆了。你幫了自己一個大忙，似乎又變成一條好漢。

銷售自己的秘訣之一在於學習如何去做波浪舞的伸展——向上、向外伸展的動作。你必須讓它成為生活中的一部分，無論是在工作、家庭，還是在學校。

這個建議對每個人都很有好處。你是一個孤立的人嗎？你很害羞嗎？你常覺得置身事外？或是在別人和你之間有道無形的牆？還是生活像快速的旋轉木馬，讓你毫無機會抓住銅杯？自我推銷遇上麻煩？你永遠都抓不到木馬的銅環，除非你伸出手。就像詩人說的，「向無助的人伸出雙手，你的孤寂就此結束。」

多走一公里，多付出一些心神，多停留一會兒都是伸展觸角的好方法。你越伸展自己，越能帶給別人好的影響。這基本上就是成功的自我推銷所包含的意義：影響別人，消弭隔閡。

以強者心態面對自己的人生和事業

真正的強者其實是一種心態。強者心態並不是說以強者自居，對競爭對手或朋友居高臨下，恃才傲物，而是一種面對困難時的堅強，是一種面對困境時的臨危不亂，更是一種不達目的誓不甘休的堅韌。由於強者與弱者在社會中扮演的角色不同，所以強者與弱者的心理狀態也完全不同。

強者心態一：挑戰與冒險

在人類的記憶裡對狼有很多誤解，然而面對發展的困境，又不得不用另一種眼光重新審視狼，審視它們的個性及社會結構——一個互相合作、彼此忠誠、善於溝通的生存環境，由此獲得一個新的啟示：生存的這個世界裡，除了人類，還存在著擁有更高智慧的狼群，它們富有挑戰和冒險的精神。在狼的生存世界中，為了生存領地，狼會勇敢地發起進攻，即使這只動物比它強大的多，也毫不畏懼直至把對手咬死。具有強者心態的銷售員也應該像狼一樣，要有挑戰與冒險的精神。

強者心態二：樂觀面對「拒絕」

面對拒絕，銷售員如何使談判維持下去？會失去勇氣嗎？會被擊垮嗎？或是這只會激起他更大的決心？它是使銷售員奮起直面反對意見，鼓起勇氣，還是偃旗息鼓？銷售員一定要樂觀面對「拒絕」，客戶並不是拒絕銷售員，只是拒絕銷售員的銷售方式。

被客戶拒絕是不幸的，但不要讓拒絕擊垮。要找到能應付各種對抗行為的方法並不是一件容易的事，尤其是要說服客戶則更不容易——他們能對各種反對意見進行不屈不撓的鬥爭。脆弱的銷售員在遭受挫折後會選擇退卻，有勇氣和毅力的卻只會再接再厲，不會讓一兩次拒絕就把自己擊垮。

蘇格拉底說：「如果萬能之神右手拿著已經取得的成功，左手拿著成功所需的不懈的奮鬥要我選擇，我將選擇左手。」只有經過奮鬥，經過勇敢地面對與克服障礙，銷售員才可以提高自己的能力和增強銷售的力量。

強者心態三：不要埋怨

具有強者心態的銷售員不能依靠別人的帶領去做事，而是要勇敢面對自己的問題。通常可以看到一些弱者，他們總是不停地抱怨，怨天尤人。抱怨自己的不成功是因為其他的原因，或是別人影響成功的機會，抱怨生存的時代不能給他成功的機會，甚至會抱怨社會，這樣不僅給自己造成傷害，還給社會帶來不良的風氣，因為這種人從來不從自身找原因。

優秀的銷售員從來不向別人抱怨，因為他們覺得沒有需要抱怨的事情。他們只是勇敢地面對事實，透過自己的努力來實現銷售目標，從不靠等待和別人的憐憫。成功總是發生在無聲無息中，一個堅持真理的人往往可以取得更大的成功。

強者心態四：從自己身上找原因

一些銷售員在面對失敗的時候總是為自己找一些藉口，面對失敗時的不同選擇決定銷售員的成功與失敗，一個是為了下一次的成功銷售去總結失敗的教訓並找出成功的方法；一個是為自己失敗找尋一大堆的藉口與理由來解釋自己的失敗，好像失敗總是別人的過錯，這種怨天尤人、推卸責任的態度是在逃避現實。

弱者心態的銷售員每次總是滿懷信心地開始，但一旦業績不好，就怪公司不好，或是怪訓練不好，或是說產品太貴不好賣，或是怪客戶水準太低，絕不檢討自己到底犯了什麼錯，所以同樣的錯誤總是一犯再犯，就這樣找藉口，找理由。強者心態的銷售員不為自己找台階，而是找到錯在哪裡，不再重複犯錯，總是持這種態度來面對失敗。態度改變，銷售方式將改變，行為一旦改變，結果也自然會改變的，面臨失敗時，該怎麼做就在於銷售員的一念之間。

強者心態五：善用鼓舞的力量

「我是世界上獨一無二的」，這種信心對銷售員來說舉足輕重。國際銷售明星大衛博士說：「信心包括信賴、忠實和信任。當面對一位客戶，在情緒上想要與他建立一種神秘的交情時，信心正是一種不可思議的力量。我們不能假裝不懼而愚弄別人，如果真是如此，真正被愚弄的卻是自己。」

強者心態六：抓住每個機會

強者心態的銷售員要的是機會。他們相信：銷售機會總是落在有準備的人手中。他們需要找那些有發展空間的銷售領域。而弱者心態的銷售員要的是穩定的工作環境和報酬，以圖安逸的生活。但是要知道自然界的法則是：弱肉強食，適者生存。

銷售員走在城市的街頭，看見到處都是匆忙的人流，是否會感到心靈的一陣空虛，對於生活沒有信心？而意志堅韌、胸懷達觀的人可以使不滿的心情得以寬慰，重新振奮精神激發出一種積極向上的力量，勇敢去面對失意和失敗。這是成功銷售員所獨有的品格，他們能從一時的壓抑中醞釀出一生的執著，從一時的失意中迸發出一生的激情。

把自己當作最好的，別人就會對你好

華納．馮．布朗博士生前曾經主持美國太空計畫。

他早年是德國希特勒政權下的納粹黨人。納粹黨人因為使用他的技術，改善火箭，差點就讓大不列顛一敗塗地。後來，他從斷垣殘壁的戰敗國來到美國。因為國籍的關係，他無法擺脫侵略各國的殘暴軍人形象。

華納．馮．布朗博士知識淵博，但是他知道，想實現探險太空的理想，必須先向美國政府、美國人民、企業和工業界推銷自己。

他想像自己在美國贏得全新的正面形象，他拒絕讓腦中存有任何其他的想法，他拒絕把生活看成失敗。他身處全然陌生的國度，他是一個外國人，於是他打開心胸，幫助他所接觸的每個人並表示他的友善。即使太空計畫遭遇挫折，他仍然開朗樂觀，並且勇敢地實行他的理念。

他說，他必須心中先存有這樣的想法才可以行動。更重要的是，以和平而非戰爭的心態來思考，將給他的心靈帶來無比的平靜。

華納・馮・布朗博士的思想力帶領人類升空探索星星。因為有思想力，才有那句話，「一個人的一小步，是人類的一大步。」

心態是可以改變的。現在就開始正面地思考，要對自己有信心，要相信美好的事情會降臨你身上。把自己當作是最好的。沒多久你就會發現，別人對你這個人及你所做的事也會有同樣積極正面的想法。

別人對你好，是因為你把自己當作最好的。然後你就會發覺，你已經完成一筆交易。

現在就行動！

拓展你的視野，檢視問題的每一面。

無論過去你的偏見有多深，把它們抛到九霄雲外。

將你人生的望遠鏡對準焦距，從正確的那一邊來看。

設定「步伐空間」，寫下消極的思想，並且把它丟掉，然後轉身，寫下積極的行動，訂出完成期限。

立刻下定決心鍛鍊思想力。

每天早晨起床以後，晚上睡覺以前，大聲地說：

「每一天我都會在各方面變得更好。」

每一天都熱忱滿懷，讓自己成為情緒充電器

試試看，在你上班途中，告訴自己：可以出門去做你要做的事，去你要去的地方，你有多麼快樂。在你奮勇向前時，去接近其他同樣衝勁十足的人。你要環顧四周，睜大眼睛看著他們，注意成功的人及第一名的人，借用他們的特質。

其實，最好的方法不是「借用」，而是「彼此交換」。你對別人微笑，你得到的也應該是微笑。如果我們嘆氣，別人也會嘆氣。當你大聲地把熱忱表現出來的時候，它會像電線一樣劈裡啪啦地響。

每一天，艾德・史塔都會充滿熱忱。他負責銷售汽車和卡車，你可以說他賣的不是汽車或卡車，而是他的熱忱。他就像是一節充滿電力的電池，每天都以無比的幹勁推銷自己。他的熱忱隨時保持滿水位，似乎一不小心就會溢出來。他總是情緒高昂，幾乎對每件事都會感到興奮。跟他在一起十分有趣。

每當同事們發覺自己垂頭喪氣時，就到艾德的辦公室去充電，好比車子的電瓶沒電，會跟朋友或路上的機車騎士拿線接一下電一樣。每當同事們感覺自己的熱忱減弱，就會跟艾德借電力。他會說：「你真是天才，能把那個難纏的客戶弄得服服帖帖。」

艾德的方式比較誇張，但是當你心情低落時，聽起來會很舒服。他可以提高你的情緒，給你一句讚美的話或拍拍你的肩膀，在短時間內又重新點燃你的熱忱。

事實上，情緒上的充電是一種施與受的命題。你幫助別人鍛鍊熱忱，你自己的熱忱也將得到更多鍛鍊。

一點點火花可以激發出更多的火花。

找一個可以幫你充電的對象。他必須像你一樣，是一個天生贏家，是第一名的人，在你需要時可以給你力量。還有，把自己變成別人的充電器也同樣重要。

始終相信：「我是獨一無二的！」

信心對業務員來說舉足輕重。國際推銷明星大衛博士說：「信心包括信賴、忠實和信任。當你面對一位顧客，在情緒上想要與他建立一種神秘的交情時，信心正是一種不可思議的力量。

業務員應該怎樣使自己充滿信心？日本著名業務員原一平是這樣做的：在青年時代，原一平經常是囊空如洗，他不得不告訴自己午餐只好暫時取消。經過餐廳時，他就故作快活，挺胸闊步而過。那個時候的他，就向幾乎要挫敗的自己大聲斥責、激勵，說：「原一平啊，切莫洩氣，拿出更大的勇氣來吧！提起更大的精神來吧！宇宙之宏大，只有你一個原一平啊！」

如果你也將失去鬥志，不妨如此呼喊自己的名字。如此呼喊，一定會擁有前所未有的勇氣，恐懼往往也會煙消雲散。

你是獨一無二的！沒有一個人和你一樣，你的頭腦、心靈、眼睛、耳朵、嘴唇、頭髮、雙手都是與眾不同的。言談舉止和你完全一樣的人以前沒有，現在沒有，將來也不會有。

你是獨一無二的！從今往後，你就要使自己的個性得到充分發展，因為這是你得以成功的本錢。你不用再徒勞地模仿別人，而應該展示自己的個性。你要學會去同存異，強調自己與眾不同之處，迴避人的共性。

你是獨一無二的！物以稀為貴，你特立獨行，因此身價百倍。但是，你的技藝、你的頭腦、你的心靈、你的身體，若不善加利用，都將隨時間的流逝而遲鈍、腐敗甚至死亡。你的潛力無窮無盡，從今天起，你就要開發潛力。你不能因昨日的成績而沾沾自喜，不能再為微不足道的成績自吹自擂。你可以做得比已經完成的更好。你的出生是一個奇蹟，為什麼你自己不能再創造奇蹟？

你會成功，你會成為偉大的業務員，因為你舉世無雙。

今天可以做的事情，絕對不要拖到明天

湯瑪斯・傑弗遜是美國第三任總統，《獨立宣言》的起草人。他曾經受兒子委託，寫了一封信給孫子，信中他提出「日常生活十誡」，其中第一誡就是「今天可以做的事情，絕對不要拖到明天」。

「今天可以做的事情，絕對不要拖到明天」，對所有想要成功的人來說，這是非常重要的；對從事最自由職業的業務員來說，更是如此。

日產汽車公司的業務員中，有一個人叫做奥城良治，十六年來，他一直保持推銷冠軍的頭銜，他曾經宣布一天要拜訪一百個客戶。

一百個客戶應該從何處找，是一個相當棘手的問題，他是如何著手的？

如果白天去拜訪住宅區，大多只有女主人在家，即使向她們推銷汽車，成效也不大。因此，他先拜訪白天正常作息的公司。

但是，儘管他白天使盡渾身解數地開拓市場，在下午六點過後，所有的公司已經下班。假設他已經拜訪八十位客戶，仍然還有二十位客戶尚未找到。

接下來，他算準男人回家的時間，去住宅區拜訪。但是晚上八點以後，顧客就不歡迎業務員去打擾，他就到商店街繼續尋找客戶。即使是這樣馬不停蹄，到了晚上十一點，也可能還有十個客戶沒任何著落。這個時候，他就去咖啡廳、餐廳或其他深夜還在營業的場所。

即使如此，到了凌晨一點，他還差五位客戶。他告誡自己：若是就此回去，明天勢必要拜訪一百零五個客戶，這樣下去，將會越積越多。無論如何，今天必須再拜訪五個客戶。這五個客戶怎麼找？他竟然跑到警察局，以警察為對象推銷汽車。

奧城先生的這種做法在常人看來，簡直是不可思議，但是他依然秉持著這種執著，每天固定拜訪一百個客戶。雖然並不提倡你照搬他的做法，但是他的精神——「今天的事不拖到明天」——是很值得提倡的。

學會管理自己的情緒

在工作與生活中，不良的情緒經常折磨我們的心靈，使我們做事情總是犯錯。因此，我們應該盡量在情緒控制自己之前控制情緒。那些可以取得成就的人往往是能管理情緒的人，失敗得一塌糊塗的人通常是那些被情緒駕馭的人。

以下是管理自我情緒的幾個方法：

控制個人情緒

每個人的情緒不會是一成不變的，有時好，有時壞，因此銷售員必須學會控制情緒，特別是能在最短的時間中，將不良情緒消滅在萌芽狀態。要做到這一點，首先要注意用理智「調劑」。心理學家認為，人發脾氣，吵嘴打架，往往是感情衝破理智的大門造成的，因此凡事應該三思而後行，否則容易造成對方的不理解，形成突發性衝突，導致倉促之間失去理智的平衡。如果遇到不講禮的客戶，首先要善於壓「火」，要顯示出自己的大方，有氣節，不失高尚的人格。其次，要善於「退卻」。以「退」為「進」的「退卻」，是消除「戰火」的積極心理因素。

做到「四不」

不責備、不逃避、不委曲求全、不遺忘。責備容易導致憤怒、謾罵等激烈情形的發生，使事情擴大化；逃避則滋長害怕情緒使人變得膽小；委曲求全容易使人沮喪不已；遺忘會給人的心靈留下長久的創傷。

學會自我反省

反省的方式一般有三種：

（1）以日記形式回憶一天的銷售生活。這是「思維自我淨化」的一個冶煉過程。用這種方法自我「冶煉」，久而久之，就會塑造出一種善於「克己」的高尚道德。

（2）開卷自珍。即學習一些與個人職業、交往等方面有關的報刊資料、影視錄影等。這不僅有助於心境一步步提高，也會豐富知識，洞開視野。

（3）面壁。實際上是思維的「新陳代謝」。它比日記形式有更大的空間，可以想得更多、更廣闊。如果將這種方式與日記方式結合並用，亦思亦記，有想有錄，「淨化」效果會更佳。

心中要有一把尺

指善於學習、仿效他人之長。這不僅可以使自己與周圍的人形成和睦的氣氛，有利於最佳心態的培養與穩固，更有利於把周圍的事情處理好。相對而言，對別人的缺點，除了自己應該警惕之外，應該盡量把握「揭短」的分寸，尤其是對那些缺乏道德涵養，自高自傲的客戶或同事，「揭短」的最好辦法是在不知不覺中感化對方。

合理宣洩情緒

高興時要將自己滿腔的熱情釋放出來，例如可以和朋友一起慶祝、遊戲；情緒低落時更要把負面情緒宣洩出來，這樣不至於累積起來造成心理負擔。下面幾種方式可供參考：

（1）自由表達。找一個安靜的地方閉上眼睛，把自己的不滿、抑鬱統統說出來，可以大聲訴說也可低聲低語，隨心而定。

（2）想像。深呼吸，閉上眼睛，發揮自己的想像力，現實不能達成的願望想像中可以達成，進而減輕自己抑鬱的情緒。

（3）寫在紙上。電影中經常有這個鏡頭，主角將心事寫在紙上然後燒掉，其實這是一種不錯的方法。

（4）調息靜心。坐下來深呼吸思考。

（5）聽音樂。聽一段「悲慘」的音樂將壓抑的不快引導出來。

（6）訴說。向知心朋友嘮叨委屈，說出來心情或許會好些。

（7）哭泣。痛哭其實是一種有效的減壓和心理保護措施。

進行有效的自我管理

自我管理的範疇大致包括：銷售員對企業組織「引導方式」的認同程度，對一定的文化價值體系的理解和感興趣程度，羞恥感、自律感、自我約束力以及自我激勵能力，工作中所表現出的主動性和活動性，對所承擔工作和達到組織所設定目標的自信心，克服困難與戰勝挫折的勇氣，對同事的尊敬和在工作中表現出來的合作精神。一流的銷售員在自我管理中需要做到以下幾點：

準備充分

充分的準備是任何事情都需要的，包括從資料收集到心理狀態，從銷售員對自己的態度到與別人的關係。這樣，當銷售員需要時，就可以積極地給予他人幫助。要做好必要的物質準備。如果文件擺放得井然有序，銷售員就可以在幾分鐘內迅速查找到所需資訊，以避免不能輕易找到所需物品而放慢，甚至中斷工作。銷售員最好把便條固定放在某個地方，或收集在標有日期的日記簿裡，以便能迅速找到。必須熟知可能遇到的所有組織程序。如果確有合理的程序，就要找到它。如果沒有，就應該制定一個。此外，足夠的睡眠與合理、健康的日常飲食，是保持良好身體狀況的必要準備。把握時間靈活度，快速判斷什麼時候需要尋求更多的幫助，這樣會使銷售員按時趕到。

賦予公司文化內涵

有一家商場的牆上寫著：「銷售員手冊：第一條，客戶永遠是對的；第二條，請參照第一條執行。」這家商場的《銷售員手冊》全文，用語很有文采、很人性化，很少有機械的、刻板的規範性語言。國外公司的規章制度，是每個銷售員都必須遵守的，它是一個有效的管理框架，使每個銷售員在框架內進步。而國內企業的規章制度，一般是一個擺設，只是虛設一下，沒有產生實際的意義，銷售員也很少遵守，主要是銷售員沒有在心理上認同它，企業也沒有認真執行。如果可以讓每個人都賦予它內涵，它不僅能執行，還可以對銷售員的自我管理產生非常大的作用。

在日常管理活動中，要不斷對自我的價值觀進行引導，平時對自己的生活習慣、態度、價值取向進行調整。還可以制定一些必需的規則和制度，有許多禁止和不允許，或是還有一些不主張、不贊同等。

所有的銷售員都少不了管理，對於銷售主管來說更是如此。要管理別人，管理一個不斷變化的隊伍，首先要從自我管理開始。關於自我管理，美國一流的銷售員總結一個有效的方法：設定一分鐘目標，給予一分鐘讚賞，應用一分鐘責備。此三點統稱為一分鐘自我管理，銷售員不妨一試。

推銷自己的勇氣

銷售員第一個推銷的是他的勇氣，這是每個從事銷售工作的人都要牢記的成功法寶。

有一個朋友講述自己的一個故事：「小時候家裡窮，只能和小夥伴們玩一些砍瓦片、圈螞蟻、捉迷藏之類的遊戲。其中，圈螞蟻給我的啟示是：『勇敢能取勝。』

「每當我用樟腦丸把兩隻小螞蟻圈在一個地方時，小螞蟻一聞到樟腦丸的氣味便驚慌失措，嚇破膽似地調頭跑，跑一會兒聞到樟腦丸氣味又回頭。有一隻螞蟻在無路可走的情況下，勇敢地向樟腦丸衝去，一點也沒有受到損傷，很輕鬆地衝出包圍圈。另一隻螞蟻膽子小，始終在包圍圈裡轉，它哪裡知道，衝出去沒有什麼艱難險阻，只需要一點勇氣就夠了。小學四年級的時候，學校讓我做代表去公社參加歌詠比賽，我害怕唱不好，丟了學校的面子，婉言謝絕老師的安排。其實，我很想試試看，當機會來了我卻主動放棄，一點也不懂得珍惜。當另一個同學去參加比賽並且獲得獎時，誰也不知道我心裡有多麼後悔和難受。

「長大以後，我才知道：『成功的首要條件是勇敢。』

「臨近三十歲，我想出版兩本書。當時，我對出版方面的資訊以及出版方面的常識一無所知，便靠勇敢，到處打聽，才摸出路子來。最後成功地把書出了。」

每個銷售員都有一些夢想，為什麼絕大多數的夢想被擱淺？主要原因就是缺乏勇氣，想為不敢為，結果一事無成。每個銷售員在工作中，都會面臨許多害怕做不到的時刻，因此畫地為牢，使無限的潛能化為有限的成就。記住一句話：成功就在你的身邊，就看你有沒有勇氣去摘取。**失去金錢的人損失甚少，失去健康的人損失極多，失去勇氣的人損失一切。**

不要為自己找藉口

任何一個銷售員在銷售過程中都會犯各種各樣的錯誤。但是所有錯誤都是有價值的，銷售員必須在錯誤中吸取經驗，不斷地學習和完善自己的銷售技能。

銷售員不要從錯誤中給自己找懈怠的藉口，應該從中找出下次成功需要的正確方法。如果你去接近每個成功的人士，你就會發現，他們都是經歷過那麼多的失敗之後，才成功的。

一位銷售員曾經這樣總結自己：「我在過去做了好幾份不同的工作，換了幾家不同的公司，每次總是滿懷信心地開始，但一旦業績不好，就怪公司不好，或是怪訓練不好，或是說產品太貴不好賣，或是怪這些顧客太低級沒水準。我絕不檢討自己到底犯了什麼錯誤，所以同樣的錯誤總是一犯再犯，就這樣找藉口，找理由，找了好幾年。後來，我見過好多這樣的人，冬天業績不好怪天氣太冷，所以不能去行動；夏天怪天氣太熱，不適合去行動；或怪春節放假太長，不能行動；或怪秋天風太大，又不適合行動，所以一年都沒行動力。還有人說到了一個新市場，環境不熟，朋友不多，知名度不夠等理由，來解釋自己為何業績不好。還有人說家裡有事，父母有事，資金不足，身體不好，時機未到等許多理由來告訴自己，之所以不能行動，都是因為這樣或那樣理由。我知道我同他們其實沒什麼分別，真為自己前幾年的工作經歷和態度感到慚愧。」

排除一切藉口，為自己的績效負責，為成功找方法，不為失敗找理由，才是邁向成功的基本態度。

在每次未能達成理想結果的時候，一定要進行研究，不斷找尋新的方法來實踐，不斷修正自己的步伐，這樣就會一次比一次更進步、更理想。

每個人都不見得能嘗試一次就成功，做每件事情都有犯錯的時候，別人可以原諒你，但是你不能原諒自己，不能為自己找台階，必須告訴自己錯在哪裡，不再重複犯錯，必須持這種態度。態度改變，做事方式將改變，行為一旦改變，結果自然會改變。面臨失敗時，該怎麼做，取決於你的一念之間。聰明的人不在於不犯錯，而在於不犯同樣的錯誤。失敗是有意義的，它的意義在於，讓人從中吸取教訓，走向成功。

相信自己攻無不克

步入銷售行業的新人，在面對陌生人，準備開口說話的時候，經常會因為緊張，將準備好的問候語或開場白一下子忘得乾乾淨淨。這個時候，他們會特別羨慕那些可以和陌生人侃侃而談的成功銷售員。

其實，每個從事銷售工作的人最初都會有恐懼感，如果更進一步問他們到底怕什麼，他們會說：

「我只是害怕，自己也不知道為什麼。」

「我一向就不願和陌生人打交道。」

「跟陌生人做銷售，人家煩我怎麼辦？」

「我憑什麼改變別人的想法？」

「和人家非親非故而去打擾，如果對方拒絕，我怎麼辦呀？」

「我晚上睡覺以前還有決心，天一亮就不敢了。」

答案雖然各不相同，但是對自己沒有信心，害怕被拒絕是主要的原因。其實，勇氣不是天生就有的，它也是靠後天培養的。在第二次世界大戰中帶領人民頑強地抵抗希特勒的英國首相邱吉爾有一段名言：「一個人絕對不可在遇到危險時背過身去試圖逃避。若這樣做，只會使危險加倍。但是，如果面對它毫不退縮，危險就會減半。絕不要逃避任何事物，絕不！」

銷售員在面對陌生人時，往往不敢邁出第一步，而是試圖背過身去逃避。其實，只要你可以鼓起勇氣，勇敢地邁出這第一步，以後的事就不會令你覺得那麼困難。只要你做到以下幾點，一定能克服恐懼心理。

相信自己

勇氣是一切事業成功的基礎。在銷售工作中，相信自己則表示不僅僅相信自己的辦事能力，而且相信自己選擇銷售事業的正確性，相信自己的選擇可以給每個人帶來健康、財富和事業，相信自己是把產品、把愛心和朋友們分享。只要建立這種職業的自信心與自豪感，你自然會勇敢地走向陌生人。

評估對方

兩人初見面時，往往會很在乎別人對自己的評價。但作為銷售員，如果時時在意對方的想法，心理上就會患得患失，產生巨大的壓力，當然會顯得手足無措。所以，你不如暫時忘記自己，反過來評價對方，仔細觀察對方的表情、服裝、說話神態，找到對方的缺點。這樣，在心理上你就可以從被動變為主動，產生與對方平等的感受，壓迫感與恐懼感會隨之減緩。

大聲說話

在初次見面的場合，你不妨試著盡量放開聲音，大聲寒暄，有力地握住對方的手，開個無傷大雅的玩笑或爽朗地大笑，這樣會使緊張的心理迅速得到緩解，害怕與畏縮也就被拋到九霄雲外。

尋找優點

一位著名的教育家說：「每個人必有其長處，心懷自信就會無往不利。」所以，在和陌生人會面前，請想一想自己優於他人的地方，即使是自認為微不足道的長處，也可以運用自我擴大的方法，將其擴大成足以自豪的優點，將那些無緣的自卑感驅逐出去，提高自信，消除不安。

心情放鬆

我們的生活中總會有些日常瑣事讓人煩躁不安。你可能和妻子吵完架，也可能正因為孩子的不聽話而生氣。請你千萬記住：不愉快的情緒會給對方不愉快的印象。因此，在和陌生人會面時，一定要拋開不順心的事，想一些讓自己高興的事，試著哼幾首喜歡的歌，踩著輕快的步伐，讓心情飛揚起來，把一個快快樂樂的你呈現在別人面前。這個時候，你還會緊張嗎？

告訴自己：人非聖賢

人們初見面時，總是容易被對方外在的地位、頭銜鎮住，心理上不自覺地就產生壓力。其實，你完全可以讓他褪去那些耀眼的光環。他們和你一樣都是有血有肉的人，也是從一個小娃娃逐漸長大的，肯定也幹過把兩隻腳塞進一個褲管的尷尬事，肯定也有人性脆弱的一面。所以，你只要想著：「同樣為人，我何需懼怕他？」就會讓緊張的心情輕鬆下來。

看淡得失

與人交往時，希望立刻達到目的，往往會欲速則不達，反而會因急於求成顯得慌亂、僵硬，使自己窘態畢現，無法發揮實力。所以，在走近陌生人的時候，不要把第一次見面的得失看得太重，只要告訴自己，與對方建立良好的關係，取得再次見面的機會就夠了。這樣，你就會心平氣和、從容自若地與人交往。

心學堂 14

日本史上最偉大的**推銷員**

作者　林望道
美術構成　驟穎耙工作室
封面設計　九角文化/設計
發行人　羅清維
企劃執行　張緯倫、林義傑
責任行政　陳淑貞

企劃出版　海鷹文化
出版登記　行政院新聞局局版北市業字第780號
發行部　台北市信義區林口街54-4號1樓
電話　02-2727-3008
傳真　02-2727-0603
E-mail　seadove.book@msa.hinet.net

總經銷　知遠文化事業有限公司
地址　新北市深坑區北深路三段155巷25號5樓
電話　02-2664-8800
傳真　02-2664-8801
網址　www.booknews.com.tw

香港總經銷　和平圖書有限公司
地址　香港柴灣嘉業街12號百樂門大廈17樓
電話　（852）2804-6687
傳真　（852）2804-6409

CVS總代理　美璟文化有限公司
電話　02-2723-9968
E-mail　net@uth.com.tw

出版日期　2022年05月01日　一版一刷
定價　280元
郵政劃撥　18989626　戶名：海鴿文化出版圖書有限公司

國家圖書館出版品預行編目（CIP）資料

日本史上最偉大的推銷員 ／ 林望道作.
-- 一版. -- 臺北市 ： 海鴿文化，2022.05
面 ； 公分. --（心學堂；14）
ISBN 978-986-392-454-8（平裝）

1. 原一平　2. 保險業　3. 推銷　4. 傳記　5. 日本

496.5　111004739